Margarete Bertschik / Die Mutter des Kommissars
und das doppelte Grab

AF206239

Margarete Bertschik

Die Mutter des Kommissars
und
DAS DOPPELTE GRAB

Kriminalroman

Bibliographische Information der Deutschen Bibliothek.
Die Deutsche Bibliothek verzeichnet diese Publikation in der
Deutschen Nationalbibliografie; detaillierte bibliografische
Daten sind im Internet über http://www.dnb.ddb.de abruf-
bar.

Einbandabbildung: iStock-184342735.jpg
Herstellung und Verlag: BoD - Books on Demand, Norderstedt
Lektorat: Jan Janssen Bakker
© 2023 Margarete Bertschik
ISBN 9783744809764

1. Kapitel

Den ganzen Vormittag hatte es geregnet. Der Asphalt der Straße glänzte nass und überall standen große Pfützen. Jetzt war der Himmel grau und wolkenverhangen, die Luft war kalt, ein leichter Nordwestwind fuhr durch die Zweige der noch kahlen Akazien am Straßenrand. Von Frühling war an diesem Märztag wenig zu spüren, trotz der Narzissen, die ihre gelben Blütenköpfe schon mutig dem Himmel entgegenstreckten.

Hanna Morgenroth schlug den Kragen ihres schwarzen Mantels hoch, als sie aus dem Haus trat. Sie vergewisserte sich, dass sie ihren zusammenklappbaren Regenschirm in ihre Handtasche gesteckt hatte, verschloss die Haustür und ging auf ihren Kleinwagen zu, der in der Auffahrt stand. Sie liebte ihr kleines Auto und konnte sich nicht entschließen, es gegen ein modernes E-Auto einzutauschen, auch wenn der Toyota Aygo schon 14 Jahre alt und an manchen Stellen arg verrostet war. Dieses Jahr allerdings war wieder eine TÜV-Prüfung fällig, und es war durchaus fraglich, ob der Wagen sie noch einmal bestehen würde. Sie schloss den Aygo auf, setzte sich hinter das Steuer und ließ den Motor an.

Beim Losfahren warf Hanna einen langen Blick auf das Nachbarhaus, in dem die alte Frau Maschewski gewohnt hatte, zu deren Beerdigung sie unterwegs war. Wie oft hatte sie ein Schwätzchen mit der alten Frau gehalten, die jedes Mal in ihrer Gartenarbeit innehielt und an den Gartenzaun kam, wenn Hanna beim Walken bei ihr vorbeiging. Bis zuletzt war sie rüstig und fit gewesen, auch geistig, und Hanna hatte sich oft gewundert, wie gut sie Bescheid wusste über alles, was in der Stadt passierte. Aber dann hatte sie einen Schlaganfall erlitten, von dem sie sich nicht mehr erholte, und war kurze Zeit später im Krankenhaus gestorben. Nun ja, dachte Hanna, mit fast neunzig Jahren ist der Tod keine Überraschung mehr. Sie seufzte. Die Zeit schien immer schneller zu vergehen, je älter man wurde. Sie selbst ging ja auch schon strikt auf die Siebzig zu.

Nach kurzer Fahrt durch die um diese Zeit wenig befahrenen Straßen Cloppenburgs stellte Hanna ihr Auto auf dem kleinen Parkplatz am Seiteneingang des alten St. Andreas-Friedhofs in der Prozessionsstraße ab. Das gusseiserne, kunstvoll verzierte Tor zum Friedhof war geöffnet. Um zur Friedhofskapelle zu gelangen, musste Hanna durch etliche Reihen der Gräber gehen, die jetzt im Frühjahr noch winterlich kahl aussahen, wozu das nasskalte und teils frostige Wetter der letzten Tage beigetragen hatte. Nur gestern war es recht schön gewesen. Trotz der insgesamt unfreundlichen Witterung hatten einige der Angehörigen die wenigen Sonnenstunden genutzt, um das Grab ihrer Liebsten mit frischen Tulpen und Hornveilchen zu schmücken, deren bunte Blütenköpfe der Nässe trotzten. Nachdenklich schritt Hanna durch die Reihen und bewunderte die teilweise pompösen, teuren und aufwendigen Grabmäler.

„Hallo Hanna", rief in diesem Moment eine lebhafte Stimme. Liesbeth Nording, Hannas Freundin und treues Mitglied ihres Kaffeekränzchen-Clubs, stand in einiger Entfernung und winkte ihr zu. „Ich komme", antwortete Hanna und beschleunigte ihre Schritte. „Moin Lizzy", begrüßte sie ihre Freundin, als sie bei ihr angekommen war. „Wie geht's dir?"

Liesbeth hatte ihre üppige Figur in eine wadenlange

wattierte schwarze Steppjacke gezwängt, die sie noch molliger erscheinen ließ, als sie ohnehin schon war. Ihre runden Wangen waren vom Wind gerötet, die weißen Löckchen wirkten zerzaust. Das nasskalte Wetter und eine Beerdigung, das war nichts für Liesbeth Nording, die leuchtende bunte Farben und feine Pastelltöne liebte, mit vielen Mustern und Verzierungen, und die Wärme des Sommers. Schlichtes Schwarz wirkte an ihr wie eine Verkleidung und man merkte ihr an, dass sie sich darin nicht wohlfühlte.

Arm in Arm gingen die beiden Freundinnen über die befestigten Wege Richtung Kapelle. Immer mehr Menschen, schwarz gekleidet und mit fröstelnd hochgezogenen Schultern, fanden sich am Eingang der Friedhofskapelle ein, man begrüßte sich und unterhielt sich im gedämpften Ton, wie es sich gehörte bei dem traurigen Anlass. Es war eine ansehnliche Anzahl von Trauernden, die der verstorbenen Frau Maschewski die letzte Ehre erwies. Die geräumige Friedhofskapelle mit den bunt verglasten Fenstern war gut gefüllt; die alte Frau hatte eine große Familie gehabt: zwei Söhne und eine Tochter, alle verheiratet und mit jeweils mehreren Kindern gesegnet, die ihrerseits schon Nachwuchs hatten. Dazu kamen viele Freunde und Bekannte aus der Nachbarschaft und der Stadt.

Die Prozession, die sich im Anschluss an die Trauerfeier auf dem Weg zum Grab hinter dem Sarg herbewegte, bildete eine lange Schlange. Hanna und ihre Freundin reihten sich ein und folgten dem Pfarrer, der die Prozession, flankiert von zwei jugendlichen Messdienern, anführte. Schließlich bei der vorgesehenen Ruhestätte angelangt, versammelten sich die Trauernden auf den Wegen um das offene Grab herum. Die Sargträger hoben den mit üppigem Blumenschmuck versehenen Sarg vorsichtig von dem Rollwagen, stellten ihn neben dem

Grab ab und machten sich bereit, ihn mittels zweier Seile in die tiefe Grube hinabzulassen.

Plötzlich zerriss ein schriller Schrei die fromme Stille, mit der die Trauergemeinde den Gebetsformeln des Pfarrers gelauscht hatte. Die Messdienerin, ein junges Mädchen von vielleicht vierzehn oder fünfzehn Jahren, starrte entsetzt in die Graböffnung und hielt sich die Hand vor den Mund, als wollte sie den Schrei, den sie ausgestoßen hatte, zurückhalten.

Die Trauernden sahen sich erschrocken an. Man zuckte ratlos die Schultern und fing an, flüsternde Mutmaßungen darüber anzustellen, was diesen Schrei verursacht haben könnte. Der Pfarrer beugte sich zu der Messdienerin hinab und flüsterte ihr etwas zu. Sie wies mit weit aufgerissenen Augen in das offene Grab. Die Sargträger und der Pfarrer traten näher an die Kante der Bodenöffnung heran und wichen entsetzt zurück. Die Unruhe unter den Umstehenden nahm zu. Jeder fragte sich, was passiert war. Hanna drängte sich nach vorne, konnte aber nichts sehen, weil die anderen es genauso machten wie sie und ihr den Weg und die Sicht versperrten. Schließlich sagte der Pfarrer mit seiner gewöhnlichen Alltagsstimme, nicht mit seiner Pastorenstimme, die er nur zum Vorbeten einsetzte. „Liebe Trauergemeinde. Ich muss die Beerdigung verschieben. In dem Grab liegt eine…" Er machte eine dramatische Pause, wohl nicht, um die Spannung zu erhöhen, die war ohnehin kaum noch zu steigern, sondern weil er selbst um Fassung ringen musste. „ … eine Leiche", vollendete er seinen Satz.

Aufgeregtes Getuschel folgte seinen Worten und heftiges Gedränge zum Grab hin entstand. Hanna gelang es nach einer Weile, sich durch die Menschentraube hindurchzuschlängeln, sodass sie an den Rand der Öffnung gelangte. Das Grab war tief ausgehoben. An den Rändern hatte man grüne Matten befestigt, die an den Seiten der Grube herunterhingen. Am Boden der Grube hatte der Dauerregen das Erdreich aufgeweicht und das Wasser hatte an manchen Stellen Pfützen gebildet. Aus einer dieser Pfützen, Hanna konnte es ganz deutlich sehen, ragte eine Hand hervor. Schmutzig und nass, aber man konnte jeden Finger erkennen: eine menschliche Hand! Kein Wunder, dass die junge Messdienerin zu Tode erschrocken war. Hanna lief es bei dem Anblick kalt den Rücken herunter. Dagegen war der schlimmste Thriller ein Kindermärchen, denn dies hier war Realität. Hanna wich betroffen von der Grube zurück und gesellte sich zu Liesbeth, die sich nicht traute, einen Blick in das Grab zu werfen.

„Liegt tatsächlich eine Leiche da unten, Hanna?", fragte sie ihre Freundin mit zitternder Stimme. Hanna legte ihr beruhigend die Hand auf den Arm.

„Ja. Man kann allerdings nur eine Hand sehen."

„Oh Gott, Hanna! Das ist ja gruselig!"

Der Pfarrer hatte sich inzwischen gefasst. „Bitte, gehen Sie nach Hause, meine Herrschaften!", sagte er mit erhobener Stimme. „Die Beerdigung von Frau Maschewski muss zu einem anderen Zeitpunkt stattfinden, Sie sehen ja ... Ich werde jetzt die Polizei verständigen. Bitte gehen Sie jetzt. Hier gibt es nichts weiter zu sehen."

Er wies die Sargträger an, den Sarg wieder zurückzubringen in den Kühlraum und schob die beiden Messdiener vor sich her in Richtung Kapelle. Die Beerdigungsgäste, weit entfernt davon, der Anweisung des Pfarrers zu folgen, standen unschlüssig herum, nachdem alle einen ausgiebigen Blick in das Grab geworfen hatten, und stellten Mutmaßungen darüber an, was jetzt passieren würde. Viele hatten ihr Handy gezückt und telefonierten aufgeregt. Hanna war sicher, die Neuigkeit von der Leiche im Grab würde sich wie ein Lauffeuer in der Stadt verbreiten.

„Komm, lass uns gehen, Lizzy. Hier wird es gleich von Polizisten und Reportern wimmeln. Morgen können wir alles Wichtige in der Zeitung lesen."

Trotz ihrer nicht unerheblichen Neugier zu erfahren, was es mit dem Leichenfund auf sich hatte, wollte Hanna nicht abwarten, bis die Polizei eintraf. Sie wusste, wie störend die Zuschauer bei den Ermittlungen an einem Tatort waren.

Hanna nahm Liesbeth am Arm und zog sie mit sich. Bereitwillig ging ihre Freundin mit ihr. Beim Eingang der Kapelle verabschiedeten sich die Frauen voneinander, nicht ohne sich gegenseitig an das bevorstehende Kaffeekränzchen erinnert zu haben, das diese Woche bei Hanna geplant war.

Auf dem Weg zu ihrem Auto machte Hanna sich Gedanken über den seltsamen Fund. Wer mochte die Leiche sein? Wer hatte sie hierhergebracht und warum? Was steckte dahinter? Müßig, sich darüber Gedanken zu machen, solange man noch nichts über die näheren Umstände wusste, sagte sie sich. Dennoch: Ihr kriminalistischer Spürsinn war geweckt.

Neben ihrem Aygo, den sie auf dem Parkplatz am Prozessionsweg abgestellt hatte, parkte ein hübsches Auto, das Hanna als einen VW ID zu erkennen glaubte. Flüchtig dachte sie daran, dass sie sich wohl auch bald ein solches modernes Elektroauto anschaffen musste.

Ein junger Mann kam durch das Friedhofstor, stieg in den VW ein, startete und fuhr los.

Der Mann kam Hanna bekannt vor, aber ihr fiel nicht ein, woher. Sie sah dem Elektroauto hinterher. Hübsch und umweltfreundlich, aber sicher auch teuer, dachte sie seufzend.

Sie stieg in ihren alten Toyota und fuhr los. Bei dem Gedanken daran, was Inga für Augen machen würde, wenn sie ihr die ungeheuerliche Friedhofsneuigkeit erzählte, schmunzelte sie. Ihre Schwiegertochter würde inzwischen vom Kindergarten, in dem sie arbeitete, zurücksein, zusammen mit Nico, Hannas jüngstem Enkel. Der Kleine, der bald seinen zweiten Geburtstag feiern würde, war der erklärte Liebling der gesamten Morgenroth-Familie. Braunäugig und dunkellockig, kam er ganz nach seinem Vater, Thomas Morgenroth, und stellte das genaue Gegenbild zu seinen beiden Geschwistern dar, den bald 10-jährigen Zwillingen Isabell und Jannik, die ihrer blonden und blauäugigen Mutter ähnelten.

Hanna freute sich auf den heutigen Abend zu Hause. Besonders gespannt war sie darauf, was ihr Sohn, der Leiter die Cloppenburger Polizeiinspektion, Kriminalhauptkommissar Thomas Morgenroth, zu berichten haben würde.

2. Kapitel

Thomas Morgenroth saß in seinem Büro im Polizeigebäude an der Bahnhofsstraße und war mit gerunzelter Stirn damit beschäftigt, zum wiederholten Male die Berichte über eine Einbruchsserie zu studieren, als ihn der Anruf des Leiters der Bereitschaftspolizei erreichte. Polizeiobermeister Holthus informierte ihn über den Leichenfund auf dem St. Andreas-Friedhof. Die Beamten hätten einen männlichen Toten in dem für eine ältere Verstorbene vorbereiteten Grab sichergestellt, berichtete der Polizeiobermeister mit deutlicher Aufregung in der Stimme. Der Tote sei offensichtlich einem Verbrechen zum Opfer gefallen. Man habe seine Leiche während der Beerdigungszeremonie entdeckt. Die

Grabstelle sei weiträumig abgesperrt, die Schaulustigen zurückgedrängt und der Fundort gesichert worden. Die Beamten von der örtlichen Kriminaltechnik und der Gerichtsmedizin aus Oldenburg seien informiert worden und bereits vor Ort eingetroffen.

„Wir kommen sofort", antwortete der Hauptkommissar, sprang auf, ergriff seine Jacke und eilte in das Nachbarbüro, in dem seine Mitarbeiter, Oberkommissar Jan Hendrik Klüver, Kommissarin Susanne Holtmann und Kommissar Jens Hartmann an ihren Schreibtischen saßen und mit Büroarbeiten beschäftigt waren.

„Wir haben einen Toten, Kollegen, kommt!" Seine drei Mitarbeiter ergriffen eilig ihre Jacken und folgten ihrem Chef, der ihnen unterwegs mit knappen Worten mitteilte, was er von Holthus erfahren hatte.

Keine zehn Minuten später trafen die Kriminalbeamten am Haupteingang des Friedhofs ein. Mehrere silber-blaue Polizeiautos standen auf der Straße vor dem Kapelleneingang. Der Erkennungsdienst hatten das Haupttor zum Friedhofsgelände mit einem weiß-roten Plastikband abgesperrt; davor hatte sich eine ansehnliche Zahl von Schaulustigen angesammelt. Thomas gewahrte darunter etliche Menschen in schwarzer Kleidung: die Teilnehmer an der geplanten Beerdigung, nahm er an. Die arme Frau Maschewski, dachte er, nun musste seine alte Nachbarin noch eine Weile auf ihre letzte Ruhe warten. Ein Mitglied des Erkennungsdienstes drückte jedem der Ankömmlinge einen weißen Kunststoffanzug sowie Schonbezüge für ihre Schuhe in die Hand und die Kommissare verwandelten sich in kürzester Zeit in Einheitswesen von der Art, wie schon etliche auf dem Gelände herumliefen.

Als die Kriminalbeamten sich der Grabstelle näherten, über die inzwischen gegen etwaig einsetzenden Regen ein weißes

Zelt errichtet worden war, gesellte sich Polizeiobermeister Richard Holthus zu ihnen. Holthus war ebenfalls in einen Schutzanzug gehüllt, der ihn aussehen ließ wie ein überdimensionales weißes Tele-Tabbi. Schnaufend versuchte der dicke Polizist mit den Kommissaren Schritt zu halten, während er einen Überblick über die Lage gab.

„Die Leute von der Kriminaltechnik sind dabei, den Friedhof und die nähere Umgebung nach möglichen Hinweisen abzusuchen", erklärte er. „Irgendwie muss der Tote ja hierhergelangt sein und dabei hat der Mörder vielleicht Spuren hinterlassen."

„Gut", sagte Thomas. „Wer hat die Leiche denn entdeckt?", fragte er.

„Kann ich nicht genau sagen. Am besten fragt ihr den Pfarrer. Es soll ja mitten in der Zeremonie gewesen sein. Meine Leute haben die Leiche nicht bewegt, nur die Erde, unter der sie lag, so gut es ging, entfernt. Dr. Kretschmer ist gerade dabei, sie zu untersuchen."

„Weiß man, wer der Tote ist?", fragte Jan Hendrik Klüver. „Hatte er Papiere bei sich?"

Richard Holthus schüttelte bedauernd den großen Kopf mit der Glatze und dem buschigen grauen Haarkranz, den die Kapuze des Schutzanzuges nur halb bedeckte. „Leider nicht", antwortete er. „Seine Taschen waren leer. Kein Ausweis, kein Handy, keine Brieftasche."

Inzwischen war die kleine Gruppe bei der Grabstelle angekommen. Dr. Helmut Kretschmer, der weißhaarige Gerichtsmediziner, stand in der Grube und untersuchte die Leiche. Nur sein Kopf ragte aus dem offenen Grab heraus, was gespenstisch aussah, wie Thomas fand. Erst als die Kriminalbeamten an den Rand der Graböffnung herantraten, konnten sie den Toten sehen. Der notdürftig von der nassen Erde befreite Körper war bekleidet mit einer Jacke, einer schwarzen Jeans und Sneakers, soviel konnten sie erkennen.

„Moin, Dr. Kretschmer", begrüßte Thomas den Gerichtsmediziner. „Das ist ja eine schöne Bescherung hier."

Der alte Kriminologe – Dr. Kretschmer stand kurz vor der Pensionierung – hob den Kopf, richtete sich auf und stemmte die Hände in die Hüften.

„Ja, das kann man wohl sagen, Herr Morgenroth. Der arme Junge hier ist erstochen worden." Er öffnete die verschmutzte Jacke des Toten, zog den blutdurchtränkten Pullover und das darunter liegende T-Shirt hoch und zeigte auf die Wunde. „Hier, mitten ins Herz. Deshalb ist auch nur relativ wenig Blut in der Kleidung zu sehen. Das Herz hat sofort aufgehört zu pumpen."

Die Beamten traten so nah wie möglich an die Grube heran, um das Gesicht des Toten betrachten zu können. Es war ein junges Gesicht, stellte Thomas fest. Er schätzte den Mann auf höchstens 20 oder 21 Jahre. Lange, verschmutzte nasse Haare, ein dürftiger zotteliger blonder Bart, ein schlanke Gestalt.

„Oh mein Gott", rief plötzlich Jens Hartmann. „Das ist Ole! Ole Jansen!"

Der junge Kriminalbeamte stand fassungslos da, die Hände über dem Kopf zusammengeschlagen, und starrte auf den Toten.

„Was, du kennst den Toten?", fragte Susanne Holtmann. „Das darf doch nicht wahr sein!"

„Bist du sicher, Jens? Man kann das Gesicht ja gar nicht richtig erkennen", wandte Thomas ein.

„Natürlich bin ich sicher. Oles Eltern wohnen gar nicht weit

entfernt von meinen Eltern, hier in der Nähe, in der Blumenstraße. Ich werde doch wohl unseren Nachbarsjungen erkennen. Meine Schwester hat ihm damals Nachhilfeunterricht
gegeben."

„Gut, damit hätten wir seine Identität schon einmal geklärt", resümierte Thomas in seiner pragmatischen Art. „Jens,
du und ich, wir werden dann wohl die Eltern verständigen
müssen."

„Was? Warum denn ich?", wehrte der junge Kriminalbeamte erschrocken ab. „Ich kann das nicht."

„Irgendwann ist es immer das erste Mal, Jens. Es gehört nun
einmal zu unserem Job, Todesnachrichten zu überbringen,
auch wenn es Gott sei Dank nur selten vorkommt."

Kommissarin Susanne Holtmann, blond, schlank und sportlich, ging in die Hocke und betrachtete das Gesicht des Toten
näher. Mein Gott, der arme Kerl, dachte sie mitleidig. „Wie
lange liegt er schon hier in der Grube, Herr Doktor?", fragte
sie. „Können Sie das vielleicht schon sagen?"

„Es muss in der letzten Nacht geschehen sein. Er ist erstochen und dann hierher transportiert worden. Es war um die
Null Grad in der Nacht und es hat gegen Morgen angefangen
zu regnen, deshalb kann ich vorläufig den Todeszeitpunkt nur
ungefähr eingrenzen. Also etwa zwischen 22:00 Uhr und
02:00 Uhr heute Nacht, denke ich. Alles Nähere später, nach
der Obduktion." Er streckte Thomas die Hand entgegen.
„Jetzt werde ich erst einmal dieses Grube verlassen. Helfen
Sie mir bitte?" Thomas ergriff seine Hand und zog ihn nach
oben, während der Mediziner mühsam an dem Rand des Grabes hochkletterte. Stöhnend oben angekommen, winkte er
Holthus zu sich heran, der die ganze Zeit abwartend dagestan-
den hatte. „Ihre Leute können den Leichnam nun heraufholen
und hier auf eine Decke legen, damit ich den Körper entklei-

den und näher begutachten kann." Der Polizeimeister nickte und winkte zwei Leute vom Erkennungsdienst heran.

„Danke, Doktor!", sagte Thomas abschließend. Wann können wir denn mit Ihrem Bericht rechnen?"

„Nur nicht drängeln. Das braucht seine Zeit, wie Sie wissen", erklärte Kretschmer unwillig.

Die Leiche würde nach dieser ersten Untersuchung am Fundort in das Institut für Rechtsmedizin nach Oldenburg gebracht werden, wie Thomas wusste. Dort würde Dr. Kretschmer zusammen mit einem Kollegen die Obduktion vornehmen, wie es Vorschrift war bei einem offensichtlichen Kriminalfall wie diesem.

„Gut", sagte er, „einstweilen vielen Dank, Doktor Kretschmer."

Er wandte sich seinen Kollegen zu. „Also: Jan Hendrik, du und Susanne, ihr befragt den Pfarrer und die Friedhofsbediensteten nach dem genauen Hergang des Geschehens bei der Beerdigung. Jens und ich benachrichtigen die Angehörigen. Die Eltern müssen ihren Sohn identifizieren, damit Jens' Aussage bestätigt wird."

Zu Richard Holthus, der inzwischen die Bergung der Leiche beaufsichtigte, sagte er: „Würdest du bitte mit deinen Leuten die Anlieger des Friedhofs befragen, ob jemand etwas Ungewöhnliches in der vergangenen Nacht bemerkt hat, in der Zeit um Mitternacht herum. Irgendwie muss der Mörder die Leiche hierhertransportiert haben, wahrscheinlich mit einem Auto. Vielleicht hat jemand etwas beobachtet."

„Alles klar, Chef!", sagte Holthus. „Der Bericht kommt so schnell wie möglich." Er machte sich auf den Weg.

„Muss ich wirklich mit, Chef?", fragte Jens Hartmann, während er neben Thomas Morgenroth zum Auto zurückging. „Ich kenne die Leute doch. Die werden bestimmt zusammenbrechen, wenn sie erfahren, dass Ole tot ist. Was soll ich dann machen?"

„Gerade dass sie dich kennen, kann unter Umständen hilfreich sein. Man weiß allerdings nie, wie jemand auf eine solche Nachricht reagiert. Wichtig ist, ruhig und sachlich zu bleiben und Haltung zu bewahren. Du wirst es schon schaffen, Jens. Ich werde das Reden übernehmen, du brauchst nur dabei zu sein."

3. Kapitel

Jan Hendrik Klüver und Susanne Holtmann waren seit fast zwei Jahren miteinander verheiratet und immer noch verliebt ineinander, was sie allerdings während ihrer gemeinsamen Arbeit gut zu verbergen wussten, denn ihr Chef sah es nicht gerne, wenn sie während der Dienstzeit „herumturtelten", wie er es nannte. Sie machten sich auf dem Weg zur Kapelle, wo auf Anweisung von Polizeiobermeister Holthus der Pfarrer und die übrigen Beteiligten auf sie warteten.

Der Pfarrer, ein hochgewachsener, schlanker Mann mit einem hageren Gesicht, das von einer dunkel gefassten Brille mit starken Gläsern dominiert wurde, hatte sein Priestergewand abgelegt und durch einen schwarzen Pullover und einen schmalen weißen runden Kragen ersetzt. Die beiden Jugendlichen sahen ohne ihr Messdienergewand erstaunlich normal aus. Beide schauten den Kriminalbeamten gespannt entgegen, auch die sechs Sargträger standen erwartungsvoll von den Stühlen auf.

„Guten Tag", grüßte Susanne höflich. „Danke, dass Sie gewartet haben." Sie zückte ihren Ausweis und zeigte ihn vor. „Mein Name ist Susanne Holtmann. Ich bin von der Cloppenburger Kriminalpolizei." Sie wies auf Jan Hendrik, der ebenfalls seinen Ausweis vorwies. „Das ist mein Kollege, Kommissar Klüver. Wir haben nur ein paar Fragen an Sie."

„Guten Tag", beantwortete der Geistliche ihren Gruß. „Es ist ja wirklich ein außergewöhnlicher Anlass, weswegen wir hier warten sollten. Selbstverständlich stehen wir Ihnen zur Verfügung."

„Wie sind Ihre Namen, bitte", fragte Susanne.

„Mein Name ist Niemann, ich bin der Pfarrer der katholischen St. Andreas-Kirchengemeinde. Das hier sind meine Messdiener, Janina Altmeyer und Piet Westlage, die mir heute bei der Trauerfeier assistiert haben. Und das sind die Nachbarn und Freunde der Verstorbenen, die als Sargträger fungierten." Bei den letzten Worten wies er auf die Männer, die in ihren schwarzen Anzügen, den weißen Hemden mit den schwarzen Krawatten unschwer als Beerdigungshelfer zu erkennen waren. „Ihre Namen werden Sie Ihnen wohl selbst sagen." Die Männer stellten sich der Reihe nach vor und Jan Hendrik notierte sich ihre Namen in seinem Notebook.

„Ist einem von Ihnen heute etwas Außergewöhnliches aufgefallen, ich meine natürlich außer der Entdeckung des Toten? Vielleicht während der Trauerfeier? Hat sich jemand merkwürdig benommen? Oder war jemand da, der irgendwie sonst auffiel?"

Alle schüttelten den Kopf. „Alles war ganz normal, der übliche Ablauf einer Bestattung", sagte Niemann.

„Bitte schildern Sie uns genau, was nach der Feier auf dem Friedhof passierte." Sie richtete ihre Frage an alle Anwesenden. Der Pfarrer vergewisserte sich mit einem Blick in die Gesichter der Männer, dass keiner etwas sagen wollte, also ergriff er wieder das Wort.

„Also, es war alles ganz normal, wie bei jeder anderen Beerdigung. Nach der Trauerfeier hier in der Kapelle wurde der Sarg auf den Rollwagen gestellt und von den Sargbegleitern zum Grab geschoben. Die Trauergemeinde folgte ihm, die Messdiener und ich gingen voran. Als ich am Grab die Gebete sprach, schrie Janina plötzlich laut auf und zeigte in die Graböffnung, wo eine menschliche Hand aus dem Erdreich herausragte. Wirklich ein furchtbarer Anblick, das können Sie mir glauben.“

Er nahm die Brille ab und fing an, sie mit einem Taschentuch zu putzen. Seine Augen blinzelten kurzsichtig.

„War es so?“, fragte Susanne das Mädchen.

Janina nickte. „Ich habe mich furchtbar erschrocken.“

„Das verstehe ich vollkommen, Janina. Ich hätte wahrscheinlich auch geschrien.“ Die Kommissarin tätschelte mitfühlend den Arm des Mädchens.

„Ich habe die Leute darüber informiert, dass in der Grube eine Leiche liege und dass deshalb die Bestattung von Frau Maschewski verschoben werden müsse. Dann habe ich die Polizei verständigt“, fuhr der Geistliche fort. „Der Sarg mit der Verstorbenen ist in den Kühlraum zurückgebracht worden.“

„Ist Ihnen im Verhalten der Leute irgendetwas aufgefallen? Hat sich jemand auffällig benommen, nachdem die Leiche entdeckt worden war?“, fragte Susanne.

Niemand blickte die Anwesenden fragend an. Alle schüttelten den Kopf. „Nun ja“, sagte er, als niemand sonst antwortete, „die Leute drängten sich nach vorne, weil alle einen Blick in die Graböffnung werfen wollten. Ich habe sie mehrmals aufgefordert, nach Hause zu gehen. Aber die meisten sind wohl geblieben, um zu sehen, was weiter geschehen würde. Die

Polizisten, die dann kamen, haben sie hinter die Absperrung zurückgedrängt, was wohl nicht ganz einfach gewesen ist."

Die Kommissarin wechselte einen Blick mit ihrem Kollegen. „Das heißt, etwaige Fußspuren von dem Täter können wir vergessen", sagte sie leise zu ihm.

„Etwas anderes. Ist der Friedhof eigentlich frei zugänglich, auch nachts?", fragte Jan Hendrik. Er hatte sein Notebook weggesteckt und konzentrierte sich auf die Befragung.

„Ja, das Gelände steht Besuchern jederzeit offen", antwortete der Pfarrer.

„Wer ist denn für die Vorbereitung der Grabstelle zuständig, wenn eine Bestattung ansteht?"

„Die Friedhofsgärtner. Sie sorgen für das Ausheben der Grube und die Randbefestigung. Die Vorbereitung der Kapelle für die Trauerfeier obliegt dem Küster."

„Wann ist das Grab ausgehoben worden?"

„Ich nehme an, gestern Nachmittag. Oder gegen Abend."

„Die Beerdigung war um 14:00 Uhr angesetzt. Ist es üblich, dass das Grab so lange vorher ausgehoben wird?"

„Das ist abhängig von der Witterung. Wenn der Boden gefroren ist, dauert es länger und man braucht einen kleinen Bagger. Dazu wäre heute Vormittag wahrscheinlich die Zeit zu knapp gewesen. Aber Genaueres dazu können Ihnen die Gärtner sagen. Am besten, Sie fragen bei der zentralen Friedhofsverwaltung nach. Sie hat ihr Büro nicht weit von hier in der Sevelter Straße."

„Gut, das werden wir tun. Jedenfalls war das offene Grab in der Nacht jedem zugänglich, ist das richtig?"

„Ja, das ist wohl so", bestätigte Niemann.

„Gut. Wer hat denn von der anstehenden Beerdigung gewusst?"

„Natürlich jeder, der die Todesanzeige von Frau Maschewski

gelesen hat. Also mindestens alle, die heute bei der Beisetzung dabei waren. Das ist aber normal."

„Und wer kann von der nachts offenen Grube gewusst haben?"

Der Pfarrer zuckte die Schultern und sah fragend die Sargträger an, die dem Gespräch wortlos zuhörten, ebenso wie die beiden Jugendlichen. Etwas derart Spannendes haben die beiden wohl noch nie erlebt, dachte Susanne beim Anblick ihrer Gesichter und unterdrückte ein Lächeln.

„Ich denke, jeder, der gestern den Friedhof besucht hat, kann das offene Grab gesehen haben", mutmaßte der Pfarrer. „Es liegt ja gut sichtbar an einem der Hauptwege. Und gestern war ein schöner sonniger Tag, da waren bestimmt schon viele Angehörige dabei, die ersten Frühlingsarbeiten vorzunehmen."

„Hm", machte Susanne. Fragend sah sie Jan Hendrik an. „Ich glaube, das war's fürs Erste. Oder hast du noch Fragen?"

„Nur eine: Wo finden wir denn Ihre Friedhofsgärtner jetzt?"

Niemann sah auf die Uhr: „Es ist gleich 16:00 Uhr. Normalerweise wären sie jetzt dabei, das Grab zu schließen und die Kränze darauf abzulegen. Am besten wenden Sie sich an die Friedhofsverwaltung, wie gesagt."

„Die Kommissare wandten sich zum Gehen. „Vielen Dank für Ihre Kooperation", sagte Susanne.

„Nichts zu danken", erwiderte der Pfarrer. „Ich hoffe, Sie finden den Mörder bald."

Beim Hinausgehen nahm Jan Hendrik unauffällig Susannes Hand und drückte sie. „Ich glaube, das hat nicht viel gebracht, oder?", meinte er. „Die Gärtner werden uns wohl auch nicht viel mehr erzählen können."

„Mal sehen, was die Kriminaltechnik herausfindest. Und was die Obduktion ergibt. Wir stehen ja erst ganz am Anfang."

Als sie die Kapelle verließen, sahen sie, wie die uniformierten Polizisten den grauen Kunststoffsarg mit dem Toten in den bereitstehenden Leichenwagen verluden.

Der arme Junge, dachte Susanne. So jung, und schon war sein Leben zu Ende. Sie seufzte tief auf. Dann lächelte sie ihrem Mann zu. „Also auf zur zentralen Friedhofsverwaltung", sagte sie betont munter. Sie wusste, sie durfte solche Emotionen nicht an sich heranlassen.

4. Kapitel

Die Blumenstraße zweigte direkt vom Prozessionsweg ab und führte in eine Siedlung, deren Straßennamen allesamt nach Blumen benannt worden waren. Die Cloppenburger kannten diesen Bereich der Stadt als Blumenviertel. Links und rechts der Straße reihten sich Wohngebäude unterschiedlichster Größe, Bauart und Alter ohne erkennbare Ordnung aneinander, oft mit kleinen Vorgärten versehen. Bescheidene Giebelhäuser aus den 50er Jahren standen neben modernen Mehrfamilienbauten und Wohnhäusern im Stil der achtziger Jahre

Schön ist etwas anderes, dachte Thomas Morgenroth, als er mit Jens Hartmann das Polizeiauto durch die ruhige Straße steuerte.

„Hier ist es", sagte Jens und wies auf ein adrettes Einfamilienhaus mit weiß getünchtem Mauerwerk, grauem Satteldach und einem mit Gardinen verhängten großen Blumenfenster. Ein niedriges Mäuerchen grenzte den ordentlichen und mit großen runden Buchsbaum- und Rhododendronbüschen bepflanzten Vorgarten von der Straße ab. Typisch 60er Jahre, dachte Thomas.

Auf sein Klingeln öffnete ein junges Mädchen mit langen glatten Haaren die Haustür und schaute sie fragend an. Das musste die sechzehnjährige Schwester von Ole Jansen sein, dachte Thomas. Er hatte sich bei Jens Hartmann nach den Familienverhältnissen der Mordopfers erkundigt.

„Hallo Lina", sagte Jens.

„Hallo Jens", antwortete das Mädchen erstaunt. „Was machst du denn hier?" Ihr Blick ging fragend zu Thomas, der abwartend hinter seinen jungen Kollegen getreten war.

„Ich bin dienstlich hier, Lina. Du weißt ja, ich bin bei der Kriminalpolizei. Das hier ist mein Vorgesetzter, Kriminalhauptkommissar Morgenroth. Dürfen wir hereinkommen?"

Lina schaute verwundert von einem zum anderen.

„Ja. Natürlich. Aber meine Eltern sind nicht zu Hause, nur meine Oma." Sie trat einen Schritt beiseite, um den Eingang freizugeben.

In diesem Augenblick fuhr eine Frau auf einem Fahrrad in die Auffahrt des Hauses.

„Ah, da kommt meine Mutter", rief das Mädchen erleichtert. Die Beamten wandten sich der Frau zu, die inzwischen ihr Fahrrad abgestellt hatte. Sie setzte ihren Helm ab, nahm ihre Handtasche vom Gepäckträger und kam auf die Wartenden zu.

„Mama, gut, dass du kommst. Das ist die Polizei", erklärte das Mädchen ihrer Mutter.

Melanie Jansen war eine kräftig gebaute Frau Ende vierzig mit kurzen braunen Haaren und einer unauffälligen Brille. Sie war Altenpflegerin und arbeitete im Pius-Seniorenheim, wie Thomas von Jens wusste.

Lächelnd reichte die Frau den Besuchern die Hand.

„Jens, nett, dich mal wiederzusehen. Wen hast du denn da mitgebracht? Und sogar ganz offiziell im Polizeiauto?"

„Leider sind wir dienstlich hier, Frau Jansen. Das ist mein Chef, Kommissar Morgenroth."

Das Lächeln auf dem Gesicht der Frau erlosch. Mit ernstem Gesicht musterte sie den Kriminalbeamten. „Dann ist es wohl besser, wir gehen ins Haus", sagte sie.

Im Wohnzimmer saß eine alte Frau in einem Sessel vor dem Fernseher, auf dem eine Nachmittagssoap lief. Thomas nahm an, dass es die Großmutter war, die mit der Familie Jansen zusammenlebte. Melanie Jansen ging zu ihr und tippte ihr auf die Schulter.

„Oma, wir haben Besuch. Ich stelle den Fernseher mal kurz aus, in Ordnung?" Sie nahm die Fernbedienung und betätigte den Aus-Knopf.

„Bitte nehmen Sie Platz", sagte sie höflich zu den Beamten. In ihrer Stimme war ein leichtes Zittern zu hören. Die Kommissare blieben stehen. Es erschien ihnen unangemessen, sich zu setzen angesichts der Nachricht, die sie zu überbringen hatten.

Der Hauptkommissar fand es an der Zeit, die Gesprächsführung zu übernehmen.

„Frau Jansen, wir haben leider eine schlechte Nachricht für Sie", sagte er.

Die Frau sah ihn mit wachsender Beunruhigung an. Jens musste schlucken. Thomas räusperte sich kurz.

„Es tut mir leid, Ihnen sagen zu müssen, dass man einen Toten aufgefunden hat, von dem wir annehmen, dass er Ihr Sohn Ole ist, Frau Jansen."

Mehrere Sekunden lang zeigte keines der drei Familienmitglieder eine Reaktion. Es war, als ob ihre Gehirne sich weigerten, die Botschaft aufzunehmen.

Melanie Jansen schüttelte schließlich energisch den Kopf, während die Großmutter und Lina den Kommissar entsetzt und ungläubig anstarrten. „Was? Das kann nicht sein! Ole ist doch hier, hier im Haus. Er kann es nicht sein!" Sie sah ihre Tochter an. „Geh und hol Ole, Lina ! Er ist doch sicher in seinem Zimmer und hört Musik, wie immer."

Lina starrte sie nur an und rührte sich nicht.

„Nun geh schon!", schrie ihre Mutter. Als das Mädchen immer noch nicht reagierte, sprang sie auf, rannte in den Flur und rief: „Ole, komm herunter!" Keine Antwort. Man hörte, wie sie die Treppe hinaufstürmte und eine Tür aufriss. Kurze Zeit später kam sie zurück. „Er ist nicht da", sagte sie ungläubig.

Jens ging ihr entgegen. „Frau Jansen, es tut mir so leid, aber ich habe Ole genau erkannt. Er ist der Tote."

Frau Jansen ergriff den jungen Kommissar bei den Oberarmen, sah ihm in die Augen und schüttelte ihn leicht. „Das kann nicht sein, Jens! Du musst dich geirrt haben. Du hast ihn doch lange nicht gesehen. Er hat sich verändert. Er sieht jetzt ganz anders aus als früher, mit langen Haaren und Bart. Sicher hast du dich geirrt, das ist doch möglich, oder nicht?" Den Blick aus den angstvollen Augen der Frau konnte Jens kaum ertragen. Vorsichtig machte er sich aus ihrem Griff frei.

Oles Mutter ließ kraftlos die Arme hängen. Sie schaute ihre Tochter an. „Weißt du, wo Ole ist?"

Das junge Mädchen antwortete nicht. Sie hatte sich inzwischen zu ihrer Großmutter gesetzt und hielt sie umfangen. Krampfhaftes Schluchzen erschütterte ihren Körper. Die alte Frau, äußerlich gefasst, strich ihr unablässig über den Rücken.

Thomas sagte im ruhigen, sachlichen Ton: „Frau Jansen, um jeden Irrtum auszuschließen, muss einer von Ihnen, Sie oder

Ihr Mann, den Toten identifizieren."

„Was?" Melanie Jansen sammelte sich. „Richtig, ich muss meinen Mann anrufen. Er ist noch bei der Arbeit."

Sie kramte hektisch in den Taschen ihrer Regenjacke nach ihrem Handy, tippte eine Nummer ein und lauschte in den Hörer.

„Thorsten, du musst sofort kommen, es ist etwas passiert … Das erklär ich dir, wenn du hier bist … Die Polizei ist hier. Es ist etwas mit Ole …" Sie lauschte kurz, dann drückte sie die Aus-Taste.

„Er ist in zehn Minuten hier, hat er gesagt." Geistesabwesend öffnete sie den Reisverschluss ihrer Regenjacke, zog sie aus und hängte sie über die Lehne eines Stuhls. „Was ist denn überhaupt passiert? Gab es einen Unfall?"

Anscheinend hatte sie sich ein wenig gefangen, wie Thomas erleichtert feststellte.

„Nein", sagte er. „Wir haben auf dem St. Andreas-Friedhof eine Leiche entdeckt, die dort abgelegt wurde. Wir wissen noch nichts Genaues darüber. Der Tote hatte keine Papiere bei sich, aber Kommissar Hartmann hat ihn als Ihren Sohn erkannt. Das reicht jedoch nicht, deshalb muss ein Angehöriger seine Identität bestätigen."

Oles Mutter faltete die Hände. „Oh mein Gott, lass es nicht Ole sein!", stöhnte sie.

„Darf ich Ihnen ein paar Fragen stellen, während wir auf Ihren Mann warten, Frau Jansen?" Der Kommissar versuchte, durch ein Gespräch von dem emotionalen Schock abzulenken, den die Angehörigen verarbeiten mussten. Außerdem brauchte er jede Information über das Opfer, die er bekommen konnte.

„Was für Fragen denn?"

„Wann haben Sie Ihren Sohn zuletzt gesehen?"

Melanie Jansen runzelte die Stirn. Sie war zu ihrer Tochter gegangen, die immer noch bei ihrer Großmutter saß und ihre Hand hielt. Mechanisch tätschelte sie Linas Schulter.

„Gestern Abend. Er sagte, er wollte mit Freunden abhängen, glaube ich. Oder, Lina? Hat Ole dir gesagt, wo er hinwollte?"

Lina sah mit tränennassen Augen und zusammengepressten Lippen zu ihrer Mutter auf. Sie schüttelte den Kopf. „Keine Ahnung", brachte sie schließlich mühsam heraus, bevor sie wieder in Tränen ausbrach. Ihre Großmutter umarmte sie tröstend.

„Ihr Sohn hat studiert, nicht wahr? In Münster, ist das richtig?"

Melanie Jansen nickte. „Ja. Er war nur zu Besuch hier. Wegen der Geburtstagsfeier eines Kumpels, hat er gesagt."

„Hatte er ein Auto?"

„Nein, er fährt immer mit dem Zug nach Münster. Wir haben ihm ein E-Bike gekauft, das er jedes Mal mitnimmt nach Münster, weil er es dort braucht. Und wenn er hier ist."

„Wo hat er gewohnt in Münster? Können Sie mir die Adresse geben?"

„Er wohnt in einem Studentenwohnheim, mit anderen Studenten zusammen. Warten Sie, ich muss seine Adresse eben raussuchen." Hektisch fing Melanie Jansen an, auf ihrem Handy herumzutippen. „Ah, hier hab' ich sie." Sie zeigte ihr Handy vor und Jens übertrug die Adresse in sein Notebook.

„Ist sein Fahrrad denn jetzt hier? Vielleicht in der Garage?"

„Ich weiß nicht. Lina, könntest du bitte mal nachsehen, ob Oles Fahrrad da ist?"

Oles Schwester stand auf, langsam, als würde ihr jede Bewegung wehtun, und verließ das Zimmer. Als sie kurze Zeit später zurückkam, sagte sie: „Oles Fahrrad ist nicht da."

„Also ist Ole gestern mit dem Fahrrad weggefahren. Wir

werden natürlich danach suchen", sagte Jan Hendrik.

Die Kommissare hatten sich inzwischen doch auf das breite Sofa gesetzt, während Melanie Jansen nervös im Raum hin und herging. Die Großmutter hatte noch kein Wort gesagt. Thomas fragte sich, ob sie dem Geschehen überhaupt folgen konnte.

In dem Moment hörten sie, wie jemand die Haustür aufschloss. Melanie Jansen lief ihrem Mann entgegen und stürzte sich in seine Arme. Mit ihrer Beherrschung war es mit einem Mal vorbei, laut weinend klammerte sie sich an ihren Mann.

Thorsten Jansen war ein kräftiger, untersetzter Mann mit Glatze. Sein gutmütiges Gesicht zeigte völliges Unverständnis. Er hielt seine schluchzende Frau im Arm und sah die Beamten, die sich von ihren Plätzen erhoben hatten, besorgt an. „Was ist denn hier los?", fragte er. „Was ist mit Ole?"

Der Hauptkommissar stellte sich und seinen Kollegen vor und wiederholte, was er gesagt hatte. Jansen nahm die Nachricht erstaunlich beherrscht auf.

„Dann ist es also noch gar nicht sicher, dass es wirklich Ole ist?"

Auch er klammert sich an den letzten Strohhalm, dachte Jens Hartmann mitleidig.

„Deshalb möchten wir Sie bitten, uns jetzt nach Oldenburg ins gerichtsmedizinische Institut zu begleiten, um den Toten zu identifizieren. Es genügt, wenn einer von Ihnen mitkommt", erklärte Thomas.

Er erkannte, dass weitere Fragen zu der Person im Moment nicht sinnvoll waren; dazu waren die Angehörigen viel zu aufgewühlt. Später würde man das Zimmer durchsuchen und die Dinge, die Ole Jansen gehörten, genau in Augenschein nehmen. Vielleicht ergaben sich Hinweise auf seinen

Mörder. Thorsten Jansen nickte. „Dann bringen wir es wohl am besten gleich hinter uns. Du brauchst nicht mitzukommen, Melly", sagte er zu seiner Frau, die sich inzwischen etwas beruhigt hatte.

„Doch, ich komme mit", bestimmte sie. Sie wandte sich an ihre Tochter. „Lina, du bleibst hier bei Oma. Wenn Sophia nach Hause kommt, sagst du ihr Bescheid, ja? Schaffst du das?" Das Mädchen nickte. Sophia war die ältere der beiden Schwestern des Mordopfers, wie Thomas von Jens wusste.

Auf dem Weg zum Auto dachte Jens Hartmann:
Das war die schlimmste halbe Stunde, die ich bisher im Dienst erlebt habe.

5. Kapitel

Inga, Hannas Schwiegertochter, war wider Erwarten noch nicht von der Arbeit zurück, als Hanna zu Hause ankam. Auch die Zwillinge verspäteten sich. Eigentlich sollten sie vom Fußballtraining direkt nach Hause fahren, aber oft trödelten sie. Na ja, dachte Hanna, sie werden sicher jeden Augenblick eintrudeln.

Sie stieg die Treppe hinauf zu ihrer Einliegerwohnung, um sich umzukleiden. Froh, die Trauerkleidung ausziehen zu können, dachte sie über den grausigen Fund auf dem Friedhof nach. Wer konnte die getötete Person sein? Bis jetzt wusste sie ja nicht einmal, ob es sich bei der Leiche um eine Frau oder einen Mann handelte. Jedenfalls hatte der Mörder - Hanna war sich sicher, dass es um einen Mord ging, denn sonst hätte man die Leiche nicht verschwinden lassen wollen - eine wirklich gute Idee gehabt, das Opfer ein für alle Mal loszuwerden, denn unter dem Sarg der armen Frau Maschewski wäre sie für die nächsten 20, 30 Jahre absolut sicher gewesen. Wenn es nicht so heftig geregnet hätte am Morgen. Dadurch war die dünne Schicht Erde, die den Körper bedeckte, aufgelöst und teilweise weggespült worden, sodass die Hand zum Vorschein kam. Wirklich Pech für den Täter! Er hätte ein dickere Schicht Erde über die Leiche anhäufen müssen, aber sicher hatte er in der Nacht nicht die Zeit und die Nerven dazu gehabt. Überhaupt: Es musste doch stockdunkel gewesen sein mitten in der Nacht. Oder hatte der Mond genügend Licht gegeben? Sie würde später in ihrem Kalender nachschauen, in welcher Phase der Mond gewesen war. Jedenfalls war es sternenklar gewesen, vielleicht hatte es sogar ein wenig gefroren. Was für eine gruselige Vorstellung: Da transportiert jemand im Schutze der Dunkelheit einen toten Körper über den Friedhof, legt ihn in die offene Grube und schaufelt Erde darüber. Hatte der Täter eine Schaufel oder einen Spaten mitgebracht? Und eine Lampe? Es musste ein kräftiger Mann gewesen sein, denn eine Frau hätte einen Menschen, der ja immerhin mindestens 60 oder 70 Kilo wiegt, nicht über eine größere Strecke tragen können. Oder hatte er die Person erst am Grab getötet? Unwahrscheinlich, aber möglich. Wer weiß, warum Täter und Opfer sich auf dem Friedhof oder in dessen Nähe getroffen hatten. Und warum das Opfer sterben musste. Ganz schön mysteriös, das Ganze!

Hanna zog sich eine bequeme Hose und einen Pulli an, wusch sich in ihrem Badezimmer die Hände und strich sich mit der Bürste durch ihre kurzen weißen Haare. Sie schaute auf die Uhr: Kurz vor 17:30 Uhr, Zeit genug, um für die Familie ein warmes Abendessen zuzubereiten. Auf dem Weg ins Erdgeschoss hörte sie, wie die Zwillinge nach Hause kamen.

„Hallo Oma", grüßten die beiden ihre Großmutter.

„Na, wie war das Training?", fragte Hanna.

„Gut", lautete die einsilbige Antwort der Kinder, die schon an ihr vorbei auf dem Weg in ihre Zimmer waren.

„Vergesst nicht zu duschen und dann sind die Hausaufgaben dran, das wisst ihr ja, okay?", rief sie ihnen hinterher.

„Okay, Oma", antwortete Isabell. Wie immer war sie diejenige, die die Kommunikation übernahm, wenn diese auch oft nur fragmentarisch ausfiel.

Das Mädchen war die Lebhaftere und Gesprächigere von den Geschwistern. Ihr Bruder dagegen war ruhiger, sprach wenig, ging dafür aber bei allem, was er tat, gründlich und systematisch vor. Darin ähnelte er seinem Vater. Beim Fußballspiel, das beide Kinder mit der gleichen Leidenschaft liebten, war er der Torwart und Isabell die Torjägerin. Jannik erledigte seine Schulaufgaben langsam, gewissenhaft und ordentlich, was ihm gute bis befriedigende Noten in allen Fächern einbrachte, während Isabell in den sprachlichen Fächern glänzte, sich mit Mathematik und den Naturwissenschaften aber schwertat, sehr zum Leidwesen ihrer Großmutter, die Biologie und Chemie unterrichtet hatte.

Hanna betrat die gemütliche große Küche, die das Zentrum des Familienlebens darstellte, denn hier fanden die gemeinsamen Mahlzeiten morgens und abends statt. Sie würde Frikadellen mit selbstgemachten Stampfkartoffeln und einen grünen Salat vorbereiten, das mochten alle. Natürlich würde Inga die Stirn runzeln, weil Fleisch dabei war, aber heute war einer der zwei Tage in der Woche, an denen es eine Fleischmahlzeit geben durfte, darauf hatte sich die Familie nach vielen diesbezüglichen Diskussionen geeinigt.

Das Kartoffelwasser fing gerade an zu kochen, als Hanna ihre Schwiegertochter heimkommen hörte. Inga kam mit dem kleinen Nico, der während ihrer Arbeitszeit in der Kleinkindergruppe des Kindergartens betreut wurde, ins Haus. Thomas' Frau, schlank und zierlich mit einem netten Gesicht, in dem die großen tiefblauen Augen das Schönste waren, schälte ihren Jüngsten aus seinem Anorak, nahm ihm Mütze und Schal ab und vertauschte seine Stiefel mit Hausschuhen. Nico kam danach in die Küche gelaufen und schlang seine Arme um die Beine seiner Großmutter. Hanna nahm ihn hoch und küsste seine rosigen Wangen. „Na, mein kleiner Schatz, wie geht es dir?"

„Gut", antwortete der Kleine knapp. Hanna ließ ihn wieder auf den Boden hinunter, um sich weiter um die Vorbereitung des Essens kümmern zu können.

Inga kam in die Küche und ließ sich auf einen Stuhl fallen. Hanna strich ihr leicht über den Arm. „Du siehst erschöpft aus. Wie war dein Tag?"

„Ach, wie immer", antwortete die junge Frau müde. Nico kletterte auf den Schoß seiner Mutter und kuschelte sich an sie.

„Dann hör mal, was ich heute erlebt habe. Du wirst es nicht glauben!" Hanna brannte darauf, ihre Neuigkeit zu erzählen.

„Warst du nicht auf Frau Maschewskis Beerdigung? Die war doch heute, oder?"

„Ja, eben. Und weißt du, was mitten in der Zeremonie am Grab passiert ist?"

„Während der Bestattung ist etwas passiert?" Inga reichte den Jungen an Hanna weiter und stand auf. Sie nahm ein Flasche Apfelsaft aus dem Kühlschrank und schenkte sich ein Glas ein. „Ist jemand ins Grab gefallen?"

Hanna sah sich fast um die Pointe ihrer Erzählung gebracht.

„Nicht ganz, aber du bist nah dran", sagte sie. „Gerade als sie Frau Maschewskis Sarg in das Grab hinablassen wollten, schrie die Messdienerin ganz furchtbar auf. Sie hatte in dem Grab eine Leiche entdeckt, stell dir das mal vor! Einen menschlichen Körper, tot natürlich. Man konnte nur die Hand sehen, der Rest des Körpers war noch von Erde bedeckt. Das war vielleicht ein Anblick, sag ich dir!"

Mit dem Effekt, den ihr Bericht hervorrief, war Hanna durchaus zufrieden. Inga starrte sie mit offenem Mund an.

„Du meinst, in dem Grab lag schon eine Leiche?"

„Ja, so unglaublich es klingt, jemand hat einen Toten in das Grab gelegt, wahrscheinlich, um ihn dort zu verstecken. Wenn der Regen die Erde nicht weggespült hätte, wäre der Tote nie entdeckt worden."

„Das ist ja ein Ding! Was ist dann weiter passiert? Wie hat denn Pfarrer Niemann reagiert?"

„Ganz cool. Er hat die Beerdigung abgebrochen und die Polizei gerufen. Thomas und seine Leute sind bestimmt schon vor Ort und ermitteln. Es handelt sich sicher um einen Mord. Ich bin ja so neugierig, was dahinter steckt."

„Ja, das kann ich mir denken, Hanna. Nicht, dass du wieder anfängst, Detektiv zu spielen. Ich sehe dir doch an, dass du schon vor Neugier platzt."

Das Kartoffelwasser auf dem Herd drohte überzukochen. Hanna setzte den Kleinen ab und drehte die Temperatur herunter.

„Ich werde mich jetzt erst einmal umziehen", erklärte Inga. „Nico braucht eine neue Hose." Sie nahm das Kind bei der Hand. „Komm, du kleiner Stinker, wir brauchen etwas Frisches zum Anziehen."

Hanna schaute ihr hinterher, in Gedanken wieder ganz bei dem Ereignis auf dem Friedhof. Hoffentlich wusste Thomas Näheres über den Leichenfund. Inga hatte ja recht, sie war wirklich neugierig, was da passiert war.

Das Telefon im Flur klingelte. Bestimmt ist das Thomas, der später kommt, weil er noch an dem Mordfall arbeiten muss, dachte Hanna. Sie würde wohl noch warten müssen, bis sie mehr über diese seltsame Angelegenheit erfahren würde, dachte sie seufzend.

Sie nahm den Hörer ab und meldete sich. „Hallo Thomas! … Das habe ich mir schon gedacht … Gut, dann bis später."

Es war schon nach 23:00 Uhr, als Hanna ihren Sohn nach Hause kommen hörte. Inga war kurz zuvor zu Bett gegangen, die Kinder schliefen längst. Hanna hatte auf Thomas gewartet, sie wollte unbedingt erfahren, was es mit dem Leichenfund auf sich hatte.

Der Kommissar steckte den Kopf zur Wohnzimmertür herein.

„N' Abend, Mama", begrüßte er seine Mutter. Hanna stellte den Fernseher aus, stand auf und folgte ihrem Sohn in die Küche, wo er wie üblich die Milchflasche aus dem Kühlschrank nahm.

„Du hast bestimmt Hunger, oder?" Sie nahm ein Glas aus dem Schrank und stellte es ihrem Sohn hin, damit er nicht direkt aus der Milchflasche trank. Diese Unart hatte sie ihm immer noch nicht abgewöhnen können. „Ich mache dir schnell das Abendessen in der Mikrowelle warm. Frikadellen mit Stampfkartoffeln, die magst du doch so gerne.".

„Das wäre toll, Mama, danke! Wir hatten nur ein paar trockene Kekse im Büro. Du glaubst ja nicht, was heute los war bei uns!" Er goss die Milch in das Glas, während Hanna das auf einem abgedeckten Teller angerichtete Essen in die Mikrowelle schob.

„Ich kann es mir denken, ich war nämlich auf der Beerdigung von Frau Maschewski, als die Leiche entdeckt wurde."

„Ach, du warst da? Na, dann weißt du ja Bescheid." Thomas strich sich müde über die Augen. „Mein Gott, bin ich kaputt! Und hungrig. Hm, das riecht ja lecker."

Hanna nahm den Teller aus der Mikrowelle und stellte ihn vor ihren Sohn auf den Tisch. Mit routinierten Griffen bereitete sie in Minutenschnelle aus Tomaten und Gurkenstückchen einen kleinen Salat zu, den sie mit einem Dressing aus Apfelessig, Öl, Salz und Pfeffer und einem Spritzer Zitronensaft versah.

„Hier, damit du auch etwas Gesundes isst."

„Danke", sagte Thomas mit vollem Mund.

„Und nun erzähl!", forderte seine Mutter ihn auf. Sie setzte sich ihrem Sohn gegenüber an den Küchentisch und sah ihn erwartungsvoll an. „Du weißt, ich möchte zu gerne wissen, was da passiert ist."

Thomas schluckte den Bissen, den er gerade im Mund hatte, hinunter und fing an zu berichten. „Also, wir haben die Leiche geborgen. Sie ist inzwischen im gerichtsmedizinischen Institut in Oldenburg. Es ist ein junger Mann von hier, fast noch ein Junge."

„Ach, ein Cloppenburger also. Habe ich ihn gekannt? Wer ist er?"

Thomas seufzte. „Eigentlich dürfte ich dir gar nichts erzählen", sagte er. „Na gut, du gibst ja doch keine Ruhe. Und sowieso weiß morgen jeder in der Stadt Bescheid. Also, der Junge ist Ole Jansen. Seine Eltern wohnen in der Blumenstraße. Jens Hartmann hat ihn gut gekannt. Die Familie sind Nachbarn seiner Eltern." Er aß weiter. „Mmh, schmeckt übrigens lecker, Mama!"

Hanna lächelte zu dem Lob. Dann meinte sie nachdenklich: „Ich glaube, ich habe mal einen Schüler gehabt, der Ole Jansen hieß. Kann das sein? Es muss gegen Ende meiner Dienstzeit gewesen sein."

„Das ist gut möglich, der Junge hat vor zwei Jahren am Clemens-August-Gymnasium Abitur gemacht. Vielleicht hast du ihn damals in der sechsten oder siebten Klasse unterrichtet? Das käme zeitlich hin."

„Ich werde mal in meinen alten Notenbüchern nachsehen, ob ich den Namen Ole Jansen finde", sagte Hanna. „Wie ist er denn zu Tode gekommen?"

„Er ist erstochen worden. Irgendwann in der vergangenen Nacht. Die Leute vom Erkennungsdienst haben fast den ganzen Friedhof nach irgendwelchen Spuren abgesucht, aber bis jetzt nichts Verwertbares gefunden. Fußspuren gibt es wahrscheinlich auch nicht mehr, weil die Beerdigungsteilnehmer im Umfeld des Grabes herumgetrampelt sind. Aber wir stehen noch ganz am Anfang der Ermittlungen." Er hatte seine Mahlzeit beendet und lehnte sich entspannt zurück.

„Hat Ole studiert?" fragte Hanna.

„Ja, in Münster." Thomas goss sich noch ein Glas Milch ein und trank es in einem Zug leer. „Wir mussten seiner Familie die Nachricht überbringen, du glaubst nicht, wie schrecklich das war! Ich habe Jens Hartmann mitgenommen, weil er so etwas noch nie gemacht hatte. Es hat dem armen Kerl ganz schön zugesetzt, aber irgendwann muss er es ja auch einmal lernen."

„Ach, der Arme! Aber wenn ich erst an Oles Eltern denke! Wie furchtbar!"

„Ja. Und anschließend mussten die Jansens den Jungen identifizieren. Die Mutter ist fast zusammengebrochen, als sie ihren toten Sohn dort liegen sah." Thomas lehnte sich zurück und seufzte. „Wirklich schlimm, das Ganze."

„Habt ihr denn schon eine Strategie, wie ihr vorgehen wollt?"

„Naja, die Auswertung der Sachen vom Friedhof ist noch nicht abgeschlossen, die Zigarettenkippen, Kaugummis und anderes muss noch auf DNA-Spuren überprüft werden. Außerdem werden wir das gesamte soziale Umfeld des Jungen untersuchen. Und das Ergebnis der Obduktion steht auch noch aus."

Der Kommissar streckte sich und gähnte. „Aber jetzt bin ich wirklich müde, Mama, ich muss ins Bett. Danke, dass du auf mich gewartet hast. Ist sonst alles in Ordnung hier?"

Hanna stand auf. „Ja, alles ok. Sie schlafen alle."

Thomas gab seiner Mutter einen Kuss auf die weißen Haare. „Schlaf, gut, Mama! Und komm ja nicht auf die Idee, Detektiv spielen zu wollen."

„Aber wo denkst du hin, Thomas, würde ich doch niemals tun. Du kennst mich doch!"

„Eben", meinte Thomas trocken. „Gute Nacht."

Hanna räumte das Geschirr in die Spülmaschine und deckte den Tisch für das Frühstück am nächsten Morgen. Dabei fiel ihr Blick auf den Kalender an der Wand, auf dem auch die Mondphasen in Form kleiner runder Symbole eingezeichnet waren. In der vergangenen Nacht hatte ein heller Dreiviertelmond am Himmel gestanden, stellte sie fest. Gut zu wissen, dachte sie.

6. Kapitel

Das Konferenzzimmer der Polizeiinspektion Cloppenburg in der Bahnhofstraße war gut gefüllt. Staatsanwältin Dr. Roswitha Engelbrecht, wie immer im dunklen Kostüm mit weißer Bluse, war persönlich anwesend, um die Ermittlungen im Fall des spektakulären Leichenfundes zu beaufsichtigen. Sie ging auf die Sechzig zu und die Erfahrungen, die sie im Laufe ihrer langjährigen juristischen Tätigkeit gesammelt hatte, waren für manche Falte in ihrem herben Gesicht verantwortlich. Hauptkommissar Morgenroth schätzte ihre Kompetenz und Genauigkeit, aber gleichzeitig fürchtete er beides. Dr. Engelbrecht duldete keine Nachlässigkeit oder Fehler bei der Ermittlungsarbeit, deshalb waren die Fälle, die sie schließlich bei Gericht vorstellte, auch ausnahmslos tadellos recherchiert und belegt.

Der Kriminalhauptkommissar warf einen Blick in die Runde. Seine engsten Mitarbeiter, Oberkommissar Jan Hendrik Klüver, Kommissarin Susanne Holtmann - sie hatte ihren Namen nach der Heirat beibehalten - und der junge Jens Hartmann, der ein Ass in allen Computerfragen war, saßen in seiner Nähe an dem langen Tisch. Sie hatten ihre Notebooks oder Laptops aufgeklappt und bereiteten sich darauf vor, Bericht über ihre bisherigen Erkenntnisse zu erstatten.

Polizeiobermeister Holthus und zwei Mitarbeiter von der Bereitschaftspolizei, die als Erste vor Ort gewesen waren, sowie der Leiter des Erkennungsdienstes, Wilhelm Stör vom Fachkommissariat 5, ein hagerer Mann Mitte fünfzig, der für seine gewissenhaften kriminaltechnischen Untersuchungen bekannt war, standen bereit, ihr Wissen beizutragen.

„Moin zusammen", begrüßte Thomas Morgenroth seine Kolleginnen und Kollegen. Mit den meisten war er per Du, nur die Staatsanwältin siezte er respektvoll.

„Also", eröffnete er die Dienstbesprechung, „was haben wir? Gestern Nachmittag gegen 15:00 Uhr wurde in einem offenen Grab auf dem St. Andreas-Friedhof, das für die verstorbene Frau Maschewski vorgesehen war, eine Leiche entdeckt.

Es handelt sich dabei um den 20-jährigen Ole Martin Jansen, gemeldet im Studentenwohnheim „Wilhelmskamp", Steinfurter Str. 71, in Münster, wo er an der Universität Psychologie und Philosophie studierte. Er war zu Besuch in seiner Heimatstadt Cloppenburg, wo er bei seinen Eltern in der Blumenstraße wohnte. Kommissar Hartmann kann uns Näheres zu der Familie sagen."

Mit einer Handbewegung forderte er den jungen Kommissar zum Sprechen auf. Jens Hartmann räusperte sich, bevor er begann. „Ich kenne die Familie Jansen persönlich recht gut. Der Vater, Thorsten Jansen, arbeitet als Heizungsinstallateur bei der Firma Siebert in Cappeln, die Mutter, Melanie Jansen, ist Altenpflegerin im St. Pius Altenheim hier in Cloppenburg. Ole hatte zwei Schwestern: Sophia ist neunzehn Jahre alt und Auszubildende als Industriekauffrau bei einer hiesigen Firma, Lina ist sechzehn Jahre alt und geht in die 10. Klasse der Oberschule. Meine Schwester hat Ole Jansen vor einigen Jahren Nachhilfeunterricht gegeben, daher kannte ich Ole, weil er dafür meistens zu uns nach Haus kam. Meine Eltern wohnen ein paar Häuser weiter in der Blumenstraße."

Die Staatsanwältin ergriff das Wort. „Wenn Sie sich befangen fühlen, Kommissar Hartmann, kann ich Sie von der Mitarbeit an diesem Fall entbinden. Auf jeden Fall wird Ihr Chef Sie nur mit Arbeiten beauftragen, die Sie sich zutrauen.

„Danke, Frau Staatsanwältin. Ich schaffe das schon." Das Letzte, was Jens wollte, war, von der Arbeit an diesem besonderen Fall ausgeschlossen zu werden.

„Zum Ablauf des Geschehens kann uns Polizeiobermeister Holthus Genaueres sagen", fuhr Thomas fort. Er nickte Holthus auffordernd zu.

Der Polizeiobermeister räusperte sich und blickte auf seinen Notizzettel. „Um 14:55 Uhr ging in unserer Dienststelle der

Anruf ein. Pfarrer Niemann von der Kirchengemeinde St. Andreas meldete, man habe eine Leiche gefunden. Meine Leute waren um 15:03 Uhr vor Ort. Sie sicherten den Fundort und sperrten die Tore des Friedhofs ab, nachdem alle Beerdigungsgäste hinausgeführt worden waren. Der Erkennungsdienst traf fünf Minuten später ein."

„Danke, Richard", sagte Thomas. Er blickte den Kriminaltechniker an, der neben Holthus saß. „Oberkommissar Stör?"

Wilhelm Stör, der Leiter der Spurensicherung, berichtete über seine Tatortrecherche. „Meine Leute haben die Umgebung der Grabstelle und die Hauptwege sowie die Plätze vor den drei Eingängen des Friedhofs akribisch abgesucht. Die gefundenen Objekte, Papierschnipsel, Zigarettenschachteln, Zigarettenkippen, Kaugummis und Sonstiges werden zurzeit auf verwendbare Spuren untersucht. Wegen der vielen Beerdigungsteilnehmer, die überall in der Umgebung des Grabes herumgelaufen sind, gibt es kaum verwertbare Fußspuren. Allerdings", er machte eine wirkungsvolle Pause, bevor er fortfuhr, „haben wir einen brauchbaren Schuhabdruck unter der grünen Abdeckplane, die über dem Erdaushub gelegt worden war, gefunden. Wir müssen noch überprüfen, ob er von den Friedhofsgärtnern stammt, das wird heute geschehen. Wenn nicht, könnte der Täter uns hier einen unfreiwilligen Hinweis auf seine Identität hinterlassen haben."

„Gut, damit haben wir eine erste kleine Spur. Danke, Wilhelm. Sicher ist jedenfalls, dass die Tat genau geplant worden ist. Der Plan hätte sogar beinahe geklappt, wenn der Regen nicht gewesen wäre", schlussfolgerte Thomas.

Oberkommissar Klüver hob die Hand. „Wir haben die Friedhofsbediensteten und den Pfarrer befragt. Der Friedhof ist nachts geöffnet, jedermann könnte ihn betreten haben. Das Grab war am Vortag ausgehoben worden, weil die Gärtner mit Frost in der Nacht rechneten und deshalb befürchteten, dass am Beerdigungstag die Zeit dafür wegen des zusätzlichen Aufwandes bei gefrorenen Boden nicht ausreichen würde."

Susanne Holtmann ergänzte: „Am Montag war sehr schönes sonniges Wetter, deshalb waren viele Besucher auf dem Friedhof, um die Gräber zu pflegen. Der Täter kann also durchaus das vorbereitete Grab gesehen und dann seinen Plan gefasst haben, die Leiche in dem Grab zu verstecken. Von der bevorstehenden Beerdigung hat wohl die ganze Stadt, zumindest aber die katholische Kirchengemeinde St. Andreas gewusst."

Thomas resümierte: „Also kann der Täter nicht nur ohne Weiteres von dem offenen Grab gewusst haben, sondern auch in der Nacht unbehelligt auf das Friedhofsgelände gelangt sein. Er brauchte nicht einmal eine Taschenlampe, denn es war sternenklar und mondhell gestern Nacht."

Holthus meldete sich. „Wir haben die Nachbarn befragt, sowohl an der Kirchhofstraße als auch am Prozessionsweg. Manche haben in der Nacht Motorgeräusche gehört, sich aber nichts dabei gedacht. Niemand hat etwas Auffälliges bemerkt."

Der Laptop der Hauptkommissars gab einen Ton von sich, der bedeutete, dass eine E-Mail eingegangen war.

„Ah", sagte Thomas erfreut, „das ist eine Nachricht von Dr. Kretschmer aus Oldenburg." Er überflog die Nachricht. Alle sahen ihn gespannt an.

„Dr. Kretschmer schreibt, dass die Obduktion beendet sei. Die Todesursache war wie erwartet ein einzelner gezielter Stich ins Herz, der Tod ist quasi sofort eingetreten. Die Todeszeit war um Mitternacht herum, zwischen 23:30 Uhr und 00:30 Uhr. Die Tatwaffe hat eine etwa 8 bis 9 cm lange und

2 cm breite einseitig geschliffene und spitz zulaufende Klinge, könnte also ein Klappmesser, aber auch ein gewöhnliches Küchenmesser sein."

Thomas hielt kurz inne und ergänzte den Bericht des Gerichtsmediziners: „Von der Tatwaffe fehlt übrigens jede Spur. Wahrscheinlich hat der Täter sie mitgenommen und längst entsorgt."

Er setzte seinen Bericht fort: „Der Körper wies ansonsten keine Auffälligkeiten auf, der Junge war zwar etwas untergewichtig, aber gesund. Allerdings wurden im Blut des Getöteten Spuren von Pharmazeutika gefunden, Amphetamine und Benzodiazepin. Das bedeutet, dass Ole Jansen Aufputschmittel und Beruhigungsmittel genommen hat, wahrscheinlich abwechselnd."

Thomas stutzte: „Das erinnert mich an die Einbrüche in den Apotheken hier in der Stadt in den letzten Wochen. Dabei wurden genau solche Medikamente gestohlen. Nicht ausgeschlossen, dass es da einen Zusammenhang gibt."

Er sah in die Runde. Anscheinend hatte niemand etwas dazu zu sagen.

„Gut. Das ist also der Stand der Dinge. Wie gehen wir weiter vor? Vorschläge?"

Jan Hendrik meldete sich: „Das mit den Medikamenten sollten wir näher untersuchen. Welche Medikamente genau wurden gestohlen, welche hat Ole Jansen konsumiert? Gibt es Einbruchsspuren, die auf ihn hinweisen?"

„Das Zimmer von Ole Jansen hier bei seinen Eltern und das in Münster sollten ermittlungstechnisch untersucht werden." Es war Wilhelm Stör, der diesen Vorschlag machte.

„Wir müssen überprüfen, was Ole an dem Abend seines Todes getan hat, wo er war, wen er getroffen hat, mit wem er geredet hat. Seine Internet- und Handykontakte müssen gecheckt werden." Der Computerexperte Jens Hartmann regte diese Maßnahme an.

„Die Familie des Jungen muss überprüft werden. Wie sind die finanziellen Verhältnisse? Hatte Ole womöglich Geldprobleme?", schlug Jan Hendrik vor.

„Vielleicht war es eine Beziehungstat? Hatte Ole eine Freundin? Gab es womöglich irgendwelche Probleme in dieser Richtung?" Der letzte Vorschlag kam von Susanne Holtmann.

Die Staatsanwältin stand auf, die Dienstbesprechung war beendet. „Sie werden wissen, wie Sie die Aufgaben verteilen, Herr Morgenroth. Ich erwarte Ihren Bericht um 17:00 Uhr", sagte sie und verließ den Raum. Thomas erhob sich ebenfalls. „Also, machen wir uns an die Arbeit, Kollegen."

7. Kapitel

Susanne Holtmann und Jan Hendrik Klüver verließen gemeinsam die Polizeiinspektion und gingen zu ihrem Dienstauto. Sie hatten den Auftrag übernommen, das soziale Umfeld des Ermordeten zu überprüfen und sie wollten mit den Eltern und Geschwistern Ole Jansens beginnen. Als sie im Auto nebeneinander saßen, waren sie nicht mehr nur zwei Kollegen, die ihren Dienst versahen, sondern auch ein junges Ehepaar. Beruflich wie privat waren sie meistens auf einer Wellenlänge. Meistens.

„Willst du mir nicht endlich sagen, was dich bedrückt, Liebling?", fragte Jan Hendrik, während er den Wagen durch die Straßen lenkte. Er warf einen Seitenblick auf seine Frau, die stur nach vorne blickte. Ihr Profil erschien ihm wie immer umwerfend süß mit der niedlichen kleinen Nase, der gerundeten Stirn und dem kleinen eigenwilligen Kinn. Wie schön sie ist, dachte er, besonders wenn sie wie jetzt so ernsthaft die Stirn runzelt. Ihr honigblondes Haar, das Susanne meistens in einem Pferdeschwanz trug, passte perfekt zu ihren außergewöhnlichen Augen, die die Farbe von dunklem Ostseebernstein hatten, fand er. Von Anfang an hatten diese Farben, die er bei einem Menschen noch nie so gesehen hatte, den Kommissar fasziniert.

„Was ist denn los? Schatz, du hast doch etwas, sag es mir doch bitte!", drängte er.

Seine Frau schüttelte den Kopf. „Nicht jetzt, Hendrik, lass uns heute Abend darüber reden. Jetzt müssen wir uns auf den Fall konzentrieren, okay?" Sie legte kurz die Hand auf seinen Arm und lächelte ihm zu.

Der Oberkommissar schwieg. Immer wieder wich sie ihm aus. Es war allmählich beunruhigend. „Na gut", sagte er schließlich, „aber wirklich heute Abend, versprochen?"

„Versprochen", antwortete Susanne.

Sie waren beim Haus der Jansens angekommen. Anscheinend war die ganze Familie zu Hause, denn in der Einfahrt standen das Familienauto und mehrere Fahrräder. Verständlich, dachte Susanne, wahrscheinlich sind die Angehörigen nicht in der Lage, ihren normalen Alltagtätigkeiten nachzugehen nach dem Schock von gestern. Nicht nur, dass sie mit dem Tod des Sohnes und Bruders fertig werden mussten, sie hatten zudem der Tatsache ins Auge zu sehen, dass er Opfer einer Gewalttat worden war.

Auf ihr Klingeln öffnete Oles Mutter den beiden die Tür.

„Entschuldigen Sie, wenn wir Sie stören", sagte der Oberkommissar. Er stellte sich und seine Kollegin vor und beide zeigten der Frau ihre Ausweise. „Wir hätten noch ein paar Fragen an Sie wegen Ole."

Mit einer entsprechenden Handbewegung bat Frau Jansen sie hereinzukommen. Im Wohnzimmer trafen die Beamten auf Oles Vater und die Großmutter. Jan Hendrik erklärte noch einmal, warum sie gekommen waren.

„Damit haben wir schon gerechnet", antwortete Thorsten Jansen. Er wies auf das Sofa und die beiden Kommissare nahmen Platz. „Was wollen Sie denn wissen?"

„Also", fing Jan Hendrik an. „Wir wissen, dass Ole in Münster studiert hat. Wie oft kam er denn nach Hause und wie lange blieb er jeweils?"

Oles Mutter übernahm vorerst das Antworten, während Thorsten Jansen und die Großmutter still zuhörten. „Er kam recht regelmäßig alle vierzehn Tage nach Hause, schon wegen der Wäsche, die ich für ihn wusch. Er blieb meistens nur übers Wochenende, dann fuhr er wieder zurück nach Münster."

„Aber dieses Mal blieb er länger?"

„Ja, er sagte etwas von einer Geburtstagsparty oder so, deshalb wollte er bis heute bleiben."

„Ach so! Wissen Sie den Namen des Freundes, der Geburtstag hatte?"

„Nein, leider nicht. Er hat nie viel erzählt, der Junge."

„Fuhr er immer mit dem Fahrrad, wenn er irgendwohin wollte?"

„Ja, er hatte ja keinen Führerschein. Er hatte ein E-Bike. Damit fuhr er gerne in der Gegend herum. Er nahm das Fahrrad auch immer nach Münster mit."

„Wann haben Sie beide Ole denn zuletzt gesehen?"

Die Eheleute sahen sich an. „Beim Abendessen gestern, nein, das war ja vorgestern, nicht Thorsten?", antwortete Melanie. „Er hat nicht viel gegessen, obwohl ich sein Lieblingsessen gekocht hatte. Er aß sowieso nie viel, sagte immer, er habe keinen Appetit. Deshalb war er auch so dünn, der arme Junge." Sie kämpfte mit den Tränen. Ihr Mann tätschelte unbeholfen ihre Hand.

„Wann hat er denn das Haus verlassen?"

„Ich weiß es nicht, ich hatte Spätschicht im Pius und bin gegen halb zehn hingefahren." Sie wandte sich an ihren Mann. „Weißt du, wann Ole weggegangen ist?"

Oles Vater schüttelte den Kopf. „Ich bin vor dem Fernseher eingeschlafen und später so gegen elf ins Bett gegangen. Ich hab ihn nicht mehr gesehen."

„Und die Großmutter?" Jan Hendrik blickte zu der alten Frau, die unbeteiligt vor sich hinsah.

„Ach, Oma. Sie ist meistens nicht ganz bei sich, Sie sehen ja. Das Alter, wissen Sie", erklärte Melanie Jansen.

„Das tut mir leid", sagte der Kommissar.

Eine kleine Pause entstand.

Susanne übernahm das Gespräch. „Sind Ihre Töchter zu Hause?"

„Ja, sie sind oben in ihrem Zimmer", antwortete Melanie Jansen. „Das Ganze hat sie ziemlich mitgenommen."

„Ja, das kann ich verstehen. Können wir sie trotzdem kurz sprechen?"

Oles Vater stand auf. „Ich werde sie rufen, einen Moment bitte."

Kurze Zeit später traten die beiden Mädchen ins Zimmer. Beide sahen bedrückt aus, ernst und traurig. Die Ältere, Sophia, eine unscheinbare junge Frau mit deutlichem Übergewicht, hatte glattes, dunkelblondes Haar und trug eine Brille, die sie älter aussehen ließ, als sie war. Sie sah die Kommissare erwartungsvoll an. Lina, die 16-Jährige, ebenfalls etwas mollig, setzte sich zu ihrer Oma und fasste deren Hand.

„Wir haben nur ein paar Fragen an euch", sagte Susanne. „Wisst ihr, wo Ole sich aufhielt, wenn er hier war? Oder zum Beispiel, wen er traf? Was er den ganzen Tag machte?"

Sophia übernahm es zu antworten. „Er ging manchmal ins Blue Moon, dem angesagten Club hier. Jedenfalls sagte er das. Ich hab keine Ahnung, wo er sich sonst noch aufhielt. Er wollte ja nie etwas erzählen."

„Und du, Lina?"

Das Mädchen zuckte die Schultern und fuhr fort, der Großmutter die Hand zu streicheln, die sie daraufhin mit einem abwesenden Lächeln bedachte.

„Keine Ahnung", sagte Lina. „Ole war manchmal schon komisch. So aufgedreht und unruhig. Dann fuhr er mit seinem Fahrrad durch die Gegend. Und dann wieder war er mürrisch, sagte nichts und lag den ganzen Tag auf seinem Bett und hörte Musik. Komisch."

„Habt ihr denn seine Freunde nicht gekannt? Ihr seid doch zusammen mit ihm aufgewachsen."

Die Mädchen sahen sich an. „Ja, das schon" meinte Sophia nachdenklich. „Aber Ole war immer gerne für sich. Ich kann mich nicht erinnern, dass er oft Freunde mit nach Hause brachte, oder Mama?"

„Ja, das stimmt. So war Ole eben. Er las Bücher oder spielte Computerspiele oder hörte Musik. Oder er lernte für die Schule. Zeitweise hatte er Schwierigkeiten mitzukommen in der Schule, deshalb hat ihm Jens' Schwester ja ein halbes Jahr lang Nachhilfeunterricht gegeben." Melanie sah die Kommissare an. „Jens Hartmann, das ist doch Ihr Kollege, nicht?"

„Ja", bestätigte Susanne, „Kommissar Hartmann ist unser Kollege."

„War Ole in einem Sportverein? Oder hatte er sonst irgendein Hobby, bei dem er mit anderen zusammentraf?", fragte

Jan Hendrik. Alle schüttelten den Kopf.

„Nein, er war am liebsten für sich allein", sagte Melanie. „Ja, früher als Kind auf der Grundschule, da machte er Sport und hatte viele Freunde. Aber als er aufs Gymnasium wechselte, hörte er damit auf. Hatte wohl keine Lust mehr dazu. Außerdem musste er sehr viel lernen um mitzukommen auf dem Gymnasium."

„Aber er hat doch schließlich Abitur gemacht, Frau Jansen", betonte Susanne.

„Ja, das stimmt", sagte Oles Mutter. In ihrer Stimme klang ein wenig Stolz mit.

„Dürfen wir uns einmal Oles Zimmer ansehen?", fragte Susanne. „Später wird unser Kollege, Kommissar Stör von der Kriminaltechnik noch kommen, um dort eventuelle Spuren zu sichern, die uns vielleicht helfen können, Oles Mörder zu finden."

„Ja, natürlich. Kommen Sie, ich zeige es Ihnen."

Sie ging voraus die Treppe hinauf und öffnete eine Tür.

Oles Zimmer war so normal, wie ein Zimmer, in dem ein Junge groß geworden war, nur sein konnte: Bett, Schrank, Schreibtisch, Bücherregal, verschiedene Ausstattungsgegenstände. An der Wand, Wimpel und Poster eines Fußballvereins. Offensichtlich war Ole Werder Bremen-Fan gewesen. Eine altmodische Musikanlage, CDs, Bücher und Zeitschriften. Auf dem Stuhl lagen ein paar Kleidungsstücke, eine Reisetasche stand neben dem ungemachten Bett. Susanne öffnete einige Schubladen und sichtete den Inhalt.

Lauter Krimskrams, nichts Besonderes, stellte sie fest.

Auf dem Schreibtisch stand ein zugeklappter Laptop.

„Den Computer müssen wir mitnehmen. Vielleicht finden unsere Techniker etwas Wichtiges darauf, was uns helfen kann, den Täter zu finden", erklärte die Kommissarin. Sie stöpselte den Computer aus und nahm ihn unter den Arm.

„Hatte Ole ein Handy?", fragte Jan Hendrik.

„ Ja, natürlich, das hat er bestimmt mitgenommen, als er wegging", vermutete seine Mutter.

„Frau Jansen, haben Sie vielleicht ein Foto von Ole, das Sie uns überlassen könnten? Sie bekommen es bestimmt zurück", fragte Susanne.

„Ja, natürlich. Ich werde mal nachschauen unten", sagte Oles Mutter.

Jan Hendrik verständigte sich mit einem Blick mit Susanne. „Ich glaube, wir haben alles gesehen, vielen Dank, Frau Jansen."

Sie gingen nach unten. „Nun, haben Sie etwas gesehen, was Ihnen hilft, Oles Mörder zu finden?", fragte Thorsten Jansen.

„Das wissen wir noch nicht, Herr Jansen. Wir stehen ja noch ganz am Anfang unserer Ermittlungen, aber wir versprechen Ihnen, wir tun, was wir können", versicherte Susanne. Wie schwer musste es für einen Vater sein, den Sohn auf solch eine grausame Art zu verlieren! Sie hätte gern tröstende Worte für ihn und seine Familie gefunden, aber sie wusste, sie musste versuchen, objektiv zu bleiben.

Inzwischen hatte Melanie ein Foto ihres Sohnes aus dem Rahmen herausgenommen, in dem es auf dem Regal im Wohnzimmer neben einigen anderen Familienbildern gestanden hatte, und überreichte es der Kommissarin. Susanne betrachtete das ernste Jungengesicht mit den in der Mitte gescheitelten kinnlangen blonden Haaren und der Brille. Sie musste an das Gesicht denken, das sie, verschmutzt durch die Friedhofserde, auf dem Boden des Grabes gesehen hatte.

„Wenn Ihnen noch etwas einfällt, zu Oles Bekanntschaften beispielsweise, bitte rufen Sie uns an. Jede Kleinigkeit kann wichtig sein", ergänzte Jan Hendrik. Er drückte jedem Familienmitglied eine Polizeikarte in die Hand und die beiden Kommissare verabschiedeten sich.

„Jetzt nach Münster?", schlug Susanne vor, als sie und ihr Mann ins Auto stiegen.

Jan Hendrik schaute auf seine Armbanduhr. „Das schaffen wir heute nicht mehr. Lass uns in die Inspektion fahren und die fälligen Berichte schreiben."

„Und den Laptop abgeben, damit ihn Jens schon mal auswerten kann", ergänzte Susanne.

„Aber nicht ohne vorher bei Burger King vorbeigeschaut zu haben", erwiderte der Oberkommissar und startete den Wagen. „Mir knurrt schon der Magen."

8. Kapitel

Bewegung, hatte Hanna Morgenroths Hausarzt gesagt, Bewegung sei das A und O, damit die Gelenke auch im Alter noch funktionieren. Hanna versuchte den Rat ihres Arztes zu befolgen. Jeden Morgen zog sie ihr Sportoutfit an, je nach Witterung zusätzlich eine dicke Jacke sowie Mütze, Schal und Handschuhe oder eine Regenjacke mit Kapuze, und marschierte los. Gut eine Stunde lang schwang sie im zügigen Tempo ihre Walkstöcke und legte dabei etwa sieben Kilometer zurück. Zugegeben, wenn ihre Arthrose sich stärker als üblich bemerkbar machte, waren es etwas weniger. Sie hatte erfahren, dass die stetige Bewegung in der frischen Luft nicht nur ihrem Körper gut tat, sondern auch ihrem Geist. Wenn etwas sie besonders beschäftigte, konnte sie beim Gehen intensiv darüber nachdenken. Oder sie genoss ganz einfach die

Natur um sich herum.

Seit der Geburt des kleinen Nico hatte Hanna ihre Alltagsroutine mehrmals verändern müssen. In den ersten Monaten hatte Inga die Elternzeit genutzt, um ganz für das Baby da sein zu können. Hanna hatte sie dabei unterstützt und einen größeren Teil der Hausarbeit übernommen. Als Inga ihre Arbeit wieder aufnahm, hatte Thomas für drei Monate die ihm zustehende Elternzeit wahrgenommen und sich ganz dem kleinen Nachkömmling gewidmet, so wie er es bei den Zwillingen auch getan hatte. Hanna wusste, dass es ihm nicht leicht gefallen war, während dieser Zeit auf seinen Beruf zu verzichten. Aber sie hatte auch beobachtet, dass Thomas in diesen Monaten einen besonders innigen Bezug zu seinem kleinen Sohn entwickelte. Hanna hatte dieses intensive Zusammensein mit ihrem Sohn und seinen Kindern als eine große Bereicherung empfunden und sie bedauerte es, als Thomas seinen Dienst wieder aufnahm und Inga den Kleinen in die Krippe ihres Kindergartens unterbrachte, während sie dort arbeitete. Der Kontakt mit Gleichaltrigen sei wichtig für die soziale Entwicklung des Kindes, betonte Inga, und sie hatte damit sicher recht. Dennoch hätte Hanna den Kleinen gerne weiter bei sich zu Hause betreut.

Jedenfalls hatte sie dadurch wieder mehr freie Zeit gewonnen und war einen großen Teil des Tages allein zu Hause, denn auch die Zwillinge wurden immer selbstständiger und verbrachten mehr Zeit außer Haus. Deshalb war Hanna froh, ihre Hobbys zu haben. Sie liebte es, sich die Krimis im Fernsehen anzuschauen und dabei die Täter zu erraten. Sie las die neuesten Bestseller dieses Genres und wunderte sich manchmal über die hanebüchenen Geschichten, die sie erzählten. Interessant fand sie es, wenn die Autoren glaubwürdige Handlungen entwarfen, die echtes menschliches Leben schilderten. Schließlich hatte sie selbst nicht unmaßgeblich zu der Auflösung schwieriger Kriminalfälle beigetragen. Sie dachte dabei an das französische Mädchen, dessen trauriges Schicksal sie aufgeklärt hatte, an das Kind, das nicht sprach, weil es unter Schock stand, und nicht zuletzt an die Verbrecher, die die Not todkranker Menschen ausgenutzt hatten. In all diesen Fällen war sie es gewesen, die die Täter schließlich überführt hatte, auch wenn ihr Sohn, der Kriminalkommissar, es nicht gerne sah, dass sie sich in echte Kriminalfälle einmischte. Er hatte ja recht, wenn er immer wieder betonte, dass sie sich dabei in Gefahr bringe, das sah Hanna durchaus ein. Aber wenn sie einmal eine Spur witterte, konnte sie es nicht lassen, dieser Spur nachzugehen. Das war der Grund, weshalb ihre Gedanken im Moment unablässig um den mysteriösen Mord auf dem Friedhof kreisten.

Einen Höhepunkt in Hannas Wochenablauf stellten die regelmäßigen Kaffeekränzchen mit ihren beiden langjährigen Freundinnen Liesbeth Nording und Edith Hellmers dar. Mit großer Freude bereitete sie jedes Mal den Kuchen und allerlei andere Leckereien vor, mit denen sie ihre Gäste verwöhnen konnte.

Diesmal hatte sie eine Schokoladentorte gebacken, dazu verschiedene Kekssorten und Süßigkeiten, von denen sie wusste, dass die Frauen sie besonders gerne aßen. Den Esstisch in ihrem Wohnzimmer hatte sie ansprechend gedeckt mit ihrem feinen weißen Porzellan, hatte einen kleinen Strauß Osterblumen in einer Vase angeordnet und dazu passend gelbe Servietten kunstvoll drapiert.

„Hübsch", bekundete Liesbeth denn auch lobend, als sie sich leicht keuchend wegen der Treppe auf den Stuhl sinken ließ, den sie immer benutzte, wenn sie bei Hanna war. „Wie schön du immer alles herrichtest, Hanna!"

Heute trug Liesbeth einen rosa Pullover mit kleinen Applikationen in Blütenform am Kragen und einen schlichten blauen Rock, was eine ungewohnte farbliche Zurückhaltung für ihre Verhältnisse darstellte.

„Edith hat angerufen, sie kommt etwas später", berichtete Hanna. „Sie sagte, wir sollen ruhig schon anfangen." Sie hatte in der kleinen Küche, die zu ihrer Wohnung im Obergeschoss des Hauses gehörte, den Kaffee zubereitet, den sie jetzt in einer Kaffeekanne an den Tisch brachte.

„Ach so. Was hat sie denn so Wichtiges zu tun, jetzt, wo sie pensioniert ist", fragte Liesbeth, während sie fachmännisch die Köstlichkeiten auf dem Tisch in Augenschein nahm. Liesbeth Nording war gelernte Konditorin, ihrer Familie gehörte die größte Bäckerei des Ortes, die jetzt von ihrem Sohn geleitet wurde. Es war ausgemacht, dass bei den wöchentlichen Kränzchentreffen nur Selbstgebackenes auf den Tisch kommen durfte, das jeweils kritisch begutachtet wurde.

„Hat sie nicht gesagt", antwortete Hanna, während sie sich und Liesbeth Kaffee einschenkte. In diesem Moment ertönte die Türglocke. „Da ist sie schon". Hanna setzte die Kanne ab, ging nach unten und ließ Edith Helmers ein.

Edith Helmers war eine hochgewachsene, schlanke, fast dünne Frau Mitte sechzig, die in allem dem Klischee einer gelehrten Altphilologin entsprach. Sie trug ihre grauen Haare in einem gepflegten, am Hinterkopf hochgesteckten Zopf, den sie immer mit einer großen, silbernen Spange befestigte. Ihre bevorzugte Farbe war Grau in allen Schattierungen; nur selten lockerte sie dieses elegante, aber eher eintönige Outfit durch ein farbiges Schmuckstück, etwa eine Bernsteinkette oder eine Lapislazulibrosche auf. Es konnte vom Äußeren her kaum einen größeren Gegensatz geben als zwischen den beiden Frauen, die sich jetzt an Hanna Morgenroths Kaffeetisch einfanden. Hanna selbst stellte zwischen den beiden Extremen eine ausgewogene Mitte dar, wie sie fand. Trotz des unterschiedlichen Äußeren, das die individuellen Temperamente zum Ausdruck brachte, verstanden sich die drei Freundinnen, von denen jede auf einen ganz eigenen Lebenslauf zurückblicken konnte, ausgesprochen gut. Ihre jahrzehntelange Freundschaft hatte viele Bewährungsproben überstanden. So hatte Hanna beispielsweise nach dem Tod ihres geliebten Mannes Trost bei den Freundinnen gefunden. Für die Junggesellin Edith stellten die beiden Frauen quasi ihre Familie dar und Liesbeth hatte sich mit ihnen über die Notwendigkeit hinweggetröstet, die Firmenleitung an die nächste Generation abgeben zu müssen.

Wenn sich die drei Frauen einmal in der Woche trafen, wurde alles besprochen, was gerade in der Stadt geschah, es wurden persönliche Ansichten ausgetauscht und oft schütteten sie sich gegenseitig das Herz aus, wenn sie etwas bedrückte. Sie waren ein Herz und eine Seele, die drei so unterschiedlichen Freundinnen.

„Habt ihr das von der Leiche in der Zeitung gelesen?", eröffnete Liesbeth nun das Gespräch mit einer eher rhetorischen Frage, denn selbstverständlich war der sensationelle Fund auf dem Friedhof das allgemeine Stadtgespräch.

„Natürlich, es ist einfach unglaublich! Leider war ich nicht auf der Beerdigung, habe den Toten also nicht selbst gesehen." Ediths Bedauern darüber war echt.

„Ich hab mich gar nicht getraut, ins Grab zu schauen", gestand Liesbeth. „Hanna hat die Hand gesehen, die aus der Erde herausschaute wie in einem Horrorfilm, nicht wahr?"

Hanna verteilte den Schokoladenkuchen auf die Teller und ließ sich mit der Antwort Zeit. „Ja, es war wirklich gruselig. Man konnte alle fünf Finger genau sehen. Ganz schmutzig waren sie von der schwarzen Erde, und nass. Es hatte ja stark geregnet."

„Oh mein Gott, so etwas hier in Cloppenburg! Kaum zu glauben!", wiederholte Liesbeth.

Edith breitete sorgsam die Serviette über ihrem grauen Rock aus, bevor sie eine Kuchengabel voll Schokoladenkuchen zum Mund führte. „In der Zeitung haben sie den Nachnamen des Toten nicht genannt, nur den Vornamen: Ole. Es soll ja ein junger Mann von hier sein. Hanna, du weißt doch sicher von Thomas, wer es ist, oder?" Hannah nickte. Sie nahm zuerst noch einen Schluck Kaffee, bevor sie antwortete. „Ja, er hat ihn mir gesagt. Es ist ein junger Mann namens Ole Jansen, 21 Jahre alt, Student in Münster."

„Ole Jansen?" Edith stellte ihre Tasse so heftig auf die Untertasse, dass es klirrte. „Doch nicht der Ole Jansen, der vor zwei Jahren am CAG Abitur gemacht hat?"

„Ja, das stimmt. Hast du ihn unterrichtet?"

„Ich hatte ihn in Latein, ja. Ach, der arme Junge! Er hatte es nicht leicht. In der Schule kam er gerade so mit, sein Abitur war auch nicht glänzend." Die pensionierte Oberstudienrätin schüttelte erschüttert den Kopf.

„Ich habe in meinem roten Notenbüchern nachgeschaut, ob ich ihn im Unterricht hatte, damals, als ich noch im Dienst war", ergänzte Hanna. „Es muss in meinem letzten aktiven Jahren gewesen sein. Ole war in der sechsten Klasse. Seine Noten in Biologie waren nur ausreichend. Ich erinnere mich nur vage an den kleinen Jungen von damals."

Liesbeth, die sich intensiv ihrem zweiten Stück Torte widmete, hörte gespannt zu, während die beiden Ex-Lehrerinnen ihre Erinnerungen an ihren ehemaligen Schüler austauschten.

„Ich erinnere mich gut an den Jungen", sagte Edith. „Er galt als recht schwierig. In der Klasse war er der Außenseiter, die anderen Schüler mieden ihn. Ein seltsamer Junge war er, still und zurückhaltend, aber manchmal konnte er auch aggressiv werden, irgendwie unberechenbar." Sie hielt inne, um einen Schluck Kaffee zu nehmen. „Einmal gab es eine Klassenkonferenz, weil er einen Mitschüler tätlich angegriffen hatte", fuhr sie dann in ihrer Erzählung fort. „Er hat den anderen, der ihm wegen irgendetwas gehänselt hatte - der Ton zwischen den heutigen Jugendlichen ist ja oft recht rau - regelrecht zusammengeschlagen. Die Eltern des Jungen wollten sogar Anzeige erstatten. Aber darauf haben sie verzichtet, auf Vermittlung unseres Schulpsychologen.

„Ach, tatsächlich?", meinte Liesbeth. „Womöglich hat diese Sache irgendetwas mit der Tat zu tun?", mutmaßte sie.

„Was war denn die Todesursache? Weiß man das schon?", fragte Edith ihre Gastgeberin.

„Er ist erstochen worden, hat Thomas gesagt. Also ist es eindeutig ein Mord", erklärte Hanna. Die Kaffeetassen waren leer und sie stand auf, um für Nachschub zu sorgen.

„Übrigens, dein Kuchen, Hanna, einfach göttlich", lobte Liesbeth die Backkünste ihrer Freundin.

„Danke Lizzy!" Hanna freute sich über das Kompliment der Fachfrau.

Edith Helmers ging nicht auf die Qualität des Schokoladenkuchens ein, denn sie war in Gedanken noch bei dem Mordopfer. „Ich erinnere mich noch, wie Ole in der fünften Klasse war, als er ins Gymnasium eintrat. Er war ein ganz lebhafter, fleißiger Junge, aber als er in die Sechste kam, veränderte er sich stark. Wahrscheinlich war der Beginn der Pubertät daran schuld; bei manchen Jungen bewirkt sie eine totale Wesensänderung. Wenn ich da an die Klagen der Eltern denke an den Elternsprechtagen." Wieder schüttelte sie den Kopf. „Jedenfalls: Seine Leistungen ließen nach , er wurde immer stiller, was sich auf seine mündliche Mitarbeit negativ auswirkte. Schade eigentlich." Sie machte eine nachdenkliche Pause.

„Und jetzt ist er also tot, der arme Junge", brachte Liesbeth es auf den Punkt, „ermordet in so jungen Jahren!"

„Ich frage mich, was da vorher passiert sein kann? Ein solch durchdachter, genau geplanter Mord muss doch ein schwerwiegendes Motiv haben", meinte Hanna.

Nachdenkliches Schweigen entstand.

„Wir werden dieses Problem hier und heute jedenfalls nicht lösen können", stellte Liesbeth schließlich pragmatisch fest. „Was gibt es denn sonst Neues in der Stadt?" Sie hielt Hanna ihre Tasse hin. „Hanna, hast du noch einen frischen Kaffee für mich?"

9. Kapitel

Emilia Korte konnte nicht glauben, was sie im Newsfeed ihres Handys las. Das durfte nicht wahr sein! Sie sprang von ihrem Schreibtischstuhl auf. Fassungslos starrte sie auf den Zeitungsartikel, der auf dem Display ihres Mobiltelefons erschienen war.

Nein, schrie es in ihr, nein, das konnte doch nicht sein! Sie spürte plötzlich ihren Herzschlag überdeutlich und einen Moment lang glaubte sie, keine Luft mehr zu bekommen. Mit zitternden Fingern strich sie über das Display und vergrößerte das Schriftbild. Da war von einem sensationellen Leichenfund die Rede in der Kleinstadt Cloppenburg. Oles Eltern lebten in Cloppenburg! Auf dem Boden eines offenen Grabes habe man den Körper eines jungen Mannes gefunden. Mein Gott, das war ja gruselig! Er sei als Ole J. identifiziert worden, Student aus Münster, der bei seinen Eltern in C. zu Besuch gewesen sei. Die Kriminalpolizei ermittele in alle Richtungen, hieß es weiter in dem kurzen Artikel, bisher habe man noch keine Spur von dem Täter gefunden. Über die Todesursache und den genauen Tathergang gebe die Polizei keine Auskünfte, aus ermittlungstechnischen Gründen, hieß es.

„Clara!" Emilia musste sich räuspern, weil ihre Stimme ihr nicht richtig gehorchen wollte. „Clara!", wiederholte sie laut.

„Was ist?" Clara Mühlbach, Emilias Mitbewohnerin, hob unwillig den Kopf von ihrem Kissen. Sie hatte noch geschlafen; es war am Abend vorher recht spät geworden und sie hatte noch keine Vorlesungen. „Bist du verrückt, mich zu wecken in aller Herrgottsfrühe? Was ist denn los?"

Die beiden Studentinnen teilten sich ein möbliertes Zweibettzimmer im Studentenwohnheim „Wilhelmskamp" in Münster.

„Schau dir das an, Clara!" Emilia ging zu ihrer Freundin, die sich aufsetzte und schlaftrunken die Augen rieb.

„Wie spät ist es überhaupt?", fragte Clara gähnend, „es ist ja noch nicht einmal richtig hell."

„Clara, nun hör doch! Du musst dir das mal anschauen, bitte!"

Irgendetwas in der Stimme ihrer Freundin ließ Clara aufhorchen. „Ist etwas passiert?", fragte sie alarmiert.

Emilia reichte ihr das Handy. „Hier! Schau mal!"

Immer noch nicht richtig wach, nahm Clara den Newsfeed-Artikel in Augenschein. Ihre Augen weiteten sich. Plötzlich war alle Schläfrigkeit aus ihrem Gesicht verschwunden. „Du meinst doch nicht …!" Sie sah Emilia ungläubig an. „Du meinst, das ist Ole? UNSER Ole?"

„Ja! Lies doch, es stimmt alles! Oles Eltern wohnen in Cloppenburg, der Vorname, das Alter, Student in Münster: Alles stimmt. Auch der Anfangsbuchstabe des Nachnamens. Er muss es sein, Clara!" Emilia war kurz davor, in Tränen auszubrechen. Ihre Stimme zitterte. Verzweifelt sah sie ihre Mitbewohnerin an. „Clara, das bedeutet, Ole ist ermordet worden! Ermordet, stell dir das mal vor!"

Sie schlug die Hände vors Gesicht und fing an, leise zu weinen. Clara strich ihr tröstend über den Rücken, immer noch damit beschäftigt zu begreifen, was das Gelesene bedeutete. Hatte tatsächlich jemand ihren zwar merkwürdigen, aber harmlosen Freund ermordet? Das war doch gar nicht möglich! Wer sollte das getan haben und warum? Ole konnte doch keiner Fliege was zuleide tun, schon gar nicht etwas so Schlimmes, dass jemand einen Grund gehabt hätte, ihn umzubringen! Einfach unvorstellbar!

Sie setzte sich auf, schwang die Bettdecke zurück, schob Emilia, die immer noch schluchzend auf ihrer Bettkante saß, beiseite und stand auf. Als erstes nahm sie ihre Brille vom Nachttisch und setzte sie auf; ohne Brille fühlte sie sich halbblind und hilflos. Sie nahm das Mobiltelefon und las den Artikel noch einmal aufmerksam durch.

„Hm", machte sie, „es sieht tatsächlich danach aus, dass es unser Ole ist. Der Arme! Was kann denn da passiert sein?", fragte sie mehr sich selbst als ihre Freundin, die immer noch weinte und unfähig was zu sprechen.

„Ich habe Ole übrigens lange nicht mehr gesehen; du?", fragte Clara.

Emilia sah sie mit tränenverhangenen Augen an. „Ich auch nicht. Das letzte Mal … warte, das war vor zwei Wochen auf der Fete bei Thore. Da waren alle anderen auch da, du ja auch."

„Wusstest du, dass er nach Hause fahren wollte?"

„Nein. Er hat mir nichts gesagt. Seit ich Schluss gemacht

habe, haben wir kaum noch miteinander gesprochen." Sie schniefte und suchte nach einem Taschentuch. Clara reichte ihr eine Packung Papiertücher, Emilia zupfte eins davon aus der Folie, wischte sich die Tränen ab und putzte sich die Nase.

„Sag mal, Emmi, ich hab dich das nicht gefragt bisher, aber warum hast du eigentlich Schluss gemacht?", fragte Clara. „Ich dachte immer, dass du ernsthaft in ihn verliebt warst."

Sie suchte ihre Jeans und einen Pullover aus dem Haufen Klamotten heraus, der auf dem Stuhl an ihrem Schreibtisch lag, und ging, nur mit Slip und Top bekleidet, zu dem Waschbecken, das sich in der Ecke des Raumes befand. Das 21 Quadratmeter große Zimmer bot gerade eben Platz für die Betten, die Schränke, die Schreibtische und die Regale der beiden Bewohnerinnen; WC, Bad und Dusche teilten sie sich mit weiteren Studierenden auf dem Flur. Immerhin verfügte ihr Zimmer über ein Waschbecken mit dazugehörigem Spiegel, an dem Clara jetzt eine morgendliche Katzenwäsche vornahm. Es war schwierig, auf dem beengten Raum Ordnung zu halten, und Emilia, die Ordentlichere von den beiden, sorgte klaglos dafür, dass das Chaos, das Clara um sich verbreitete, nicht Überhand gewann.

„Das war ich ja auch", antwortete sie auf die Frage Claras. „Aber du weißt ja, Ole war manchmal so komisch. Mal war er ganz lieb und anhänglich, dann wich er mir kaum von der Pelle, wollte alles von mir wissen, was ich denke, was ich glaube und so weiter. Dann wieder war er unausstehlich zu mir, grundlos eifersüchtig, oder er ignorierte mich total."

Die junge Frau hatte sich inzwischen ein wenig gefasst. Sie setzte sich an ihren Schreibtisch, auf dem aufgeschlagen die Bücher lagen, aus denen sie Textstellen für eine anstehende Semesterarbeit herausgesucht hatte, als sie die Nachricht entdeckte. Bedrückt ließ sie die Schultern hängen und blickte ihre Zimmergenossin ratlos an. „Weißt du, Clara, ich hab dir das nie erzählt, aber jetzt kann ich es ja sagen: Er hatte Schwierigkeiten im Bett. Das machte ihn wütend und aggressiv, manchmal hatte ich richtig Angst vor ihm, weißt du."

„Ach nein! Auf mich hat er immer so schüchtern gewirkt. Das hätte ich nie von ihm gedacht. Aber das kennt man ja bei den Männern: Wenn sie keinen hochkriegen, werden sie aggressiv." Clara hatte sich inzwischen angezogen. Sie trat an ihre Freundin heran, legte ihr die Arme von hinten um die Schultern und drückte sie an sich. „Das tut mir leid für dich, Emmi."

„Naja, es war ja nicht so schlimm", meinte Emilia. „Ich wollte es nicht an die große Glocke hängen. Aber ich habe es für besser gehalten, mich von ihm zu trennen. Trotzdem, irgendwie liebe ich ihn natürlich immer noch. Und jetzt ist er tot! Ich kann es gar nicht fassen, Clara!" Wieder kamen ihr die Tränen.

„Nun weine aber nicht mehr, Emmi!" Clara strich ihrer Freundin die langen rotblond gelockten Haare zurecht - Emilias Haarpracht war für Clara mit ihren dünnen Haarsträhnen ein ständiger Quell des Neides - und schob sie sanft von sich. „Wir müssen es den anderen sagen, das mit dem Mord. Womöglich haben wir demnächst die Polizei auf der Matte stehen." In ihrer praktischen, zupackenden Art dachte sie an das Nächstliegende.

Emilia stand auf, trat an das Waschbecken und wusch sich das Gesicht.

„Komm, wir gehen rüber ins Café. Ich sag den Jungs Bescheid", schlug Clara vor. „Bin gespannt, was sie zu dieser furchtbaren Sache sagen werden."

Das Uni-Café warum diese Morgenzeit nur wenig besucht; das Sommersemester begann erst am 1. April, viele Studierende waren noch nicht wieder vor Ort. Clara hatte sich dort per WhatsApp mit Thore Albrecht verabredet, der seine beiden Mitbewohner Moritz und Robin mitbringen würde. Die drei Studenten teilten sich eine Drei-Zimmer-Wohnung im selben Wohnheim wie die Mädchen. Ole hatte dort eins der Einzelzimmer bewohnt. Die drei jungen Männer hatten den Einzelgänger Ole Jansen auf einer Geburtstagsparty kennengelernt, zu der Emilia Ole mitgebracht hatte. Zwischen Ole und den dreien entstand bald eine merkwürdige Allianz. Ole hatte immer die richtige Pille parat, wenn es darum ging, eine Party durchzuhalten oder für eine wichtige Prüfung zu lernen. Für diesen Service wurde Ole als Teil der Gruppe akzeptiert. Sie nahmen ihn mit, wenn sie mit Robins altem VW Golf nach Utrecht oder Amsterdam fuhren, um sich mit einer größeren Menge Gras einzudecken, er nahm an ihren abendlichen Streifzügen durch die angesagten Clubs und Bars Münsters teil und er saß an ihrem Tisch in der Mensa. Sie tolerierten seine Eigenheiten, denn der Stoff, den er ihnen für einen annehmbaren Preis lieferte, half ihnen über so manches mentale Tief hinweg, auch wenn die drei, die alle aus Delmenhorst stammten und schon während ihrer gemeinsamen Schulzeit Freunde gewesen waren, ihn nie richtig als einen ihrer Gruppe ansahen. Emilia und Clara gehörten wie die jungen Männer und einige andere Mädchen zu einer Clique, die eine lockere Freundschaft verband, welche gelegentliche und wechselnde sexuelle Kontakte nicht ausschloss.

Als Clara ihren Kommilitonen den Zeitungsartikel zeigte, war die Reaktion so, wie die Mädchen es erwartet hatten. Aus ihren Gesichtern sprach ungläubiges Entsetzen.

Thore Albrecht, der sich gerne als informeller Leader und Sprecher der Gruppe sah, fasste sich als Erster. „Das gibt es doch gar nicht! Ole ermordet! Wie kann das sein?!" Er fuhr sich mit beiden Händen durch sein lockiges dunkles Haar und schüttelte den Kopf. „Ich kann es gar nicht glauben!"

Sein Nebenmann, Moritz Moormann, füllig und unattraktiv, woran auch die betont modische, teure Markenbrille nichts änderte, schüttelte ebenfalls ungläubig den Kopf. Er studierte Wirtschaftswissenschaften und wurde schon jetzt als Juniorchef der Maschinenfabrik seines Vaters gehandelt.

„Ich habe ihn doch letztens noch gesehen. Er wollte nach Hause nach Cloppenburg, hat er gesagt. Wann war das noch gleich? Anfang letzter Woche?" Er kreuzte die Arme vor der Brust und ließ sich auf seinen Stuhl zurücksinken, immer noch den Kopf mit den kurzgeschorenen blonden Haarstoppeln schüttelnd.

„Ja, ich habe ihn auch noch gesehen vorletzte Woche", bestätigte Robin Herder, der dritte der Delmenhorster Freunde, die Aussage seines Kommilitonen. Er beugte sich nach vorn, stützte seine Arme auf den Tisch ab und sagte leise, sodass die anderen sich ihm unwillkürlich zuneigten: „Was machen wir denn, wenn die Polizei hier bei uns auftaucht? Ob der Mord etwas mit dem Speed zu tun hat, die Ole uns verkauft hat? Habt ihr euch jemals gefragt, wie er an das Zeug herangekommen ist?"

Besorgtes Schweigen folgte seinen Worten.

„Wir müssen unbedingt unsere Marihuanavorräte verschwinden lassen. Ich hab keine Lust, mich vor Gericht wiederzufinden", meinte Moritz.

„Ach was," wiegelte Thore ab. „Das bisschen Gras interessiert doch keinen. Es soll ja sowieso bald legalisiert werden." Der gutaussehende Dunkelhaarige lehnte sich breitbeinig zurück. „Nur keine Panik wegen dem bisschen Stoff. Ich mache mir eher Sorgen wegen der Pillen, die Ole uns vertickt hat. Wer weiß, woher er die hatte. Vielleicht ist er bei der Beschaffung irgendwelchen Kriminellen in die Quere gekommen, die ihn aus dem Weg geräumt haben."

„Was sollen wir der Polizei denn sagen, wenn sie uns fragt wegen der Drogen? Einfach alles leugnen?", fragte Robin. Sein hageres Gesicht mit dem Rest von Jugendakne zeigte echte Sorge.

Clara, die sich an dem Gespräch bisher nicht beteiligt hatte, teilte diese Sorge durchaus. Hin und wieder, wenn sie ehrlich war, sogar ziemlich oft, hatte sie sich auch eine von den kleinen blauen Pillen von Ole geben lassen, für gutes Geld natürlich. Man war danach so herrlich gut drauf und alles ging wie von selbst. Man konnte stundenlang tanzen, brauchte kaum Schlaf und war am nächsten Tag trotzdem fit. Allerdings war man nach ein paar Tagen total erschöpft, konnte aber nicht zur Ruhe kommen. Dann brauchte sie diese andere Wunderpille, die einen gut und lange schlafen ließ. Wenn sie ehrlich war, machte sie sich schon Sorgen, woher sie jetzt, wo Ole nicht mehr da war, diese kleinen Helferlein bekommen sollte.

Thore trank seinen Cappuccino aus und sagte, auf Robins Frage antwortend: „Wir sagen einfach, wir hätten nichts von irgendwelchen Pillen gewusst. Was soll schon sein? Sie können uns nicht das Gegenteil beweisen, oder?"

Emilia Korte hatte die ganze Zeit schweigend neben ihren Kommilitonen gesessen, die Arme um den schmalen Oberkörper geschlungen, und ungläubig von einem zum anderen geschaut. Wie konnten sie sich nur so egoistisch einzig und allein um ihre eigene Haut sorgen? Hatten sie vergessen, dass ihr Freund ermordet worden war? Ermordet! Dass er tatsächlich tot war? Machte es ihnen gar nichts aus? Das hatte Ole wirklich nicht verdient!

Sie sprang auf. „Ihr seid unmöglich! Denkt nur an euch und nichts anderes. Ole ist tot! Habt ihr das überhaupt kapiert?"

Sie drehte sich abrupt um und ging weg. Die jungen Männer schauten ihr verblüfft hinterher.

„Was hat sie denn?", fragte Moritz. „Ich dachte, sie hätte schon vor Wochen mit Ole Schluss gemacht."

Clara stand ebenfalls auf. „Ihr seid gefühllose Ochsen!", sagte sie. Dann lief sie ihrer Freundin nach.

10. Kapitel

Höflich ließ Thomas Morgenroth der Staatsanwältin den Vortritt, als er kurz vor 17:00 Uhr die Tür zum Konferenzraum öffnete. Lebhaftes Stimmengemurmel empfing sie; die Kriminalbeamten, die an der Mordermittlung beteiligt waren, hatten sich pünktlich versammelt und waren dabei, sich über ihre Arbeit auszutauschen. Der Hauptkommissar nahm an der Stirnseite der in U-Form aufgestellten Tische Platz, Dr. Roswitha Engelbrecht setzte sich neben ihn.

Als Thomas seine Akten vor sich ausbreitete, verstummten die Gespräche. „So, da sind wir also wieder. Welche Ergebnisse haben wir bisher?"

Der Chef der Kriminaltechnik, Wilhelm Stör, hob die Hand. „Wir haben das Zimmer des Opfers im Hause Jansen kriminaltechnisch unter die Lupe genommen. Keine Auffälligkeiten. Der Fußabdruck, den wir unter der Plane auf dem Friedhof sichergestellt haben, ist keinem der Friedhofsgärtner zuzuordnen. Der Abdruck ist zwar unvollständig und teilweise verwischt, aber wir konnten dennoch feststellen, dass das Profil zu einem Sportschuh gehört. Die Tiefe und Größe des Abdrucks weist auf Schuhgröße 45 hin, also wohl auf einen Mann mit der Größe 1.85 m bis 1.90 m." Er warf einen Blick auf seine Notizen. „Ach ja, die Auswertung der Fundstücke auf dem Friedhofsgelände hat keine Ergebnisse gebracht. Fehlanzeige. Die Kaugummis und Zigarettenkippen waren mindestens mehrere Tage alt und daher für uns irrelevant." Er blickte auf. „Das ist erstmal alles."

„Also können wir von einem kräftigen großen Mann als Täter ausgehen", schlussfolgerte Thomas.

„Oder von einer kräftigen großen Frau, Herr Hauptkommissar", mahnte die Staatsanwältin. „Bitte keine voreiligen Schlüsse!"

„Richtig", beeilte sich Thomas ihr zu versichern, wohl wissend, dass Dr. Engelbrecht ihren Hinweis nur halb scherzhaft gemeint hatte.

Susanne Holtmann klappte ihren Laptop auf. „Wenn ich jetzt berichten darf? Jan Hendrik und ich waren bei der Familie Jansen. Eine ganz normale Familie, wie es scheint. Alle trauern um Ole. Die Mutter schildert ihren Sohn als zurückhaltend und wenig gesprächig. Die ältere Schwester sagte, er sei etwas sprunghaft gewesen. Sein Zimmer hatte nichts Besonderes. Den Computer haben wir mitgenommen; Jens hat ihn sicher schon untersucht."

Der junge Kommissar holte Luft, um das Ergebnis seiner Recherchearbeit zu verkünden, aber Polizeiobermeister Holthus hielt ihn auf. „Moment, Jens, gleich. Zuerst noch etwas anderes Interessantes. Wir haben das Fahrrad des Opfers zuerst in der Umgebung des Friedhofs gesucht, aber nicht gefunden. Schließlich haben wir es am Bahnhof sichergestellt. Und der Clou: In den großen Satteltaschen am Fahrrad haben wir jede Menge Medikamente sichergestellt. Die teuren, verschreibungspflichtigen." Triumphierend lehnte er sich zurück.

„Richtig", bestätigte der Hauptkommissar, den Holthus natürlich schon vorher von dem Medikamentenfund informiert hatte. „Im Labor hat man festgestellt, dass es Medikamente sind, die dieselben aufputschenden Wirkstoffe bzw. beruhigenden Bestandteile enthalten, die Dr. Kretschmer in Oles Blut nachgewiesen hat."

Verhaltenes Gemurmel folgte seinen Worten.

„Hm. Warum hat Ole die Sachen nicht in seinem Zimmer aufbewahrt, sondern mit seinem Fahrrad herumgefahren? Das ist doch merkwürdig", meinte Jens.

„Ich denke, er hatte Angst, dass seine Mutter die Schachteln beim Saubermachen entdecken könnte. Sein kleines Zimmer bot kaum gute Versteckmöglichkeiten", bot Susanne als Erklärung an.

„Ja, so erkläre ich es mir auch", bestätigte Thomas die Überlegung seiner Kollegin. „Die Menge der Tabletten geht weit über den Eigenbedarf hinaus, also ist es sehr wahrscheinlich, dass Ole Jansen mit den Tabletten gedealt hat. Möglicherweise liegt hier ein Mordmotiv vor", fuhr er fort. „Ein Konflikt mit anderen Dealern etwa. Wir müssen herausfinden, an wen Ole die Pillen verkauft hat. Ich werde mich mit den Kollegen in Münster in Verbindung setzen und sehen, was man dort über die Drogenszene weiß. Vielleicht ist Ole Jansen schon irgendwie behördlich in Erscheinung getreten."

Er schaute in seine Akte, bevor er fortfuhr. „Ich habe inzwischen überprüft, welche Medikamente bei den Einbrüchen in den drei Apotheken hier vor Ort gestohlen worden sind. Es sind genau die gleichen Mittel, die in den Fahrradtaschen gefunden wurden. Ich habe sie verglichen. Es ist also anzunehmen, dass die Sachen aus den Einbrüchen stammen."

Die Teammitglieder zeigten aufmerksames Interesse an den Ausführungen ihres Chefs. Jens Hartmann machte sich Notizen in seinem Notebook.

„Die drei Einbrüche wurden übrigens immer nach demselben Muster ausgeübt. Der Einbrecher hat mit einem Glasschneider ein Loch in die Glasscheibe eines Fensters bzw. einer Tür geschnitten, das Fenster bzw. Tür geöffnet und gezielt nach diesen speziellen Medikamenten gesucht. In zwei Fällen wurde stiller, einmal lauter Alarm ausgelöst, aber bevor die Polizei vor Ort eintraf, war der Dieb über alle Berge. Eine der Apotheken hat eine Überwachungskamera, die den Einbruch aufgenommen hat. Der Einbrecher war ganz in Schwarz gekleidet und das Gesicht mit einer Skimaske und einem Kapuzenshirt unkenntlich gemacht worden. Aber der Größe, der Statur und der Bewegung nach kann es durchaus Ole Jansen gewesen sein. Fingerabdrücke fehlen allerdings, da er Handschuhe getragen hat."

Eine nachdenkliche Stille entstand.

Susanne hob die Hand: „Wie sollten überprüfen, wo Ole Jansen gewesen ist, als die Einbrüche stattfanden. Wenn er nachweislich in Münster war, kann er es nicht gewesen sein", wandte sie ein.

„Richtig. Aber wenn er zu den entsprechenden Zeitpunkten hier in Cloppenburg war bei seinen Eltern, ist das ein Indiz dafür, dass er der Einbrecher war", ergänzte Jan Hendrik.

„Außerdem sollten wir überprüfen, ob die Tabletten in den Satteltaschen identisch sind mit denen, die in der Stadtapotheke vorletzten Samstag gestohlen worden sind. In der Apotheke wird jede Medikamentenschachtel genau registriert. Wenn das der Fall ist, hätten wir einen eindeutigen Beweis", fuhr Susanne fort.

Der Hauptkommissar nickte. „Gut. Du übernimmst das bitte, Susanne. Wegen der Einbruchswerkzeuge", fuhr Thomas fort, „wir brauchen einen Durchsuchungsbeschluss für das Haus der Familie Jansen und das Zimmer, das Ole Jansen in Münster bewohnt hat. Frau Staatsanwältin?"

„Ich kümmere mich darum", sagte Dr. Engelbrecht. Sie hatte die ganze Zeit aufmerksam zugehört und sich hin und wieder eine Notiz in ihrem Notebook gemacht. „Wenn sich bestätigt, dass Jansen die Medikamente gestohlen und mit ihnen gedealt hat, kann uns das möglicherweise auf die Spur seines Mörders führen."

Jan Hendrik hob die Hand. „Um auf das Fahrrad zurückzukommen: Was haben wir davon zu halten? Ole ist also in der Tatnacht zum Bahnhof gefahren? Hat er dort seinen Mörder getroffen? Oder wollte er mit der Bahn irgendwohin fahren? Hat ihn jemand am Bahnhof gesehen? Was hat er vorher gemacht? Wo hat er sich aufgehalten, mit wem war er zusammen?"

„Aber kann es nicht auch sein, dass der Mörder nur den Anschein erwecken wollte, dass Ole mit der Bahn verreist sei, und hat nach dem Mord das Fahrrad dort abgestellt?", gab Thomas zu bedenken. „Denn wie ist die Leiche auf den Friedhof gekommen? Es wäre einfacher für den Mörder gewesen, sein Opfer in der Nähe des Friedhofs zu töten, denn offensichtlich hatte er ja geplant, die Leiche dort für immer verschwinden zu lassen. Was ihm fast gelungen wäre", fügte er mit einem Anflug von Respekt hinzu. „Da gibt es also noch eine Menge zu klären."

Er wandte sich an den Polizeiobermeister. „Richard, könntest du bitte mit deinen Leuten prüfen, ob Ole Jansen am Montagabend oder in der Nacht am Bahnhof gesehen worden ist oder ob sonst irgendetwas Ungewöhnliches beobachtet worden ist."

Holthus nickte und machte sich eine Notiz in sein altmodisches Notizbuch. „Geht klar, Chef", sagte er.

„Was gibt es sonst noch?", fragte der Hauptkommissar in die Runde. Wieder meldete sich Jan Hendrik zu Wort.

„Wir haben von Oles Schwester erfahren, dass er gelegentlich das Blue Moon besuchte. Ich schlage vor, dass Susanne und ich heute Abend in den Club gehen, um nach Bekannten und Freunden Oles zu suchen, okay?"

„Gute Idee", stimmte sein Chef zu. „Macht das!"

Jens Hartmann hob die Hand, um endlich zu Wort kommen zu dürfen.

„Wegen des Computers von Ole Jansen. Ich habe ihn untersucht, er war total unverschlüsselt. Unglaublich leichtsinnig heutzutage."

„Und? Was war drauf?"

„Nur Sachen für sein Studium: Recherchen, Buchauszüge, wissenschaftliche Texte usw. Jede Menge Computerspiele. Und etwas Seltsames."

„Was denn, Jens? Nun mach es doch nicht so spannend." Der Hauptkommissar wurde langsam ungeduldig.

„Es gab eine Textdatei, ohne Titel oder sonstige Zuordnung. Ole hat sie wohl wie eine Art Tagebuch benutzt oder einfach, um seine Gedanken zu äußern. Heutzutage schreiben die jungen Leute ja nichts mehr mit der Hand."

„Aha. Interessant! Was schreibt er denn?"

„Ich habe die Texte kopiert, um sie euch zu zeigen." Jens betätigte ein paar Tasten auf seinem Tablet und auf dem Whiteboard an der Wand erschienen verschiedene Texte.

„Ich hasse ihn, ich hasse ihn, ich hasse ihn!" stand auf dem ersten Papier.

„Ich weiß jetzt, er ist schuld! Schuld an allem! Was er mir angetan hat, werde ich ihm nie verzeihen! Oh, wie ich ihn hasse".

Ein weiteres Blatt: *„ ich werde mich rächen, ja, das werde ich."*

Das nächste Blatt: *„Das wird ihn erschrecken. Ich stelle mir* *vor ... Er soll leiden, so wie ich gelitten habe."*

„Was ist schon Geld? Aber er muss es zahlen, zahlen, zahlen"

Die Buchstaben waren unregelmäßig geschrieben, oft kursiv oder fett gedruckt oder mit Großbuchstaben. Die Kriminalisten waren einige Momente sprachlos. Dann stellte Thomas die Frage, die sich wohl alle anderen auch stellten.

„Was hat denn das zu bedeuten?"

Die Staatsanwältin gab die naheliegende Antwort. „Offensichtlich gab es eine Person, die Ole Jansen hasste und offensichtlich hatte er einen Grund dafür. Und es sieht so aus, als hätte er vorgehabt, sich an dieser Person zu rächen."

Sie blickte auffordernd in die Runde. „Es ist Ihre Aufgabe herauszufinden, wer diese Person ist. Womöglich finden wir damit auch den Mörder des Jungen." Sie klappe ihr Notebook zu. „Wenn das dann alles ist?" Sie stand auf und wandte sich zum Gehen. „Vielen Dank, die Herrschaften." An Thomas gerichtet, sagte sie: „Sie halten mich auf dem Laufenden, Herr Morgenroth?"

„Natürlich, Dr. Engelbrecht", antwortete der Hauptkommissar. Die Dienstbesprechung war zu Ende.

11. Kapitel

Das Wetter in den Tagen, die dem aufsehenerregenden Leichenfund folgten, zeigte sich von seiner freundlichen Frühlingsseite. Hanna hatte den Vormittag damit verbracht, die ersten Arbeiten im Garten vorzunehmen. Vor Ostern sollten die gröbsten Frühjahrsarbeiten fertig sein, hatte sie sich vorgenommen. Im Vorgarten blühten Schneeglöckchen, Krokusse und Narzissen, die frisch gepflanzten Hornveilchen und Stiefmütterchen bildeten fröhliche Farbtupfer und die Stauden zeigten optimistisch ihre ersten grünen Spitzen.

Während sie sich körperlich betätigte, konnte Hanna besonders gut nachdenken, das hatte sie schon öfter festgestellt. Jetzt dachte sie beim Hacken, Jäten und Harken dauernd über den Mordfall nach. Was konnte der junge Mann getan oder gewusst haben, das seinen Mörder veranlasst hatte, ihn aus dem Weg zu räumen? Es musste etwas sehr Schwerwiegendes gewesen sein. Oder war Ole sogar selbst in ein Verbrechen verwickelt gewesen?

Nach getaner Arbeit stützte Hanna die Hände in die Hüften und betrachtete zufrieden ihr Werk. Dann ging sie ins Haus, wusch sich die Hände und tauschte ihre Gartenkleidung gegen ihr normales Alltagsoutfit aus. Wenn sie sich doch nur besser an Ole Jansen erinnern könnte! Aber immer, wenn sie es versuchte, tauchte nur ein vages Bild von Kindergesichtern vor ihrem inneren Auge auf. Es war eben schon sehr lange her.

Da fiel ihr plötzlich ein, dass das Gymnasium regelmäßig ein Jahrbuch herausgab, in dem alle aktuellen Klassen per Foto abgebildet waren. Auch nach ihrer Pensionierung hatte sie jedes dieser Jahrbücher gekauft und gesammelt, um über die aktuellen Entwicklungen in ihrer ehemaligen Schule auf dem Laufenden zu bleiben. Darin müssten doch auch die Klassenfotos von Ole zu finden sein!

Motiviert von der Aussicht, mehr über den getöteten Jungen zu erfahren, suchte sie in der Ecke ihres Wohnzimmers, in der sie ihre Schreibsachen und Bücher untergebracht hatte, nach dem Stapel der gebundenen Hefte. Schnell durchblätterte sie eines der Hefte: tatsächlich alle Klassen waren abgebildet, auch die Klasse 6 b, die sie vor neun Jahren unterrichtet hatte. Sorgfältig ging sie die Reihen der Kindergesichter durch auf der Suche nach dem von Ole Jansen, an das sie sich zu erinnern glaubte. Sie fand es nicht.

Enttäuscht ließ sie das Jahrbuch sinken. Sie überlegte. Dann fiel ihr etwas ein. Natürlich. Sie musste andersherum vorgehen. Die Abiturzeitungen fielen ihr ein. Die Abiturienten brachten in jedem Jahr eine Abiturzeitung heraus mit witzigen Texten und Fotos der einzelnen Kurse und, das war das Entscheidende, mit einzelnen Porträts der Absolventen. Wann hatte Ole Abitur gemacht? Vor zwei Jahren, hatte Edith gesagt. Schnell durchforstete Hanna das Regal nach den gesammelten Abiturzeitungen. 2022, 2021, das musste die Richtige sein. Sie nahm die DIN A4 große geheftete Broschüre und blätterte sie durch. Richtig, hier waren die Seiten, die die Abiturienten individuell gestaltet hatten mit kleinen Anekdoten, Witzen und Karikaturen. Und einem Portraitfoto, unter dem ein paar Informationen zu den Dargestellten angebracht waren: Name, Spitzname, Studienwunsch und einige Besonderheiten. Auch Ole Jansen war da. Hanna betrachtete das schmale Gesicht, das noch kaum die Kindlichkeit verloren hatte. Graue Augen, eine unauffällige Brille, kein Lächeln, eine gerunzelte Stirn. Viel zu ernst für einen 19-Jährigen, fand Hanna. Kinnlange blonde Haare, in der Mitte gescheitelt und mit einem Gummiband aus der Stirn gehalten. Darunter stand: Ole Jansen. Spitzname „Doktor Freud", will Psychoklempner werden. Zitat: „Lasst mich in Ruhe!"

Hanna kehrte zu den Jahrbüchern zurück und suchte, in der Zeit rückwärtsgehend, die Kurse und Klassen, in denen Ole Schüler gewesen war. Sie hatte keine Schwierigkeiten, das durch die Jahre immer jünger werdende Gesicht Oles in den jeweiligen Klassenfotos wiederzufinden. Als sie bei der Klasse

6b angelangt war, erkannte sie das schmale Jungengesicht sofort wieder. Und jetzt erinnerte sie sich auch sehr gut an das Kind von damals. Edith hatte recht gehabt, Ole war zu dieser Zeit ein extrem stiller, schüchterner Junge gewesen, ohne richtige Freunde, im Klassenverband ziemlich isoliert. Von Mobbing hatte Hanna allerdings nichts bemerkt, das musste sich wohl erst später, in den Klassen 9 oder 10, entwickelt haben.

Nachdenklich räumte Hanna die Jahrbücher und die Abiturzeitungen wieder an ihren Platz. Dabei kam ihr die Idee, das Abiturfoto Oles mit ihrem Smartphone abzufotografieren, für alle Fälle. Man wusste ja nie, ob man es nicht einmal brauchen würde.

Sie musste an die Familie Jansen denken. Wie furchtbar, den Sohn auf diese Weise zu verlieren! Ob sie vielleicht mal bei dem Haus vorbeischaute? Hanna sah auf ihre Uhr. Bis die Zwillinge von der Schule zurückkamen, waren es noch zwei Stunden. Sie zog ihre Jacke an und verließ das Haus.

In der Blumenstraße stellte Hanna ihren Aygo in einer Parknische am Straßenrand ab. Sie griff nach dem Strauß Lilien und der Beileidskarte, die sie in dem nahen Blumengeschäft in der Kirchhofstraße gekauft hatte. Die Karte hatte sie mit einem Kondolenzgruß versehen und einige mitfühlende Worte hinzugefügt. Sie wollte beides vor dem Haus ablegen, um zu zeigen, dass sie den schweren Verlust, den die Familie erlitten hatte, ehrlich bedauerte. Immer, wenn ein junger Mensch starb, sei es durch Krankheit, einen Unfall, oder, so wie jetzt, durch Gewalt, sträubte sich etwas in ihr. Es war einfach nicht richtig, vom Leben so nicht vorgesehen, fand sie.

Hanna nahm die Blumen und die Karte, stieg aus und ging auf das Haus der Jansens zu. Überrascht von dem Anblick, der sich ihr bot, blieb sie vor dem Gartentor stehen. Vor und neben dem Mäuerchen, das den Garten von der Straße trennte, lagen zahlreiche Blumen, dazwischen rote Friedhofskerzen, kleine Stofftiere und von Kindern gemalte Bilder. Beeindruckt betrachtete Hanna diese Zeichen der Anteilnahme; offensichtlich ging nicht nur ihr der tragische Tod des jungen Cloppenburgers nahe. Sie musste schlucken.

Gerade, als sie ihren Lilienstrauß neben die anderen Blumen legen wollte, öffnete sich die Haustür und Melanie Jansen trat heraus. Hatte sie Hanna vielleicht durch das Wohnzimmerfenster kommen sehen? Jedenfalls sah sie Hanna, die immer noch mit den Blumen in der Hand dastand, erstaunt, vielleicht auch etwas unwillig an.

Hanna trat auf sie zu und reichte ihr die Hand. „Guten Tag, Frau Jansen. Bitte entschuldigen Sie meine Aufdringlichkeit. Ich bin Hanna Morgenroth. Ich möchte Ihnen mein ehrliches Beileid ausdrücken. Es ist so furchtbar, was Ihrer Familie zugestoßen ist."

Frau Jansen nahm ihre Hand und drückte sie leicht. Dabei sah sie Hanna prüfend an. „Haben Sie Ole denn gekannt?", fragte sie mit einer Stimme, der man anmerkte, dass sie sie länger nicht benutzt hatte.

„Ja, aber das ist schon eine Weile her. Ich war seine Lehrerin am Gymnasium, als Ole in der 6. Klasse war. Ich habe ihn in Biologie unterrichtet. Er war ein netter kleiner Junge damals."

Der trübe Blick von Oles Mutter wurde lebhafter. Sie musterte Hanna interessiert. „Ja, Ole war so ein lieber Junge, als er klein war."

„Ja, das war er. Ein bisschen schüchtern, wenn ich mich recht erinnere."

„Das wurde er erst, als er älter wurde. In der Grundschule war er ganz anders. Lebhaft und fröhlich. Er spielte Fußball und war dauernd mit seinen Kumpels unterwegs." Über das Gesicht von Oles Mutter flog ein Lächeln.

„Ach ja? Meine Enkelkinder sind auch begeisterte Fußballspieler. Jedes Spiel, bei dem es um Punkte geht, ist ein aufregendes Ereignis."

„Ja. Und Ole war außerdem bei den Messdienern. Er ist zweimal mit ihnen zur Ferienfreizeit ins Zeltlager gefahren. Das war ein tolles Abenteuer für ihn." Es tat Melanie Jansen anscheinend gut, über ihren Sohn reden zu können.

„Im Zeltlager? Sicher war es super dort."

Die Frau nickte. Dann erlosch ihr Lächeln wieder. „Ja, aber danach, als Ole in die 6. Klasse des Gymnasiums kam, hat er sich verändert. Sie sagten ja auch, er sei still und schüchtern gewesen. Ich denke, es war die Pubertät. Er hat dann auch mit dem Fußball und dem Messedienen aufgehört."

„Häufig verändert diese Zeit, wenn sie langsam erwachsen werden, besonders die Jungen ganz auffällig. Bei meinem Sohn Thomas war es auch so. Er entwickelte plötzlich ganz neue Interessen."

„Ah so? Ihr Sohn heißt Thomas? Wie war Ihr Name noch gleich? Morgenroth? Heißt nicht der Kommissar, der die Mordkommission leitet, Thomas Morgenroth?" Melanie Jansen musterte Hanna mit neuem Interesse.

„Ja, Thomas ist Kriminalhauptkommissar. Er leitet die Ermittlungen. Aber nicht, dass Sie denken, er hätte mich geschickt. Er weiß nicht, dass ich hier bin." Hanna reichte der Frau den Strauß Lilien, den sie immer noch in der Hand hielt. „Ich wollte Ihnen nur zeigen, wie leid mir der Tod Ihres Sohnes tut. Da ich selbst einen Sohn habe, kann ich nachfühlen, wie es Ihnen geht."

Melanie nahm die Blumen entgegen. „Vielen Dank!" Mit einem Seufzer wies sie auf die Geschenke. „Es ist tröstlich, dass so viele an uns denken. Sie sehen ja ... Ich weiß gar nicht, was ich damit machen soll."

Hanna fand es an der Zeit, sich zu verabschieden. Sie reichte Oles Mutter die Hand. „Ich bin ganz sicher, dass der Mörder bald gefunden wird. Alles Gute für Sie, Frau Jansen!"

„Danke für die schönen Blumen, Frau Morgenroth! Ich werde sie mitnehmen und ins Wasser stellen. Sie sind ja viel zu schade, um hier draußen zu vertrocknen." Sie lächelte traurig, drehte sich um und ging ins Haus zurück.

Hanna sah ihr nachdenklich nach.

12. Kapitel

Die Lautstärke der Musik im Blue Moon ließ kaum eine Unterhaltung zu. Die Beats dröhnten unablässig, rhythmische Lichtblitze ließen die Tanzenden wie bizarr zuckende Gestalten erscheinen. Jan Hendrik Klüver und Susanne Holtmann bahnten sich mühselig einen Weg durch die wogende Menge in Richtung Bar.

Die Kommissarin hatte mit einer gewissen Erleichterung den Auftrag angenommen, am Abend Nachforschungen in dem Club anzustellen. So konnte sie die unvermeidliche Aussprache mit ihrem Mann noch etwas hinauszögern. Sie wusste, sie musste es ihm endlich sagen, aber davon zu sprechen hieße, der Wahrheit ins Gesicht zu sehen. Solange niemand außer ihr davon wusste, besaß sie noch keine echte Realität, zumindest gefühlsmäßig. Eigentlich fühlte sie sich dem nicht gewachsen, aber sie wusste, ihr Mann hatte ein Recht darauf, es zu wissen. Er hatte es nicht verdient, ausgeschlossen zu werden.

Susanne verbannte diese Gedanken, als sie die Diskothek betraten. Mit einiger Mühe arbeiteten sich die beiden bis zur Theke vor. Der Barkeeper, ein gut gebauter junger Mann mit einer hellblond gebleichten Stoppelfrisur, dessen nackter Oberkörper in einer knappen schwarzen Lederweste wirkungsvoll zur Geltung kam, wandte sich ihnen professionell lächelnd zu. „Was kann ich für euch tun?", fragte er, gegen die Musik anschreiend.

„Nur eine Auskunft erst einmal", antwortete Jan Hendrik. Er zeigte seinen Polizeiausweis vor, Susanne ebenfalls. Sofort wurde die Freundlichkeit des Barkeepers um einige Grade kühler. Sein Gesicht verzog sich zu einem skeptischen Grinsen. „Oha, die Polizei! Habe ich etwa falsch geparkt?", versuchte er witzig zu sein.

Der Oberkommissar blieb ernst. Er zog das Foto hervor, das Oles Mutter ihm gegeben hatte, und hielt es dem jungen Mann vor die Nase. Der Barmann näherte sein Gesicht dem Bild, um es genauer ansehen zu können. Dann schüttelte er langsam den Kopf. „Glaube nicht, dass ich den schon mal hier gesehen habe. Aber ich bin ja nicht ständig hier. Kann sein, dass ihn ein anderer gesehen hat."

„Okay", sagte Jan Hendrik, „gib uns bitte zwei Cola." Er drehte dem Barmann den Rücken zu und näherte sein Gesicht Susannes Ohr, um wegen der Geräuschkulisse nicht schreien zu müssen. „Wir werden wohl auf gut Glück jeden fragen müssen, der hier rumläuft, Sanne. Vielleicht kennt jemand den toten Jungen."

Er reichte seiner Frau eines der Gläser, die der Keeper inzwischen vor sie hingestellt hatte. Susanne nahm das Glas und nippte von dem kalten Getränk. „Warte kurz, ich fotografiere das Bild schnell mit meinem Handy, dann können wir uns die Arbeit teilen." Sie zog ihr Telefon aus der Jeans und schon hatte sie das Bild abfotografiert.

„Gute Idee, Schatz", lobte Jan Hendrik. „Ich gehe hier entlang, du gehst dorthin. Wir treffen uns nachher wieder hier, okay?"

Sie tranken ihre Cola aus und fingen an, jeden der Clubgäste nach dem Mordopfer zu fragen. Immer wieder ernteten sie nur Kopfschütteln. Nur ein Mädchen hielt mit dem Tanzen inne, als Jan Hendrik sie befragte, und sah sich das Bild länger an. „Ich glaube, ich habe den Typ letzte Woche hier gesehen", meinte sie. „Er hat nur an der Bar gestanden und nicht getanzt. Ich habe ihn angesprochen, aber er hat mich nur kurz abgefertigt. Ein unfreundlicher Typ", sagte sie und verzog das hübsche Gesicht zu einer abschätzigen Grimasse. Später habe sie gesehen, wie er mit einem anderen Mann geredet habe, er sei dabei ziemlich aufgeregt gewesen. Wie dieser Mann ausgesehen hatte, wusste sie nicht mehr, nur dass er groß und schon etwas älter gewesen sei. Der Kommissar notierte sich den Namen des Mädchens und ihre Adresse, ohne viel Hoffnung, dass ihre Aussage die Mordermittlungen weiterbringen würde. Zurück bei seiner Frau, sagte er: „Lass uns gehen, Sanne, das hier bringt nichts mehr." Er zog sie mit sich. „Außerdem habe ich echt keine Lust mehr."

Sie verließen den Club, stiegen in ihr Auto und fuhren los. Je näher sie ihrem Zuhause kamen – seit ihrer Heirat vor zwei Jahren bewohnten sie eine adrettes Reihenhaus im dem Viertel Cloppenburgs mit dem furchterregenden Namen Galgenmoor, der auf eine ehemalige Begräbnisstätte am gleichnamigen See zurückgeht, wo einmal ein Galgen gestanden haben soll – desto unruhiger wurde Susanne. Nervös knetete sie ihre im Schoß verschränkten Hände, die sich eiskalt anfühlten, während Jan Hendrik den Wagen durch die ruhigen Straßen Cloppenburgs steuerte. Er warf seiner Frau einen Seitenblick zu.

„Was ist denn nur, Liebling?", fragte er. Er legte seine Hand auf ihre beiden und drückte sie zärtlich.

Susanne spürte die tröstliche Wärme seiner Hand, und die Sorge in seiner Stimme rührte sie. Sie konnte ihm vertrauen, wurde ihr plötzlich klar, sie würde es ihm sagen, gleich heute Abend, nahm sie sich vor.

13. Kapitel

Das Fenster von Thomas Morgenroths Büro im ersten Stock des Polizeigebäudes in der Bahnhofstraße ging auf die kurze Kastanienallee hinaus, die zum Clemens-August-Gymnasium führte. Das klassizistische Portal des historischen Gebäudes mit den dorischen Säulen erinnerte ihn an seine Gymnasialzeit, in der er täglich durch das große Tor gegangen war. Wie seltsam, dachte er, dass er wieder hier in seiner Heimatstadt gelandet war, als Leiter der Polizeiinspektion, nach all den verschiedenen Stationen während seines Studiums und seiner polizeilichen Ausbildung. Andererseits, als gestandener Südoldenburger war er seiner norddeutschen Heimat zutiefst verbunden, wohl auch, weil ihm seine Eltern diese Bodenständigkeit vererbt hatten. Als sein Vater gestorben war, hatte er nicht lange gezögert, mit seiner damals noch im Entstehen begriffenen Familie - Inga war mit den Zwillingen schwanger - ins Haus seiner Eltern einzuziehen. Seine Mutter hatte darauf bestanden, ihr eigenes kleines Reich zu behalten, also hatten sie das Obergeschoss des Hauses entsprechend für sie ausgebaut. So konnte sie zwar am Familienleben teilnehmen und ihre Enkel großwerden sehen, hatte aber gleichzeitig den Freiraum, den ihre eigenwillige Persönlichkeit brauchte.

Thomas strich sich aus Gewohnheit über sein Kinn, wie er es getan hatte, als er noch seinen Dreitagebart trug. Er hatte ihn abgenommen, sehr zu Freude seiner Mutter, die immer behauptet hatte, der Bart mache ihn älter. Inga hatte ihr recht gegeben und wenn er ehrlich war, war es wohl auch so. Jetzt, Anfang vierzig, fand er es besser, so alt auszusehen wie er war. Deshalb war er seither glattrasiert, allerdings machten sich jetzt, gegen Abend, die Bartstoppeln schon wieder bemerkbar.

Beim Gedanken an seine umtriebige Mutter, die es nicht lassen konnte, sich in seine Kriminalfälle einzumischen, entfuhr ihm ein Seufzer. Zwar bewunderte er den detektivischen Spürsinn Hannas, der ihn schon mehr als einmal auf die richtige Spur bei der Suche nach den Tätern gebracht hatte. Aber er war zugleich auch ernsthaft besorgt um die Sicherheit seiner Mutter, denn schon öfter war sie bei ihren gewagten Nachforschungen in Gefahr geraten.

Thomas drehte dem Fenster den Rücken zu und setzte sich wieder an seinen Schreibtisch. Er schaute auf die Uhr: schon nach 18:00 Uhr. Inga würde sein Abendessen wieder einmal aufwärmen müssen. Besser, er sagte ihr kurz Bescheid.

Nach dem Telefonat mit seiner Frau blätterte er zum wiederholten Male die Berichte durch, die seine Mitarbeiter ihm bisher geliefert hatten. Der merkwürdige Mordfall machte ihm zu schaffen. Es hatte sich erwiesen, dass der junge Jansen tatsächlich verantwortlich gewesen war für die Einbrüche in den Apotheken vor Ort. Die Medikamente in den Radtaschen stammten nachweislich aus der Stadtapotheke, die Zeitpunkte der Einbrüche waren identisch mit den Aufenthalten des Jungen bei seinen Eltern. Bei der Durchsuchung hatte man in der Garage der Familie Jansen in einem Werkzeugschrank einen Beutel mit einem Glasschneider, einer schwarzen Skimütze, einer ebenfalls schwarzen Kapuzenjacke und einem Satz Dietriche gefunden. Auf dem Glasschneider hatte Wilhelm Stör Ole Jansens Fingerabdrücke sichergestellt. Es bestand also kein Zweifel: Ole Jansen war der Einbrecher gewesen.

Allerdings hatte er das Geschäft mit dem Speed und den Beruhigungsmitteln allem Anschein nach ganz allein betrieben. Seine Kundschaft hatte er in der Studentenszene in Münster gefunden, da war sich der Kommissar sicher. Zwar hatten Susanne und Jan Hendrik, die am Nachmittag nach Münster gefahren waren, bei ihren Nachforschungen in der Uni-Stadt unter den Kommilitonen Oles niemanden gefunden, der zugab, von ihm mit den Pillen beliefert worden zu sein. Aber der Kommissar nahm an, dass die jungen Leute sich abgesprochen und etwaige Beweise längst vernichtet hatten. Er sprach also nichts dafür, dass Ole etwa in Konkurrenz zu anderen Dealern geraten war und sich so ernsthafte Feinde gemacht hatte.

Der Kommissar stand auf und streckte sich. Das eigentliche Problem, der Mord an dem Jungen, war also nach wie vor völlig ungeklärt. Die Vorgehensweise bei der Tat wies auf eine kaltblütige Planung hin. Offensichtlich hatte der Mörder - Thomas ging von einem Mann aus, eine Frau hätte wahrscheinlich eine andere Tötungsart gewählt; auch wäre der Transport der Leiche zum Grab für eine Frau schwierig gewesen - sich mit Ole Jansen in der Nähe oder auf dem Friedhof verabredet und ihm dort kaltblütig das mitgebrachte Messer ins Herz gestoßen hatte. Die Leiche - der Junge hatte nur 68 Kilogramm gewogen - musste er bis zum offenen Grab geschleppt oder getragen und sie dann in die Grube geworfen haben. Eine Lampe hatte er nicht benötigt, das Mondlicht hatte ausgereicht. Einen kleinen Klappspaten konnte er sich in den Gürtel gesteckt oder in einer Umhängetasche mitgebracht haben. Sodann musste er die Abdeckfolie von dem Erdhügel entfernt und die Leiche mit einer ausreichenden Schicht Erde bedeckt haben, sodass sie nicht mehr zu sehen gewesen war. Danach hatte er die Folie wieder an ihren Platz gelegt und war mit dem Fahrrad des Jungen zum Bahnhof gefahren, um vorzutäuschen, Ole habe den Zug genommen.

Natürlich hatte niemand Ole Jansen am Bahnhof gesehen, auch niemand Verdächtigen, wie die Nachforschungen von Polizei Obermeister Holthus ergeben hatten. Brieftasche und Handy hatte der Täter dem Opfer abgenommen. Wenn nicht der Regen am Vormittag das Erdreich aufgeweicht hätte, wäre die Leiche niemals entdeckt worden und der Junge wäre einer der ungeklärten Vermisstenfälle geworden. Der perfide Plan wäre aufgegangen. Sie hatten es also mit einem Mord zu tun, bei dem weder das Motiv noch ein potentieller Täter in Sicht waren. Vielleicht waren es sogar zwei Täter gewesen; wegen des einzelnen Schuhabdrucks hatten sie bisher immer nur an einen Täter gedacht. Bei zwei Tätern wäre der Transport der Leiche vom Tatort zum Grab kein Problem gewesen. Und auch das Fahrrad hätte der eine zum Bahnhof fahren können, während der andere mit dem Auto hinterhergefahren wäre und seinen Komplizen wieder aufgesammelt hätte. Oder der Mord war direkt am Grab geschehen, auch das war eine mögliche Variante. Aber wie hätte der Täter oder möglicherweise die Täter das Opfer veranlassen sollen, mitten in der Nacht zu einem offenes Grab auf dem Friedhof zu kommen? Steckte vielleicht irgendein Friedhofsritual dahinter? Oder hatte der Mord vielleicht doch etwas mit den Medikamenten zu tun?

Thomas schüttelte unmerklich den Kopf. Je mehr er über den Fall nachdachte, desto undurchsichtiger und verwirrender wurde er. Dazu kamen noch die mysteriösen tagebuchartigen Notizen im Computer des Opfers. Standen sie im Zusammenhang mit der Tat oder hatten sie nichts damit zu tun? Wer konnte die Person sein, die Ole so sehr gehasst hatte? Ein Familienmitglied? Ein Freund, ein Kommilitone etwa, oder ein Bekannter der Familie? Was konnte der Grund für den Hass sein? Hatten seine Rachegedanken doch etwas mit Oles Medikamentenmissbrauch zu tun? Oder mit seiner Dealerei? Und wer war der Mann, mit dem Ole Jansen in der Diskothek geredet hatte, wie im Bericht von Susanne und Jan Hendrik stand?

Der Kommissar trat wieder ans Fenster. Inzwischen war es dunkel geworden. Die Bahnhofsstraße wurde spärlich von den Straßenlaternen beleuchtet, nur noch wenige Autos waren auf der Straße zu sehen. Es hatte keinen Zweck, weiter darüber zu grübeln, sagte Thomas sich. Er würde nach Hause fahren. Er nahm seine Jacke vom Garderobenständer und zog sie an. Vielleicht kam er doch noch rechtzeitig zum Abendessen mit der Familie.

14. Kapitel

Als das Telefon mitten in der Nacht klingelte, befand Thomas Morgenroth sich gerade in einer Tiefschlafphase und es dauerte eine Weile, bis er begriff, was los war.

„Hier Holthus. Wir haben wieder einen Toten, Thomas, du musst sofort kommen."

„Was?" Thomas setzte sich auf. Er rieb sich die Augen, um wach zu werden. „Wie spät ist es?"

„Es ist exakt 00:24 Uhr", teilte Holthus ihm mit. „Ich bin im

Haus des Ehepaars Schubert in der Brechtstaße im Stern-
busch. Wir haben hier einen Toten, offensichtlich Fremdver-
schulden. Du musst sofort herkommen. Soll ich die anderen
auch anrufen?"

„Nein. Ich werde mir erst einmal allein ein Bild machen."

Inga richtete sich schlaftrunken auf und strich sich die zer-
zausten blonden Haare aus dem Gesicht. „Was ist denn los?",
fragte sie.

Der Kommissar war inzwischen hellwach und im Begriff, in
seine Hose zu steigen. „Schlaf ruhig weiter, Liebes, ich muss
zum Dienst. Richard Holthus hat angerufen. Ein neuer Mordfall."

„Das gibt es doch gar nicht!" Inga setzte sich auf. „Doch hoffentlich niemand, den wir kennen?"

„Nein, nein, aber ich muss sofort zum Tatort. Das Ganze ist
wohl gerade erst passiert."

Er hatte sich fertig angezogen, ging schnell zur Bettseite seiner Frau hinüber und gab ihr einen Kuss. „Schlaf ruhig weiter,
es ist erst halb eins."

Das Haus in der Brechtstraße im neu entstehenden Teil des
Sternbuschviertels hatte noch keinen Garten. Zwar waren die
Zufahrt und die Wege schon gepflastert, aber Beete, Rasen
und Randbepflanzung fehlten noch, ebenso ein Zaun, der das
Grundstück von denen der Nachbarn abgrenzte. Das Ehepaar
Schubert war erst vor ein paar Wochen eingezogen in das mo-
derne Einfamilienhaus, auf dessen Süddach eine Fotovoltaik-
anlage für umweltgerechten Strom sorgte.

Als Thomas vor dem Gebäude ankam, standen mehrere Po-
lizeifahrzeuge auf der Straße und ein Rettungswagen in der
Einfahrt. Die Autoscheinwerfer und die Blaulichter gaben der
Szene etwas Gespenstisches. Mehrere Schaulustige hatten
sich trotz der Nachtzeit hinter dem Absperrband versammelt.

Wie erst vor drei Tagen sah Thomas sich genötigt, den weißen Schutzanzug anzuziehen, den Wilhelm Stör ihm reichte. Der übernächtigt aussehende Chef der Kriminaltechnik und seine Leute vom Erkennungsdienst waren schon bei der Arbeit.

„Wo finde ich den Toten, Wilhelm?", fragte Thomas.

„Im Wohnzimmer. Durch den Flur geradeaus", antwortete Stör.

Thomas sah sich um, als er in die Richtung ging, die sein Kollege ihm gezeigt hatte. Das Innere des Hauses was modern und, wie er fand, geschmackvoll gestaltet. Eine offene Holztreppe führte ins Obergeschoss. Der Küchenbereich war mit einer freistehenden Arbeitstheke und hohen Hockern ausgestattet, ein eckiger Kamin mitten im Raum teilte den Essbereich von dem Wohnbereich ab. Zwei große, bis zum Boden reichende Fenster gaben den Blick auf die Terrasse und den noch unfertigen Garten frei.

Der Blick des Kommissars blieb an dem Körper hängen, der vor dem Kamin auf der Seite des Wohnbereichs auf dem Boden lag. Der Tote war mit Shirt und Shorts bekleidet, an den Füßen trug er Sandalen; die eine hatte sich vom Fuß gelöst und lag daneben. Um den Kopf herum hatte sich eine Blutlache gebildet, das Blut sah noch frisch aus. An der Schläfe war, teilweise von den dunklen Haaren des Mannes verdeckt, eine blutige Wunde zu sehen. Neben der ausgestreckten Hand des Opfers lag ein Mobiltelefon. Der Tote lag auf dem Bauch, seine Augen waren geöffnet und starrten blicklos ins Leere.

Der Fotograf von der Spurensicherung war dabei, die Leiche von allen Seiten zu fotografieren. Ein weiterer Forensiker untersuchte den Raum nach Fingerspuren oder sonstigen Hinweisen auf den Tathergang. Polizeiobermeister Holthus, ebenfalls wieder im weißen Schutzanzug und mit Plastikbezügen über den Schuhen, trat zu dem Kommissar.

„Das ist Maik Schubert, 30 Jahre alt, selbstständiger IT-Manager, der Bewohner dieses Hauses. Seine Frau Mia ist oben, sie wurde von dem Notarzt versorgt. Sie hat um 00:13 Uhr den Notruf über 110 betätigt und gemeldet, ein Einbrecher sei in das Haus eingedrungen und habe ihren Mann erschlagen", berichtete er.

„Gibt es Einbruchsspuren?", fragte Thomas.

„Ja. Das Garagenfenster ist eingeschlagen und dann von innen geöffnet worden. Dort muss der Einbrecher eingestiegen sein. Er konnte von dort durch die Verbindungstür in den Hauswirtschaftsraum gelangen und dann in die Küche und das Wohnzimmer. Hier muss der Hausherr ihn überrascht haben. Anscheinend hat er die Polizei rufen wollen, was der Eindringling verhinderte, indem er ihn erschlug."

„Die Tatwaffe ist nicht gefunden worden?"

„Nein. Der Doktor sagt, es könnte eine harter, länglicher Gegenstand gewesen sein. Der Täter hat sie mitgenommen. Womöglich hat er sie irgendwo entsorgt. Wir werden die Gegend absuchen, sobald es hell geworden ist."

„Ist etwas gestohlen worden?"

„Das konnten wir noch nicht überprüfen. Die Ehefrau war nicht vernehmungsfähig."

„Wo finde ich denn die Frau des Toten, Richard?", fragte Thomas, nachdem er sich noch einmal gründlich umgesehen hatte.

„Sie ist oben im Schlafzimmer. Der Doktor hat ihr eine Beruhigungsspritze gegeben, sie war völlig durch den Wind. Er hat ihr gesagt, sie solle sich hinlegen."

„Ich muss sie trotzdem kurz sprechen. Zeigst du mir bitte, wo das ist?"

„Die Treppe hinauf, dann die Tür rechts. Eine Polizistin ist jetzt bei ihr."

Das Schlafzimmer war nur durch eine Nachttischlampe beleuchtet, dessen weiches Licht das Gesicht der Frau, die auf dem Bett lag, sehr jung erscheinen ließ. Sie hatte offensichtlich geweint, die Lider der geschlossenen Augen waren gerötet. Thomas verzichtete auf einen formellen Gruß, er nickte lediglich der Polizistin zu, die sich auf den Stuhl vor der Frisierkommode gesetzt hatte.

„Frau Schubert, ich bin Hauptkommissar Thomas Morgenroth. Fühlen Sie sich in der Lage, ein paar Fragen zu beantworten?"

Die Frau hob mühsam die Lider und schaute den Beamten an. In ihren Augen stand, getrübt durch die sedierende Wirkung der Spritze, tiefe Verzweiflung und Trauer. Sie nickte langsam und zog, ohne sich aufzurichten, den Morgenmantel fester um sich.

„Können Sie mir bitte schildern, was heute Nacht hier passiert ist, Frau Schubert?"

Wieder nickte Mia Schubert. „Wir sind durch ein Geräusch aufgewacht", sagte sie mit einer Stimme, die kaum ein Hauch war. „Maik ist nach unten gegangen, um nachzuschauen. Ich bin hier oben geblieben, er hat gesagt, ich solle hier bleiben. Dann hab ich ihn schreien gehört. Dann nichts mehr. Nach einer Weile bin ich nach unten gegangen. Da lag Maik auf dem Boden, er rührte sich nicht mehr, sein Kopf war ganz blutig. Danach hab ich 110 gerufen."

„Konnten Sie verstehen, was Ihr Mann geschrien hat?"

„Nicht richtig. Irgendetwas wie: ‚Bleiben Sie stehen' und ‚Polizei'. Ich war furchtbar erschrocken." Ein Schaudern ging durch den Körper der Frau. „Ich hab dann die Polizei gerufen", wiederholte sie.

„Das war vollkommen richtig, Frau Schubert. Was haben Sie gemacht, bis der Notarzt und die Polizei da waren?"

„Was ich gemacht habe?" Die junge Frau sah den Kommissar verständnislos an. Unruhig nestelten ihre Finger an ihrem Morgenrock. „Sein Kopf war ganz blutig ..." Sie versuchte sich zu sammeln. „Als es klingelte, bin ich zur Tür gegangen und hab sie geöffnet."

„Gut soweit. Wie haben Sie denn den gestrigen Abend verbracht, Sie und Ihr Mann?"

Mia Schubert richtete sich auf und konzentrierte sich.

„Eigentlich wollten wir ins Kino gehen, den neuen Avatar-Film ansehen, aber ich habe mich nicht ganz wohl gefühlt, deshalb sind wir zu Hause geblieben und haben ferngesehen. Mein Mann hat noch ein bisschen am Computer gearbeitet, so gegen 11 Uhr sind wir zu Bett gegangen."

„Hätte jemand wissen können, dass Sie eigentlich nicht zu Hause sein würden?"

Mia Schubert runzelte die Stirn und sah den Kommissar fragend an. „Wieso?"

„Weil der Einbrecher riskiert hat, dass jemand zu Hause sein könnte, der ihn entdeckt. Normalerweise nutzen Einbrecher die Zeit aus, wenn der Bewohner des Hauses nicht anwesend ist."

„Ach so. Ja, wir gehen eigentlich jeden Donnerstag aus. Entweder sind wir bei Freunden oder wir gehen essen oder ins Kino. Meistens sind wir nicht vor Mitternacht zu Hause, eher später."

„Und wer wusste, dass Sie regelmäßig donnerstags nicht zu Hause sein würden?"

Die junge Frau überlegte. „Eigentlich alle, die uns kennen: meine Kollegen. Maiks Kollegen. Unsere Bekannten und Freunde. Aber von denen wird ja wohl niemand bei uns eingebrochen sein, oder?"

„Hm", machte der Kommissar. „Man weiß nie. Aber jetzt etwas anderes: Haben Sie selbst irgendetwas von dem Täter gesehen oder gehört?"

Sie schüttelte den Kopf. „Nein, er muss, nachdem er Maik niedergeschlagen hatte, sofort wieder verschwunden sein."

„Hat Ihr Mann noch gelebt, als Sie nach unten kamen?"

„Ich habe mich zuerst gar nicht getraut, ins Wohnzimmer zu gehen." Sie strich sich müde über die Stirn, ihre braunen Haare lagen wirr um ihren Kopf herum. „Als ich kam, lag Maik regungslos da, seine Augen waren geöffnet. Um seinen Kopf herum war jede Menge Blut. Ich hatte sofort den Eindruck, dass er tot ist. Es war schrecklich." Sie drehte sich zur Seite. Ihre Augen füllten sich mit Tränen.

Thomas sah ein, dass er die Frau nicht länger bedrängen durfte. „Gut, das wär's fürs Erste, Frau Schubert. Vielen Dank. Ich werde Sie jetzt in Ruhe lassen. Haben Sie jemanden, den Sie anrufen können? Ihre Eltern vielleicht?"

Mia Schubert nickte. Sie schniefte und versuchte, die Tränen zurückzudrängen. „Ja", sagte sie, „meine Eltern. Sie wohnen ganz in der Nähe. Ich werde sie gleich anrufen."

„Nur eine Frage noch: Die Eltern Ihres Mannes müssen benachrichtigt werden. Wollen Sie das machen oder wäre es Ihnen lieber, wenn wir das übernehmen? Wir würden sie am Morgen aufsuchen und sie von dem Vorgefallenen in Kenntnis setzen, wenn Sie sich nicht in der Lage dazu fühlen, Frau Schubert."

Dem Kommissar graute zwar davor, schon wieder eine Todesnachricht überbringen zu müssen, aber er mochte die völlig erschöpfte junge Frau nicht noch mehr unter Druck setzen.

„Oh! Daran habe ich noch gar nicht gedacht. Ja, es wäre mir sehr recht, wenn Sie mir das abnehmen würden, Herr Kommissar. Vielen Dank."

Thomas stand auf. „Dann lassen wir Sie jetzt allein. Die Polizei wird noch einige Zeit im Haus und in der Umgebung zu tun haben, um eventuelle Spuren zu sichern. Sollte Ihnen noch etwas Wichtiges einfallen, rufen Sie mich an. Ich leite die Ermittlungen." Er legte seine Karte auf den Nachttisch, lächelte der Frau zu und wandte sich zum Gehen. Die Polizistin verabschiedete sich ebenfalls und ging mit dem Kommissar ins Erdgeschoss hinunter.

Im Flur wartete Richard Holthus auf ihn. „Die Spurensicherung ist hier im Haus fertig. Draußen suchen sie noch nach eventuellen Fußspuren oder sonstigen Hinweisen. Die Leiche ist abgeholt worden. Sie ist auf dem Weg nach Oldenburg in die Gerichtsmedizin. Ich ziehe meine Leute jetzt ab. Alles andere kann warten bis morgen, denke ich."

Der Kommissar sah auf die Uhr: Es war kurz vor zwei Uhr. Lohnte es sich noch, nach Hause zu fahren und sich schlafen zu legen? Hier würde Wilhelm Stör mit seinen Leuten alles Weitere erledigen. Die Namen der Neugierigen, die sich auf der Straße befunden hatten, als er eintraf, hatte er bestimmt notiert, ebenso alles, was sie eventuell beobachtet hatten.

„Gut, Richard. Die Befragung der Nachbarn kann bis morgen Früh warten, man muss die Leute nicht jetzt aus den Schlaf reißen. Gute Nacht also! Übrigens: gute Arbeit!", fügte er hinzu.

Der Polizeimeister freute sich über das Lob. „Gute Nacht, Thomas", sagte er mit einem Lächeln.

15. Kapitel

Die Frühstücksmahlzeit verlief in der Familie Morgenroth immer besonders lebhaft, was nicht an Thomas lag, der ein ausgesprochener Morgenmuffel war und vor der zweiten Tasse Kaffee kein Wort herausbekam. Meistens sorgten die Zwillinge für einige Turbulenzen, seien es die nicht aufzufindenden, aber unbedingt notwendigen Sportsachen, die noch in aller Eile zu erledigenden Mathematikaufgaben oder der Wunsch, ein Nutellabrot mit zur Schule nehmen zu dürfen. Damit nicht genug: Der kleine Nico hatte einen ausgesprochen eigenwilligen Modegeschmack entwickelt, sodass er nie einverstanden war mit dem, was Inga ihm anziehen wollte. Außerdem meinte er neuerdings, unbedingt alles allein machen zu wollen, was bei Nichtgelingen oft zu ärgerlichen Tränen führte. Hanna stellte bei alldem den ruhenden Pol dar. Sie sorgte zum Beispiel für die Lösung der Rechenaufgaben oder stellte ein alle zufriedenstellendes Pausenbrot zusammen.

Währenddessen saß der Kommissar in sich gekehrt vor seinem Kaffee, aß sein aufgebackenes Brötchen mit Schinken und Käse - Inga hatte es in all den Jahren nicht geschafft, ihn zu einem gesunden Müsli mit Naturjoghurt, Körnern und frischem Obst zu überreden - und schwieg. Meistens kehrte erst, nachdem die Zwillinge zum Schulbus und Inga mit dem Kleinen zum Kindergarten aufgebrochen waren, etwas Ruhe ein. Hanna nutzte diese morgendliche Viertelstunde gerne für ein vertrauliches Mutter-Sohn-Gespräch, je nachdem, was gerade anlag. Diesmal war es natürlich das Ereignis der vergangenen Nacht, über das Hanna unbedingt Näheres erfahren wollte.

„Nun erzähl schon, Thomas, was war denn los heute Nacht? Ich habe doch gehört, dass du weg warst, es muss ja etwas Außergewöhnliches gewesen sein." Ihr Sohn hatte seinen zweiten Kaffee ausgetrunken und Hanna schenkte ihm schnell noch einmal nach, um ihn zum Reden zu veranlassen.

„Du wirst es ja sowieso in der Zeitung lesen, also kann ich es dir auch erzählen", sagte er. Er schob den Rest seines Käsebrötchens in den Mund und kaute gründlich. Hanna zügelte ihre Ungeduld und wartete. „Also", begann Thomas endlich. „Wir haben wieder einen Mordfall."

„Was?" Hannas Reaktion war eine Mischung aus Überraschung und Genugtuung. „Hab' ich's doch gewusst, es ist etwas Sensationelles. Wer ist denn ermordet worden?"

„Ein gewisser Maik Schubert. Er wohnte mit seiner Frau in der neuen Sternbusch-Siedlung.

„Maik Schubert? Warte mal, da klingelt etwas bei mir." Sie legte ihren Finger in einer Geste des Überlegens an ihr Kinn. „Wer hat ihn denn umgebracht?"

„Es war offensichtlich ein Einbrecher, den er überrascht hat. Anscheinend hatte Schubert ihn gestellt und wollte die Polizei rufen. Da hat der Typ zugeschlagen und ist geflohen. Die Ehefrau war total schockiert, sie war kaum in der Lage, den Tathergang zu schildern."

„Mein Gott, die arme Frau! Gott sei Dank hat der Verbrecher ihr nicht auch etwas angetan."

„Ja, Gott sei Dank. Der Mann ist wohl in Panik geflohen, auf demselben Weg, auf dem er gekommen ist. Durch das Garagenfenster."

„Gab es denn in dem Haus etwas Lohnendes zu holen für einen Dieb?"

„Das müssen wir noch überprüfen. Aber er ist wohl nicht dazugekommen, etwas mitzunehmen."

„Es war aber ganz schön riskant von ihm einzubrechen, während die Bewohner schlafen. Ich jedenfalls würde bei dem kleinsten auffälligen Geräusch aufwachen."

„Er hat wohl angenommen, dass das Ehepaar Schubert gar nicht zu Hause sein würde. Sie gehen regelmäßig donnerstags aus, hat die Frau mir erzählt. Wir werden den Freundes- und Kollegenkreis der beiden, der davon gewusst hat, genau unter die Lupe nehmen."

Hannas Gedanken waren bei dem Namen des Opfers hängen geblieben.

„Schubert, sagtest du? Irgendwie sagt mir der Name etwas. Wie alt war denn das Opfer?"

„Noch sehr jung, 30 Jahre alt. Maik Schubert. IT-Manager, sagt seine Frau. Hat wohl meistens von zu Hause aus gearbeitet, am Computer."

„Ah, jetzt fällt es mir ein. Ich hatte einen Schüler namens Maik Schubert. Naja, jeder Cloppenburger mit einem akademischen Beruf hat ja irgendwann Abitur an einem unserer Gymnasien gemacht. Also ist es kein Wunder, dass es sich ständig um ehemalige Schüler von mir handelt. Ole Jansen, der arme Junge, war auch bei mir im Unterricht. Ich erinnere mich an ihn als Sechstklässler."

„Allerdings pflegen Gott sei Dank nicht alle deine Schüler sich ermorden zu lassen", fügte Thomas lakonisch hinzu. Er hatte seinen Kaffee ausgetrunken und stand auf. „Ich muss los. Die Einsatzbesprechung heute wird lange dauern. Zwei Mordfälle! Und alle anderen Strafsachen müssen auch nebenbei noch bearbeitet werden." Er suchte seine Sachen zusammen, gab seiner Mutter einen Kuss auf ihr weißes Haar und verließ das Haus.

Hanna fing an, die Küche aufzuräumen. Während sie das Geschirr in die Spülmaschine räumte, dachte sie über die Mordfälle nach. Wie merkwürdig, da passierte jahrelang nichts Schlimmeres in der Kleinstadt als Fahrraddiebstahl, Wandschmierereien oder kleine Einbrüche und Betrügereien, und dann gab es gleich zwei Morde im Abstand von wenigen Tagen. Völlig unabhängig voneinander, wie es schien. Die beiden Taten hatten jedenfalls nichts Gemeinsames, weder Tatort noch Tathergang noch Tatwerkzeug. Ganz abgesehen von dem Motiv, das im Falle Ole Jansens noch immer völlig im Dunklen lag.

Hanna hatte ihre Aufräumarbeit beendet. Müßig stieg sie die Stufen zu ihrer Wohnung hinauf. Maik Schubert. Der Name ging ihr nicht aus dem Kopf. Die Abiturzeitungen, in denen sie Oles Bild gefunden hatte, fielen ihr ein. Wann hatte Maik Abitur gemacht? Vor zehn oder elf Jahren? Sie suchte die entsprechenden Bände heraus. Richtig, hier war das Bild von Maik Schubert. Jetzt hatte sie das Gesicht wieder genau vor Augen. Ein gutaussehender junger Mann. Dunkelhaarig, sportlich, geradezu athletisch. Ein seltsamer Junge war er gewesen, erinnerte sich Hanna, introvertiert, dabei sehr intelligent. In Hannas naturwissenschaftlichen Fächern war er gut gewesen, aber geglänzt hat er in den Geisteswissenschaften, Philosophie und Religion. Was er wohl studiert hatte? Offensichtlich war er wieder in seine alte Heimat zurückgekehrt. Plötzlich fiel ihr etwas ein. Der junge Mann, der auf dem Friedhofsparkplatz in sein schickes Elektroauto gestiegen war, das war Maik Schubert gewesen! Dass ihr das nicht eher eingefallen war! Tja, das Gedächtnis wurde im Alter auch nicht besser. Interessant, dass Maik auf der Beerdigung der alten Frau Maschewski gewesen war. Ob er sie gekannt hatte? Vielleicht über einen der vielen Enkel der alten Frau? Gut möglich.

Sie las die Bemerkungen, die unter dem Foto Maik Schuberts standen. Spitzname: Der Philosoph. Zitat: Cogito ergo sum. Berufswunsch: Gelehrter

Ob die beiden Mordopfer sich gekannt hatten? Immerhin hatten sie dieselbe Schule besucht, wenn auch nicht zur selben Zeit. Es wäre interessant zu wissen, was Maik als Erwachsener für ein Mensch gewesen war, wie er sich nach seiner Schulzeit entwickelt hatte. Was hatte Thomas gesagt? IT-Manager sei er gewesen. Mal sehen, ob das allwissende Google etwas über ihn wusste.

Schon saß Hanna an ihrem Laptop und googelte den Namen Maik Schubert. Schnell ploppten verschiedene Seiten auf. Er hatte eine eigene Homepage, auf der er seine Dienste als IT-Manager anbot. Auch einige private Informationen waren dort zu lesen. Abitur mit Bestnote, Studium in Göttingen, Abschluss in Informatik und Wirtschaftswissenschaften.

Hm, dachte Hanna. Das ist aber weit entfernt von seinen Jugendträumen.

Sie las weiter. Heirat mit Mia Jörgens, wohnhaft in Cloppenburg, Brechtstraße. Dazu eine Liste der einzelnen Dienstleistungen, die er anbot, sowie die entsprechenden Kontaktmöglichkeiten. Hanna stutzte wieder. Mia Jörgens! Das war doch die Tochter von Rupert Jörgens, dem alten Freund von Klaus, Hannas verstorbenem Mann. Mein Gott, die Welt ist ein Dorf, dachte sie. Sie hatte Rupert lange nicht gesehen. Nach Klaus' Tod waren die alten Verbindungen nach und nach eingeschlafen. Und jetzt waren also seine Tochter und ihr Mann Opfer einer furchtbaren Gewalttat geworden.

16. Kapitel

Mia Schubert wachte mit heftigen Kopfschmerzen auf. Sie blinzelte. Es war noch dunkel im Zimmer, aber durch die Lamellen der Jalousien drang ein Streifen Morgenlicht. Sie rieb sich die Schläfen. Es dauerte einen Moment, dann fiel ihr alles wieder ein.

Maik war tot!

Ruckartig setzte sie sich auf. Ein stechender Schmerz fuhr ihr durch den Schädel, sie stöhnte auf. Mit beiden Händen hielt sie sich den Kopf und drückte ihn, als könnte sie so den Schmerz herauspressen. Sie blickte um sich. Im Halbdunkel sahen die vertrauten Möbel aus wie drohende Gestalten.

Mein Gott, Maik war tot!

Sie sah an sich hinunter. Sie hatte noch immer ihren Morgenmantel an, stellte sie fest. Das Mittel, das der Notarzt ihr verabreicht hatte, war wohl so stark gewesen, dass sie tatsächlich eingeschlafen war. Wie spät war es? Sie schaute auf den Wecker auf ihrem Nachttisch: 6:35 Uhr. Sie musste aufstehen, es gab so viel zu erledigen. Mühsam schwang sie die Beine aus dem Bett und setzte sich an die Bettkante. Wenn nur die Kopfschmerzen nachlassen würden! Sie strich ihre langen Haare zurück und massierte ihre Schläfen. Tatsächlich ließ der Schmerz allmählich nach.

Sie erinnerte sich daran, dass der dicke Polizist gekommen war und sie gefragt hatte, ob sie psychischen Beistand benötige, die Polizei hätte gute Psychologen für Situationen wie diese. Sie hatte gesagt, nein, sie benötige keine Hilfe. Er hatte ihr daraufhin mitgeteilt, dass die Arbeit der Polizei im Moment beendet sei und dass seine Leute das Haus jetzt verlassen würden. ,Gut' hatte sie geantwortet. Danach musste sie wohl eingeschlafen sein.

Mia stand auf. Sie musste ihre Eltern anrufen. Oh mein Gott, was sollte sie bloß sagen? Die beiden würden ja zusammenbrechen! Ihr Schwiegersohn ermordet! Ihr erfolgreicher, beliebter und wunderbarer Schwiegersohn, erschlagen im eigenen Haus! Wie sie sich gefreut hatten, damals, als sie ihnen Maik als ihren Verlobten vorgestellt hatte. Wie glücklich sie selber gewesen war, als er ihr endlich den Heiratsantrag gemacht hatte, auf den sie so sehnsüchtig gewartet hatte. Aber nun war Maik tot!

Plötzlich stieg ein Schluchzen in ihrer Kehle auf, die Tränen stürzten aus ihren Augen und sie fing an zu weinen. Immer heftiger rannen die Tränen, das Schluchzen schüttelte krampfartig ihren gesamten Körper, sie ließ sich aufs Bett fallen und weinte und weinte, als wollte sie nie wieder aufhören.

Sie wusste nicht, wie lange es dauerte, aber irgendwann versiegten die Tränen und sie konnte wieder normal atmen. Sie setzte sich auf und atmete ein paar Mal tief ein und aus. Sie musste sich zusammenreißen, sagte sie sich, es gab so viel zu tun.

Als Erstes musste sie sich waschen und anziehen. Sie warf einen Blick in den Spiegel: Sie sah schrecklich aus! Das lange Haar strähnig und wirr, unter den Augen tiefe dunkle Schatten und Reste von Wimperntusche auf der geisterhaft blassen Haut, die Lider vom Weinen geschwollen und rot. Sie musste unter die Dusche und sich einigermaßen herrichten, erst dann würde sie die Kraft haben, dem Tag ins Auge zu sehen.

Das Telefonat mit ihren Eltern verlief genauso schlimm wie Mia es sich vorgestellt hatte. Nachdem sie sich, frisch geduscht und angekleidet, einen Kaffee gekocht hatte, zwang sie sich, das Telefon in die Hand zu nehmen und die eingespeicherte Nummer ihrer Eltern zu wählen.

„Hallo Mia", hörte sie die freudige, aber auch etwas überraschte Stimme ihrer Mutter. „Schon so früh am Telefon? Was gibt es denn so Wichtiges?"

„Hallo Mama. Ja, es ist noch früh, aber …" Mia fühlte, dass ihre Stimme drohte zu versagen. Sie holte tief Luft und unterdrückte die Tränen.

„Was ist denn, Mia? Du klingst so merkwürdig? Ist etwas passiert?" Mit dem Instinkt einer Mutter hatte Linda Jörgens wohl gleich bei Mias ersten Worten gespürt, dass es sich um keinen normalen Anruf handelte.

„Ja, es ist etwas passiert, Mama. Etwas Schreckliches ...“ Wieder versagte Mias Stimme.

„Nun sprich doch, Kind!“ Sorge und Ungeduld sprachen aus der Stimme ihrer Mutter.

„Bei uns ist heute Nacht eingebrochen worden“, brachte Mia schließlich einigermaßen gefasst heraus. „Maik hat den Einbrecher überrascht. Aber dann ...“

„Was dann?“

„Dann hat der Einbrecher Maik niedergeschlagen und ist geflohen!“

„Oh mein Gott! Ist Maik verletzt? Ihr habt doch sicher die Polizei gerufen, oder?“

Mia nahm alle Kraft zusammen. „Mama, Maik ist tot!“, brachte sie heraus, bevor sie in hemmungsloses Weinen ausbrach.

Stille am anderen Ende der Leitung. Dann hörte Mia durch ihr Schluchzen hindurch die Stimme ihrer Mutter: „Wir sind in fünf Minuten bei dir, Liebling. Sei ganz ruhig, wir sind gleich da.“

Es dauerte jedoch fast eine halbe Stunde, bis Linda und Rupert Jörgens bei dem Haus ihrer Tochter ankamen. Der Rechtsanwalt war schon auf dem Weg in die Kanzlei gewesen, als seine Frau ihn per Handy erreichte und ihm die Nachricht ihrer Tochter übermittelte. Sofort wendete der 64-Jährige seinen BMW und fuhr zurück nach Hause, wo er seine völlig aufgelöste Frau zu beruhigen versuchte. Gemeinsam machten sie sich auf den Weg in die Brechtstraße.

Mia hatte sich einigermaßen gefasst, als sie ihren Eltern die Tür öffnete. Linda Jörgens schloss ihre Tochter wortlos in die Arme, während ihr Vater ihren Rücken streichelte.

„So und nun setzen wir uns alle erst einmal ins Wohnzimmer und du erzählst uns in aller Ruhe, was passiert ist, Mia“, schlug er vor.

„Hier hat er gelegen", sagte Mia und wies auf den Platz vor dem Kamin. „Als ich kam, war er schon tot, seine Augen standen offen, sein Kopf war ganz blutig." Sie wandte sich ab. „Ach, ihr könnt euch nicht vorstellen, wie schrecklich das war."

„Nun setz dich her und erzählt der Reihe nach, Mia", forderte ihr Vater sie auf, während er auf den Platz neben sich klopfte. Mia setzte sich zu ihm und fing an zu erzählen. Stockend zuerst und immer wieder durch die Ausrufe ihrer Mutter unterbrochen, berichtete sie, wie der Abend und die Nacht verlaufen waren. Sie hatten ferngesehen, Maik und sie, dann seien sie ins Bett gegangen. Irgendwann in der Nacht seien sie aufgewacht, weil sie ein Geräusch gehört hatten.

„Maik ist aufgestanden, er wollte nachsehen, was das gewesen war. Dann hörte ich ihn schreien, irgendetwas mit Polizei, ich weiß nicht mehr", erzählte Mia. Sie habe plötzlich richtig Angst gehabt und sich nicht getraut, nachzuschauen. Nach einer Weile habe sie sich leise nach unten geschlichen.

„Und dann habe ich ihn gesehen." Mia schlug die Hände vors Gesicht. „Es war furchtbar!"

Ihre Mutter strich ihr mitfühlend über den Arm.

„Du hast hoffentlich sofort die Polizei gerufen?", fragte Rupert Jörgens.

„Ja, ich habe 110 gewählt. Ich weiß nicht mehr, wie lange es gedauert hat, bis die Polizei hier war. Sie haben hier alles untersucht. Ich war total fertig. Der Notarzt hat mir eine Beruhigungsspritze gegeben und mir gesagt, dass ich mich hinlegen soll. Das habe ich getan. Später kam der Kommissar und hat mich gefragt, was vorgefallen sei."

„Wie hieß der Kommissar, weißt du das noch?", fragte Rupert. „Ich werde ihn nachher anrufen um zu erfahren, was die Polizei weiß."

„Ich weiß nicht mehr genau, irgendwas mit Morgen…, glaube ich."

„Ach, du meinst Morgenroth. Kriminalkommissar Thomas Morgenroth, der Sohn meines alten Freundes Klaus Morgenroth. Das trifft sich gut."

„Wir müssen Lara und Corinna Bescheid sagen, Rupert", sagte Linda.

Mias Vater nickte. „Ja, natürlich. Sag mal, Mia, wissen denn Maiks Eltern schon Bescheid?"

Mia nickte. „Der Kommissar sagte, er würde es übernehmen, den Eltern von Maik die Nachricht zu überbringen. Ich war sehr froh darüber."

„Ja, das ist gut. Trotzdem müssen wir natürlich mit ihnen sprechen."

„Wie geht es denn jetzt weiter, Papa?", fragte Mia. „Was wird die Polizei unternehmen?"

„Mach dir darüber keine Sorgen, Schatz, sie werden dich sicher so wenig wie möglich behelligen. Vielleicht werden sie noch einmal nachfragen, wie alles abgelaufen ist. Sicher werden sie nach Zeugen in der Nachbarschaft suchen und so etwas. Und sie werden bestimmt alles tun, um den Einbrecher zu finden." Er tätschelte seiner Tochter die Schulter. „Ich werde mit Thomas Morgenroth sprechen."

Mia richtete sich auf. „Mir fällt gerade ein, ich muss mit der Schule telefonieren. Ich kann heute nicht zur Schule gehen. Wie spät ist es überhaupt?"

„Lass nur, Kind, ich mach das schon", sagte ihre Mutter. Sie schaute auf die Uhr. „Es ist kurz vor acht, noch Zeit genug. Wie ist denn die Nummer? Ich werde dich für die nächsten Tage entschuldigen. Ab nächster Woche sind ja sowieso Schulferien, nicht wahr?"

Sie nahm ihr Mobiltelefon zur Hand und notierte die Nummer, die Mia ihr diktierte. „Könntest du uns inzwischen vielleicht einen Kaffee kochen?", bat sie ihre Tochter anschließend.

Mia stand auf und ging in den Küchenbereich. „Soll ich auch ein paar Brötchen aufbacken?", fragte sie.

„Das wäre nett, sicher hast du noch nichts gegessen, oder?", antwortete ihre Mutter.

Während Mia die Kaffeemaschine in Gang setzte, hörte sie, wie ihre Eltern telefonierten. Wie merkwürdig, dachte sie, Kaffee und Brötchen! Als ob nichts geschehen wäre.

17. Kapitel

Ich fasse zusammen", sagte Hauptkommissar Thomas Morgenroth. „Wir haben hier zwei Todesfälle mit Fremdeinwirkung im Abstand von drei Tagen. Das erste Opfer ist ein 20-jähriger Student, der mit aufputschenden beziehungsweise entspannenden Medikamenten dealte, die er aus den hier ansässigen Apotheken stahl. Er wurde auf den Friedhof gelockt, wo er von einem Unbekannten erstochen wurde. Der zweite ist ein 30-jähriger Informatiker, der als selbstständiger IT- Manager für verschiedene Auftraggeber arbeitete. Er lebte mit seiner Frau Mia, geborene Jörgens, in seinem gerade fertiggestellten Haus in der Sternbusch-Siedlung. Er wurde gestern Nacht von einem Einbrecher, den er überraschte, erschlagen."

Das Ermittlerteam hatte sich am Morgen zusammengefunden und war von den nächtlichen Ereignissen in Kenntnis gesetzt worden. Richard Holthus und Wilhelm Stör hatten von den Ergebnissen ihrer Arbeit berichtet.

„Was haben die beiden Opfer gemeinsam?", fragte Thomas rhetorisch. „Sie sind beide hier in Cloppenburg geboren und groß geworden. Sie haben beide am Clemens-August-Gymnasium Abitur gemacht." Er schaute in die Runde. Die Mitglieder des Ermittlerteams hörten ihm aufmerksam zu.

„Das war es dann auch schon mit den Gemeinsamkeiten", fuhr der Kommissar fort. „Alles andere ist unterschiedlich. Jansen war zehn Jahre jünger als Schubert, er studierte Psychologie in Münster. Schubert hat Informatik und Wirtschaftswissenschaften in Göttingen studiert und glänzend abgeschlossen. Ole Jansen wurde geplant ermordet, Schubert eher zufällig erschlagen. Die Obduktion hat übrigens ergeben, dass der eine Schlag gegen die Schläfe tödlich war. Die Tatwaffe, es könnte ein Brecheisen gewesen sein, ist noch nicht gefunden worden. Ole Jansen betätigte sich als Einbrecher und Dieb und dealte mit den Medikamenten, war also kriminell. Schubert war beruflich erfolgreich, in der Stadt etabliert und engagierte sich in der St. Andreas-Kirchengemeinde. Seine Frau Mia ist Lehrerin an der St. Andreas-Grundschule und stammt aus der angesehenen Familie Jörgens, die die Kanzlei Jörgens führt. Der Gegensatz zwischen den beiden Opfern könnte kaum grösser sein."

Der Kommissar schaute in die Runde. „Wie gehen wir also die Sache an? Vorschläge?"

„Wir sollten die genauen Umstände des Einbruchs bei Schubert noch einmal überprüfen", schlug Oberkommissar Klüver vor. „Die Nachbarn sind zwar schon befragt worden, aber vielleicht ist dem einen oder anderen doch noch etwas eingefallen. Oder es sind nicht alle Bewohner der einzelnen Häuser angetroffen worden."

„Ja, und auch Mia Schubert sollte noch einmal genauer befragt werden. Vielleicht erinnert sie sich etwas besser an die

Stimmen, die sie gehört hat, oder an irgendein Detail", stimmte Susanne Holtmann zu.

Thomas nickte. „Wenn der Täter wusste, dass die Schuberts donnerstags meistens nicht zu Hause sind, muss er aus dem sozialen Umfeld des Ehepaares stammen. Also müssen wir die in Frage kommenden Kollegen und Freunde nach ihrem Alibi befragen. Mia Schubert sollte uns sagen können, wer genau dafür infrage kommt, auch wenn sie es für unwahrscheinlich hält und als Zumutung empfindet."

Jens Hartmann meldete sich. „Sollten wir nicht im Falle Ole Jansen die Vergangenheit genauer überprüfen? Ich denke da zum Beispiel an die merkwürdigen Tagebuchaufzeichnungen von ihm. Und an den unbekannten Mann, den er in der Diskothek getroffen hat und mit dem er so aufgeregt geredet hat."

„Richtig, Jens", stimmte der Hauptkommissar zu. „Auch die Familie Jansen muss noch einmal genauer unter die Lupe genommen werden. Wie war die Kindheit des Jungen? Gibt es da vielleicht irgendwelche Besonderheiten?"

Wilhelm Stör hob die Hand. „Der Fußabdruck hilft uns wohl auch nicht weiter, oder? Allerdings: Der Unbekannte in dem Club soll ja groß und kräftig gewesen sein, würde es sich deshalb nicht lohnen, das Mädchen, das ihn gesehen hat, ein Phantombild machen zu lassen? Vielleicht bringt das ja etwas."

„Gute Idee! Susanne und Jan Hendrik, ihr leitet das bitte in die Wege. Sonst noch irgendwelche Ideen?"

Alle schüttelten den Kopf.

„Also: Du, Jens, besuchst die Familie Jansen und lässt dir alles erzählen, was sie über Ole zu sagen haben. Versuch auch mal, die Oma zu befragen, vielleicht spricht sie ja doch."

Jens nickte.

„Wilhelm, die Suche nach der Tatwaffe muss fortgesetzt werden. Denkt an die Mülltonnen, die Gullys und an alle anderen Orte, an denen man so etwas wie einen Knüppel oder eine Eisenstange verstecken könnte", fuhr Thomas fort.

Wilhelm Stör wandte ein: „Das kann aber dauern. Ich kann nur zwei Leute dafür einsetzen."

„Das weiß ich. Tut euer Bestes. Wir brauchen die Tatwaffe." Thomas klappte die Akte zu.

„Ich selbst werde Mia Schubert noch einmal aufsuchen und gründlich befragen zum Tathergang. Und zu ihrem sozialen Umfeld. Dann werde ich ihre Bekannten, Freunde und Kollegen befragen wegen des Alibis zur Tatzeit."

Er stand auf. „Alles klar?"

Alle nickten, räumten ihre Sachen zusammen und verließen den Raum. Die Einsatzbesprechung war zu Ende. Thomas seufzte. Die nun anstehende Pressekonferenz zusammen mit Staatsanwältin Dr. Roswitha Engelbrecht musste er zuerst hinter sich bringen, bevor er sich seiner Arbeit widmen konnte.

18. Kapitel

Konstantin Ebersfeld legte geschockt das Mobiltelefon aus der Hand.

Maik war tot!

Wie konnte das sein! Er nahm das Handy wieder auf und rief noch einmal den Artikel im Newsfeed auf, der von zwei Mordfällen in der Kleinstadt Cloppenburg im Oldenburger Münsterland berichtete. Die Bevölkerung sei schockiert, schon der zweite Todesfall durch Fremdeinwirkung, so etwas habe es noch nie gegeben. Bei einem Einbruch in ein Haus in der Brechtstraße sei der Eigentümer, Maik Sch., 30 Jahre alt, IT-Manager, erschlagen worden. Von dem Einbrecher fehle bisher jede Spur. Die Ehefrau Mia Sch., 29 Jahre, Grundschullehrerin, könne es nicht fassen, hieß es in dem Artikel. Das Foto zeigte Maiks Gesicht, offensichtlich war es ein Passfoto, mit einem breiten schwarzen Balken über den Augen. Trotzdem war er eindeutig zu erkennen. Der Text ging auch auf den ersten Mord ein, der drei Tage vorher passiert war. Ein junger Mann namens Ole J., wieder ein Foto mit schwarzem Balken, sei erstochen in einem offenen Grab gefunden worden.

Konstantin setzte sich an seinen Computer und rief die Münsterländische Tageszeitung auf. In großen Artikeln wurde ausführlich über die beiden Todesfälle berichtet. Die Bilder dazu zeigten den Friedhof, das Grab, das Haus von Maik, die Polizeiinspektion und dessen Leiter, einen Kommissar namens Morgenroth, und die Leute von der Spurensicherung bei der Arbeit. Einzelheiten über den Stand der Ermittlungen wurden nicht genannt, aus ermittlungstechnischen Gründen, wie es hieß.

Sein Freund war tot! Erschlagen von einem Einbrecher! Konstantin konnte es nicht fassen. Er fuhr sich mit beiden Händen durch die Haare, stand auf und fing an, in seinem Wohnzimmer hin und her zu laufen. Krampfhaft versuchte er die Tränen zurückzuhalten, aber es gelang ihm nicht. Schließlich setzte es sich aufs Sofa und ließ den Tränen freien Lauf. In seinem Kopf war nur ein Gedanke: Maik ist tot!

Nach einer Weile ließen die Tränen nach. Konstantin holte ein Papiertaschentuch aus sein Hosentasche, wischte sich das Gesicht und putzte sich die Nase. Er brauchte Bewegung. Entschlossen griff er nach seiner Jacke und verließ die Wohnung.

Die Innenstadt Göttingens war an diesem Samstagnachmit-

tag ausgesprochen belebt. Es war der erste richtige Frühlings-
tag und die Sonne lockte die Menschen nach draußen. Die Ge-
schäfte präsentierten ihre Waren auf einladend dekorierten
Tischen, überall blühten Frühlingsblumen in den Beeten und
den Pflanzenkübeln, die Menschen, die zum Monatsanfang
wieder reichlich Geld zur Verfügung hatten, waren in Kauf-
laune. Obwohl das Sommersemester noch nicht begonnen
hatte, wimmelte es von jungen Leuten, die Straßencafés waren gut besetzt und die Luft duftete nach frisch aufgebrühtem
Kaffee.

Für all das hatte Konstantin Ebersfeld keinen Blick, weder
für die schönen Fachwerkfassaden mit ihren unterschiedlichen Farben und Formen noch für den Gänseliesel-Brunnen,
den die Anwohner mit bunten Frühlingssträußen geschmückt
hatten, auch nicht für die ehrwürdige Fassade des alten Rat-
hauses. Er lief durch die Straßen und versuchte, mit der Tatsache fertig zu werden, dass Maik nicht mehr lebte.

„Hey Conni!", hörte Konstantin plötzlich seinen Namen rufen. Ulf Keller, einer seiner Studienkollegen, stupste ihn an.
„Was ist dir denn für eine Laus über die Leber gelaufen, Kumpel?", fragte Ulf lachend. „Und das bei diesem herrlichen
Wetter!"

Konstantin versuchte gar nicht erst, auf den flapsigen Ton
seines Kommilitonen einzugehen. „Tag, Ulf. Weißt du denn
noch nicht, was passiert ist? Maik Schubert ist tot! Ermordet,
stell dir das nur mal vor!"

Das Lächeln aus dem Gesicht seines Freundes verschwand
augenblicklich.

„Das kann doch nicht wahr sein! Ermordet?" Ungläubig
starrte er Konstantin an. Die traurige Miene seines Kommilitonen bestätigte ihm die Richtigkeit der Nachricht. „Komm,
wir setzen uns erst einmal hin und trinken was", sagte er. Er

sah sich um, dann zog er Konstantin am Jackenärmel zu einem unbesetzten Tisch eines Straßencafés und ließ sich auf einen der Stühle fallen.

Es war Konstantin ganz recht, sich mit jemanden über das Geschehene austauschen zu können. Zwar kannte er Ulf nur von gemeinsamen Vorlesungen in Wirtschaftswissenschaften, aber er mochte den blonden Ulf mit den blauen Augen. Ulf war ein optimistischer Typ, der immer für einen Ulk gut war und andere gern zum Lachen brachte. Seine positive Ausstrahlung empfand Konstantin in seiner momentanen Stimmung als wohltuend und er war froh, dass er mit einem Kumpel die schockierende Neuigkeit teilen konnte.

„Wie hast du denn davon erfahren, Conni? Maik ist doch schon lange mit seinem Studium fertig, soviel ich weiß. Ist er nicht schon verheiratet?"

„Ja, das stimmt. Er hat geheiratet, vor einem Jahr schon. Komm, ich zeig dir was."

Konstantin zog sein Handy aus der Jackentasche und rief den Zeitungsartikel auf das Display. „Hier, schau dir das mal an."

Ulf überflog den Artikel. „Krass! Erschlagen von einem Einbrecher! Was ist denn da los in diesem Kaff!?"

Konstantin verzog schmerzlich den Mund. „Ja, es ist kaum zu glauben, dass Maik tot sein soll. Er war gerade erst dreißig Jahre alt."

„Meine Fresse, ja! Nicht zu fassen! Wir können nur hoffen, dass die Polizei den Mörder schnell findet. Es ist ja in dem Ort noch ein zweiter Mann ermordet worden. Das ist ja abartig!" Die Kellnerin kam und fragte, was sie wünschten. Beide bestellten sich ein Bier.

„Meinst du, man müsste zur Beerdigung hinfahren?", fragte Ulf, nachdem er einen langen Schluck von seinem Bier getrunken hatte. „Ich habe Maik ja eigentlich nur flüchtig gekannt."

„Ich habe ihn gut gekannt", erwiderte Konstantin. „Wir hatten die Seminare in Philosophie gemeinsam, auch in Informatik und einige in Wirtschaftswissenschaften. Er war supergut in allen Fächern, hat alle Prüfungen auf Anhieb geschafft. Alles in Rekordzeit. Auch einige Seminare in Theologie hatte er belegt."

„Sag bloß! War er so ein Frommer? Wusste ich gar nicht."

„Ja. Er glaubte ganz fest an Gott. Und an das Gute im Menschen. Wir haben oft darüber diskutiert."

„Tatsächlich? Naja, Religion ist nicht so mein Ding. Ich halte es mehr mit den irdischen Dingen." Ulf streckte seine langen Beine aus und ließ seinen Blick über die jungen Frauen gleiten, die an dem Café vorbeischlenderten. „Und jetzt wird er also einfach so umgebracht. Da hat ihm seine Gläubigkeit auch nichts geholfen", fasste er seine Überlegungen zusammen.

Konstantin antwortete nicht, sondern starrte gedankenverloren vor sich hin.

„Weißt du, ob er schon ein Kind hatte?", fragte Ulf nun.

„Nein, hatte er nicht." Konstantin nippte wortkarg an seinem Bier.

Eine unangenehme Pause entstand.

„Bist du nicht auch bald dran mit deinen Prüfungen?", fragte Ulf in dem Versuch, das Gespräch auf eine weniger negative Ebene zu lenken.

Sein Studienkollege konnte sich allerdings nicht von dem Gedanken an Maik lösen, deshalb blieb er ihm die Antwort schuldig.

„Dir scheint diese Sache wirklich nahe zu gehen", stellte Ulf mit einer für ihn ungewohnten Feinfühligkeit fest.

„„Das stimmt. Er war mein bester Freund, wir hatten viel gemeinsam. Und solch ein furchtbares Schicksal hat Maik nun wirklich nicht verdient."

„Das hat keiner verdient", meinte Ulf philosophisch. Er trank sein Bier aus, legte einen Fünfeuroschein auf den Tisch und stand auf. „Ich muss los, Kumpel", sagte er und schlug seinem Kommilitonen auf die Schulter. „Halt die Ohren steif."

Konstantin blieb noch sitzen. Er beobachtete die Menschen, die an dem Café vorbeiflanierten, ohne sie wirklich zu sehen. Er konnte nur an eines denken: Maik ist tot.

19. Kapitel

Es war frühlingshaft warm an diesem späten Märztag. Hanna freute sich nach dem häufigen Regen der letzten Tage darauf, eine Stunde lang zügig durch das an den Stadtrand grenzende Waldstück zu walken und dabei die frische Luft und den milden Sonnenschein zu genießen. Sie zog ihre Sportsachen an, griff ihre Walkstöcke und verließ das Haus. Tief atmete sie die klare kühle Luft ein, streckte sich einmal herzhaft und marschierte los.

Sie kam nicht weit. Vor dem Haus ihrer verstorbenen Nachbarin Elfriede Maschewski stand ein Transporter mit geöffneten Türen. Frau Maschewskis Tochter Sandra Wegmeier und ihr Mann, er hieß Harald, glaubte Hanna, waren dabei, Haushaltsgegenstände und kleine Möbelstucke aus dem Haus zu holen und in dem Auto zu verstauen. Hanna kannte das Ehepaar flüchtig, vor allem aus den Erzählungen von Elfriede Maschewski, die sie regelmäßig mit allen Familienneuigkeiten versorgt hatte.

„Moin", grüßte Hanna und blieb stehen. „Da werden wir ja

wohl bald neue Nachbarn hier haben, was?"

Sandra Wegmeier hielt in ihrer Tätigkeit inne.

„Moin, Frau Morgenroth", antwortete sie. „Ja, wir räumen das Haus aus. Nächsten Montag wird der gesamte Haushalt aufgelöst. Wenn Sie Lust haben, können Sie kommen und schauen, ob Sie etwas gebrauchen können. Es sind noch viele Sachen da. Meine Mutter hatte so viel Hausrat; wir können gar nicht alles gebrauchen. Es hat sich wirklich viel angesammelt im Laufe der Jahre."

„Ja, das werde ich tun. Ein kleines Andenken an Ihre Mutter hätte ich schon gern", antwortete Hanna.

„Gut. Unsere Oma hatte zum Beispiel viele schöne Tischdecken und selbst gehäkelte Zierdeckchen. Vielleicht möchten Sie davon eine haben. Schauen Sie sich das am Montag mal an."

„Ist Ihre Mutter eigentlich schon beerdigt worden? Ich meine, nachdem ja am Dienstag diese schreckliche Sache da auf dem Friedhof passiert ist."

„Ja, gestern. Natürlich nur im Familienkreis, ganz ohne großes Ritual. Nur ein paar Gebete vom Pfarrer Niemann am Grab, dann war alles schon vorbei. Beim anschließenden Kaffee war nur die Familie da." Sie schüttelte missbilligend den Kopf. „So hätte die Oma sich das bestimmt nicht vorgestellt."

„Da haben Sie sicher recht, Frau Wegmeier. Das war ja ganz unglaublich, das mit der Leiche im Grab. Ich habe sie auch gesehen, es war wirklich grauenhaft. Und jetzt ist ja schon wieder ein Mord passiert. Man fragt sich langsam, was los ist in Cloppenburg."

Sandra Wegmeier trat interessiert näher an Hanna heran. „Ja, ich habe davon heute Morgen im Radio gehört. Ein Einbrecher soll das gewesen sein." Sie winkte ihren Mann zu sich heran. „Wissen Sie etwas Näheres darüber, Frau Morgenroth? Ihr Sohn ist ja bei der Polizei, bestimmt hat etwas darüber gesagt."

Hanna wandt sich. Eigentlich wollte sie mit dem, was sie von Thomas wusste, nicht hausieren gehen, andererseits würden die Wegmeiers ja doch alles bald aus der Zeitung erfahren.

„Ja. Er ist schon in der Nacht zum Tatort gerufen worden. Der Hausbesitzer hat den Einbrecher überrascht. Er wollte die Polizei rufen, das wollte der Einbrecher verhindern, damit er fliehen konnte. Deshalb hat er ihn erschlagen."

„Mein Gott, wie schrecklich! Wer war denn der Hausbesitzer?"

„Ein junger Mann. Maik Schubert hieß er. Ich hatte ihn vor Jahren als Schüler. Er ist Informatiker geworden, war als IT-Manager tätig, wie man das heute nennt. Haben Sie ihn vielleicht gekannt?"

„Ob wir ihn gekannt haben?"
Sandra Wegmeier sah ihren Mann an, dann schüttelte sie langsam den Kopf. „Nee, einen Maik Schubert haben wir nicht gekannt, oder, Harald?"

Ihr Mann lehnte sich an die Lehne eines Sessels, den er aus dem Haus getragen und vorerst auf der Straße abgestellt hatte. Auch er schüttelte den Kopf.

„Warum sollten wir ihn denn gekannt haben?", fragte seine Frau erstaunt.

„Ach, ich meinte nur so. Weil er auch auf der Beerdigung Ihrer Mutter war. Ich habe ihn dort gesehen, als die Leiche gefunden wurde."

„Nee, der Name Schubert ist uns nie untergekommen", wiederholte Sandra Wegmeier.

„Na ja, ich dachte, vielleicht kannte Maik einen der Enkel Ihrer Mutter. Er war ja ungefähr im dem Alter."

„Nee", betonte Elfriede Maschewskis Tochter. „Oder, Harald?" Ihr Mann, offensichtlich nicht der Gesprächichste, schüttelte wieder den Kopf.

„Na ja, ist ja nicht so wichtig", meinte Hanna. Sie ergriff ihre Stöcke. „So, nun will ich aber los. Man muss das schöne Wetter ausnutzen, wer weiß, wie es morgen sein wird." Sie setzte sich in Bewegung. „Tschüss, Herr und Frau Wegmeier."

„Tschüss, Frau Morgenroth", antwortete Sandra Wegmeier. Ihr Mann hob nur kurz die Hand, dann wandten beide sich wieder ihrer Tätigkeit zu.

Im Wald begrüßte Hanna das eifrige Gezwitscher der Vögel, die ihren Frühlingsgeschäften nachgingen. Sie schritt zügig aus und atmete im Rhythmus ihrer Schritte kräftig ein und aus. Die Bewegung tat ihr gut, die Arthrose im Knie war kaum zu spüren.

Hanna dachte nach. Die Morde gingen ihr nicht aus dem Kopf. Konnte es sein, dass es nur ein Zufall war, zwei solche Verbrechen innerhalb einer Woche? In ihrem sonst so friedlichen, ruhigen Städtchen? Man sollte doch denken, wenn zwei außergewöhnliche Ereignisse zur selben Zeit eintraten, dass sie etwas miteinander zu tun hatten. Das war auf dem ersten Blick naheliegend, wenn auch nicht zwingend. Aber was hatten diese beiden Ereignisse miteinander zu tun? Was konnte der hinterhältig geplante Mord an Ole Jansen mit dem wohl zufällig erfolgten Totschlag an Maik Schubert zu tun haben?

Während sie in recht ordentlichem Tempo voranschritt, ließ Hanna die Gedanken um die Verbrechen kreisen.

Die beiden Mordopfer trennten altersmäßig gut zehn Jahre, hatten also keine gemeinsame Jugendzeit gehabt, obwohl beide Cloppenburger Kinder waren. Sie waren zwar auf dieselbe Schule gegangen, aber nicht zur selben Zeit. Ole war nur ein mäßiger Schüler gewesen, Maik dagegen hatte ein glänzendes Abitur gemacht und ein ebenso glänzendes Studium absolviert.

Auch die beiden Familien hatten nichts gemeinsam. Die Jansens waren eine Handwerkerfamilie, die Schuberts waren Akademiker. Besonders die Familie Jörgens, Maiks Schwiegerfamilie, hielt sehr auf sich. Rupert, Klaus' Freund von damals, war ein hoch angesehener Rechtsanwalt und Notar. Man kannte und schätzte ihn in Cloppenburg. Er hatte schon viele schwierige Rechtsfälle spektakulär gewonnen. Seine drei Töchter Mia, Lara und Corinna hatten Abitur gemacht und studiert, die zweitälteste war in die Fußstapfen ihres Vaters getreten und absolvierte gerade ihr Referendariat in seiner Kanzlei. Nein, auch die Familien der beiden Opfer hatten nichts gemeinsam. Halt, das stimmte nicht ganz. Beide Familien waren katholisch. Hatte nicht der kleine Ole damals mit den Messdienern Ferien gemacht? Und es war bekannt, dass Rupert Jörgens sich in der Kirchengemeinde St. Andreas engagierte. Wenn sie sich nicht täuschte, war er sogar im Kirchenvorstand.

Und Maik? Waren nicht in der Schule Philosophie und Religion seine Lieblingsfächer gewesen? Auch seine Eltern und seine verheiratete ältere Schwester waren gute Katholiken. Also war die Religion immerhin etwas Gemeinsames zwischen den beiden Opfern. Allerdings war das auch kein Wunder, waren doch die meisten Einwohner Cloppenburg gute Katholiken.

Eines jedoch war schon seltsam: Warum war Maik auf der Beerdigung der alten Frau Maschewski gewesen, wenn er die Familie doch gar nicht kannte?

Hanna war inzwischen am anderen Ende des Wäldchens angekommen. Zeit, umzukehren. Sie schritt schneller aus. Es ärgerte sie, dass sie keinen Anhaltspunkt finden konnte für das

Motiv, das hinter dem Mord an Ole Jansen steckte. Was konnte so gravierend, so bedrohlich gewesen sein, dass der Mörder keine andere Lösung gesehen hatte als den Jungen umzubringen? Man müsste mehr über den jungen Mann wissen. Was für ein Typ war er? Welchen Charakter, welches Temperament hatte er, welche Hobbys, Vorlieben? Was für Freunde hatte er und so weiter. Ein gewisse kriminelle Energie jedenfalls hatte er gehabt, was die Einbrüche bewiesen. Und er war ja wohl auch selbst abhängig von den Medikamenten gewesen.

Wie konnte sie an mehr Informationen herankommen? Die Familie war wenig hilfreich, denn den Eltern und den Schwestern hatte Ole wohl kaum seine Geheimnisse anvertraut. Sie hatten anscheinend nichts von seiner Medikamentenabhängigkeit geahnt, geschweige denn von den Einbrüchen. Nein, sie musste die Sache anders angehen.

Da kam ihr eine Idee. Wie lange brauchte man bis nach Münster? Mit ihrem kleinen Auto sicher zwei Stunden, wenn es keinen Stau auf der Autobahn gab. Ja, das war es, sie würde einen Ausflug nach Münster machen. Aber vorher stand ein Kondolenzbesuch bei Mia Schubert an. Doch erst einmal kam das Wochenende, das der Familie gehörte.

20. Kapitel

Jan Hendrik Klüver stöberte in seinem Notebook. Er suchte nach der Adresse der jungen Frau, mit der er in dem Club gesprochen hatte. Sie hatte ihm von einem Mann erzählt, mit dem Ole Jansen gesprochen hatte. Endlich fand er die Adresse. Nina Wagner hieß sie, wohnhaft in der St. Georg-

Straße in Cloppenburg.

„Komm Schatz", sagte er zu Susanne, „wir fahren am besten gleich zu ihr, wenn wir Glück haben, ist sie zu Hause. Leider habe ich mir nicht die Telefonnummer geben lassen, sonst könnten wir uns bei ihr anmelden."

Er half seiner Frau in ihre Jacke und ging voraus. Susanne blinzelte in die Sonne, als sie aus der Tür der Polizeiinspektion trat, und blieb stehen. Ein paar Sekunden lang schloss sie die Augen und hielt ihr Gesicht den wärmenden Strahlen entgegen. Dann folgte sie ihrem Mann zum Auto und stieg ein. Jan Hendrik sah ihr forschend ins Gesicht, als sie neben ihm auf dem Beifahrersitz rutschte.

„Wie geht es dir, Liebling? Willst du dich nicht doch lieber krankmelden? Du siehst so blass aus."

Susanne schüttelte entschieden den Kopf und lächelte ihm zu. „Nein, es geht mir gut, lass nur. Zu Hause fällt mir nur die Decke auf den Kopf."

„Sicher?", fragte er noch einmal.

Sie nickte. „Sicher", wiederholte sie. „Nun fahr schon los. Wir müssen arbeiten."

Jan Hendrik startete den Wagen und lenkte ihn auf die Bahnhofstraße. Er hatte Mühe, seine Gedanken auf den Verkehr zu konzentrieren. Ständig musste er an den gestrigen Abend denken.

Er hatte eine Flasche Rotwein geöffnet und sich mit zwei Gläsern in der Hand zu Susanne gesetzt, die in Pulli und Jogginghose mit angezogenen Beinen auf dem Sofa hockte und im Fernseher die Nachrichten ansah. Entschlossen nahm er die Fernbedienung und drückte auf den Aus-Knopf.

„Liebling, du hast versprochen, mir endlich zu sagen, was los ist. Ich merke doch seit Tagen, dass da etwas ist, was dich bedrückt. Langsam kriege ich es mit der Angst zu tun. Also bitte! Jetzt trinken wir zusammen ein schönes Glas Wein und dann erzählst du es mir, egal was es ist."

Susanne hatte sich aufgesetzt und schaute ihrem Mann zu, wie er den Wein in die Gläser füllte. Er hatte recht, sie musste es ihm endlich sagen.

„Also gut", sagte sie, „komm her zu mir." Jan Hendrik setzte sich zu ihr und sie kuschelte sich in seine Arme.

„Erinnerst du dich? Vorletzte Woche war ich bei meiner Ärztin zur Vorsorgeuntersuchung. Du weißt ja, einmal im Jahr soll man sich untersuchen lassen."

„Ja, ich weiß." Jan Hendrik versuchte, sein zunehmendes Herzklopfen zu ignorieren und seine Stimme nicht allzu alarmiert klingen zu lassen. „Und?"

„Also, wie üblich hat Frau Doktor Stellmacher den Abstrich ins Labor geschickt, um ihn untersuchen zu lassen. Letzten Montag hat sie mich angerufen. Man habe einige verdächtige Zellen festgestellt. Sie möchte mich nochmal untersuchen und einen zweiten Abstrich machen, um den Befund abzusichern. Nächste Woche soll ich kommen."

Jan Hendrik bemühte sich zu verstehen, was das Gehörte zu bedeuten hatte. Unablässig streichelte er seiner Frau den Rücken, froh, dass sie sein Gesicht nicht sehen konnte. Er räusperte sich.

„Hat sie gesagt, was das bedeutet: verdächtige Zellen?"

„Sie sagte, es sei nicht auszuschließen, dass es sich um eine bösartige Veränderung handelt. Aber genauso gut sei eine harmlose Erklärung möglich. Deshalb soll die zweite Untersuchung Klarheit bringen." Susanne nahm die Hand ihres Mannes und drückte sie.

„Aha!" Jan Hendrik schluckte. Das Wort ‚bösartig' hatte sich in sein Gehirn eingebrannt wie mit einem Brenneisen. „Und hat sie gesagt, was wäre, wenn es tatsächlich ...?" Er wagte nicht, es auszusprechen.

Susanne setzte sich auf, immer noch seine Hand haltend. „Sie hat mir genau gesagt, was auf mich zukommen könnte. Allerdings hat sie immer wieder betont, dass man nicht von vornherein das Schlimmste annehmen müsse. Es sei auf jeden Fall gut, dass die Zellveränderung so früh erkannt worden ist." Sie hatte sich lange auf dieses Gespräch vorbereitet und konnte sich genau vorstellen, was in ihrem Mann vorging. Jetzt halfen nur klare Worte. „Also, wir müssen erst einmal abwarten und sollen uns nicht allzu große Sorgen machen. Es muss ja kein Krebs sein."

So, jetzt hatte sie das Wort ausgesprochen, das Wort, das alle Ängste in sich vereinigte, die sie sich ausmalen konnte. Susanne nahm ihr Glas und trank einen großen Schluck Wein.

Jan Hendrik hatte den ersten Schreck überwunden. Er zog seine Frau an sich und drückte sie sanft. „Also", sagte er mit dem Mund an ihren Haaren. „Tun wir, was die Frau Doktor sagt und gehen wir davon aus, dass alles harmlos ist." Er löste sich etwas von seiner Frau, nahm ihren Kopf in beide Hände und schaute ihr in die Augen. „Es wird alles gut gehen, Liebling, vertrau mir!" Zärtlich küsste er sie. „Und nun wollen wir nicht mehr daran denken, okay?"

Susanne nickte, zwinkerte die Tränen, die ihr kommen wollten, weg und lächelte ihn an. „Ja, okay", flüsterte sie. Von ihrer größten Angst, nämlich nach einer Behandlung eventuell keine Kinder mehr bekommen zu können, sagte sie nichts.

Die beiden Kommissare waren bei dem Haus angekommen, in dem die potenzielle Zeugin wohnte. Es war ein Mehrfamilienhaus neuerer Bauart, in dem Ein- und Mehrzimmerwohnungen vermietet wurden. Jan Hendrik drückte auf die Klingel ohne viel Hoffnung, dass die junge Frau öffnen würde. Normalerweise arbeiteten die Menschen um diese Zeit.

„Ja?", tönte wider Erwarten eine weibliche Stimme aus der Sprechanlage.

„Hier Oberkommissar Klüver und Kommissarin Holtmann. Dürfen wir reinkommen?" Kurzes Schweigen, dann das Summen des Türöffners. Im Alltagsoutfit und ungeschminkt war Nina Wagner kaum wiederzuerkennen, fand der Kommissar. Sie hatte zudem eine rote, schniefende Nase und müde Augen. Und trug einen dicken Schal um den Hals. Offensichtlich war sie schwer erkältet.

„Was gibt es denn, dass die Kriminalpolizei bei mir auftaucht?", fragte sie mit belegter Stimme.

„Es tut uns leid, Sie zu stören." Die Beamten hatten ihre Ausweise gezückt und zeigten sie der jungen Frau. „Es geht um die Mordfälle, die hier passiert sind. Sie haben sicher davon gehört."

„Ja, natürlich. Die Presse ist ja voll davon."

„Vielleicht erinnern Sie sich, ich habe Sie gestern in der Diskothek gefragt, ob Sie das Mordopfer gesehen hätten."

„Ach ja, natürlich. Und?" Nina Wagner wies beiläufig auf die kleinen modischen Sessel, die rund um einen niedrigen Couchtisch herum standen, und kauerte sich in einen davon. Susanne und Jan Hendrik setzten sich.

„Sie sagten, Sie hätten das Mordopfer mit einem anderen Mann reden sehen. Würden Sie diesen Mann eventuell wiedererkennen?", fragte Susanne.

Nina schniefte. Sie nahm einen Taschentuch aus der Kleenex-Box, die auf dem Couchtisch stand, und putzte sich die Nase.

„Weiß nicht", meinte sie. „Vielleicht?"

„Wir möchten gerne ein Phantombild machen lassen, wären

Sie bereit dazu?"

„Hm, keine Ahnung, ob das was bringt. Ich habe den Typ ja nur ganz kurz gesehen und auch nur aus der Ferne und bei dem Diskolicht …, ich weiß nicht."

„Wir sollten es auf jeden Fall versuchen. Fühlen Sie sich denn in der Lage, mit uns zur Polizeiinspektion zu kommen? Wir sehen ja, dass Sie krank sind."

„Allerdings bin ich krank, deshalb bin ich heute auch nicht zur Arbeit gegangen. Ich muss mir wohl gestern etwas eingefangen haben", bestätigte die junge Frau Jan Hendriks Beobachtung.

„Und? Können Sie trotzdem mitkommen?"

„Was, jetzt sofort? Ich bin ja gar nicht dafür angezogen."

„Wir würden warten, bis Sie sich umgezogen haben. Es ist wichtig."

Die junge Frau raffte sich auf. „Es dauert nur einen Moment", sagte sie und verschwand in einem Nebenraum, wohl ihr Schlafzimmer. Es dauerte tatsächlich nur ein paar Minuten, bis sie, gehüllt in einen dicken Pullover und eine lange Hose und mit einem voluminösen Schal um den Hals, wieder zum Vorschein kam.

„Also gehen wir", sagte sie schniefend.

21. Kapitel

Jens Hartmann hatte selten so ungern einen Auftrag angenommen wie diesen. Weil er die Jansens seit Jahren kannte, fiel es ihm schwer, eine sachliche Ebene zu finden, auf der er den Familienmitgliedern begegnen konnte. Er hatte Ole Jansen als Jugendlichen oft gesehen, hatte ihn als kleinen Jungen erlebt. Zwar war diese Bekanntschaft über eine nachbarschaftliche Ebene nicht hinausgegangen, aber er fühlte sich den drei Kindern der Familie verbunden, auch den Mädchen. Der Tod des Jungen tat ihm ehrlich leid und er rätselte ständig herum, was es mit diesem absurden Mord auf sich haben könnte. Als Polizist war sein kriminalistischer Ehrgeiz geweckt und er wünschte sich nichts mehr, als endlich einen konkreten Hinweis auf den Täter zu finden.

Als er auf das Jansen-Haus zuging, fiel sein Blick auf die Blumen, die immer noch auf der niedrigen Gartenmauer lagen. Wie berührend, dass die Menschen Anteil nahmen an dem Schicksal der Familie, dachte er. Nach kurzem Zögern drückte er auf den Klingelknopf.

Lina öffnete ihm.

„Hallo, Lina, darf ich reinkommen?"

„Ja, komm rein. Der Mann vom Bestattungsinstitut ist gerade da. Papa und Mama besprechen die Beerdigung."

Sie führte Jens ins Wohnzimmer. An dem großen Esstisch saßen die Eltern, der Bestattungsunternehmer und die ältere Schwester Sophia. Die Großmutter saß in einem Sessel vor dem Fernseher, der ohne Ton lief.

„Moin", begrüßte Jens die Anwesenden. „Entschuldigung, wenn ich störe, ich hätte gern noch einmal dienstlich über Ole gesprochen, wenn es geht." Er kam sich vor wie ein unwillkommener Eindringling und wäre am liebsten sofort wieder gegangen.

„Ach, das ist schon in Ordnung, Jens", sagte Melanie Jansen. „Wir waren sowieso gerade fertig hier, oder, Herr Sobrink?"

Der Bestatter stand auf. „Von meiner Seite aus ist alles geklärt. Falls noch irgendwelche Fragen auftauchen sollten: Meine Nummer steht auf dem Prospekt, den ich Ihnen gegeben habe", sagte er. Thorsten Jansen erhob sich schwerfällig.

„Ich begleite Sie zur Tür, Herr Sobrink. Über die Kosten sprechen wir dann später."

Sobrink nickte. Er gab Melanie und Sophia Jansen die Hand. „Auf Wiedersehen. Und nochmals mein herzlichstes Beileid!" Er nickte Jens zu. „Wir hoffen alle, dass die Polizei den Täter bald findet."

Nachdem der Bestatter gegangen war, bat Melanie Jens, Platz zu nehmen.

„Was willst du denn noch von uns wissen, Jens? Wir haben doch schon alles gesagt." Ihre Stimme klang müde, ihr Gesicht schien älter geworden zu sein.

Oles Vater setzte sich ebenfalls wieder an den mit Beerdigungsprospekten übersäten Tisch. „Man sollte nicht glauben, wie teuer solch eine Beerdigung ist", bemerkte er seufzend.

Jens versuchte sich auf seine dienstliche Funktion zu konzentrieren.

„Ihr wisst ja, wir haben herausgefunden, dass Ole für die Apothekeneinbrüche hier in der Gegend verantwortlich war. Habt ihr nie etwas davon bemerkt?"

Alle schüttelten den Kopf. „Wir sind aus allen Wolken gefallen, als die Polizei unser Haus durchsucht hat und in der Garage die Werkzeuge und die komische Maske gefunden wurden. Und dass in den Fahrradtaschen so viele Tabletten waren! Wir konnten es gar nicht glauben", sagte Oles Mutter.

„Ich hätte nie gedacht, dass Ole so etwas tun würde. Ich dachte, wir hätten ihm beigebracht, dass Diebstahl Sünde ist", fügte sein Vater hinzu. Auch sein Gesicht zeigte deutliche Spuren der Ereignisse der letzten Tage. Jens konnte die Enttäuschung des Vaters über seinen Sohn gut verstehen.

„Wie war Ole denn so? Hat er sich in letzter Zeit verändert?"

„Eigentlich nicht. Er war immer schon in sich gekehrt und unfreundlich. Aber in letzter Zeit, seit er in Münster studierte, war er ziemlich unausstehlich", sagte Sophia.

„So sprichst du nicht über deinen toten Bruder, Sophia!", fuhr ihre Mutter sie an.

„Aber es ist doch wahr", beharrte Sophia. „Er sagte kaum ein Wort und wenn man ihn ansprach, wurde er aggressiv."

Lina, die bisher bei ihrer Großmutter gesessen hatte, kam auch an den Tisch. „Ich habe ein paarmal mitgekriegt, wie er nachts leise aus dem Haus schlich. Wahrscheinlich ist er dann einbrechen gegangen", sagte sie.

„Und ich habe gesehen, dass er heimlich irgendwelche Tabletten nahm", ergänzte Sophia.

Wieder erntete sie einen tadelnden Blick ihrer Mutter. „Sophia!", mahnte sie.

„Wenn es doch wahr ist?", erwiderte ihre Tochter trotzig. „Als ich ihn fragte, was er da nimmt, schrie er mich an, das gehe mich nichts an und ich solle mich zum Teufel scheren. Richtig unverschämt."

„Aber eigentlich war er ein guter Junge", behauptete Melanie in Richtung des Kommissars. „Nur manchmal war er so traurig, richtig deprimiert, besonders als er noch zur Schule ging. An nichts hatte er mehr Spaß, zu nichts hatte er Lust. Manchmal lag er stundenlang auf seinem Bett, tat nichts, hörte nicht mal Musik."

„Stimmt es, dass es in der Schule einmal Schwierigkeiten mit einem Mitschüler gab? Dass Ole den anderen quasi zusammengeschlagen hat?", fragte Jens.

„Ach das. Ja, da war Ole in der 10. Klasse. Es gab damals eine Klassenkonferenz deswegen. Ole hat mir erzählt, der andere Junge habe ihn dauernd geärgert und fertig gemacht. Und ihn beschimpft. Schwule Sau und so etwas habe er zu ihm gesagt. Da sei er ausgerastet", erzählte Oles Mutter.

Plötzlich war eine dünne Greisenstimme zu hören. „Ole?

Wo ist mein kleiner Ole?"

Die Großmutter war aus dem Sessel vor dem Fernseher aufgestanden und kam mit unsicheren Schritten auf die am Tisch Sitzenden zu. Lina trat auf die Greisin zu, nahm ihren Arm und stützte sie.

„Ruhig, Oma, Ole ist nicht mehr da", versuchte das Mädchen ihre Großmutter zu beruhigen.

„Ich will meinen Ole wieder, meinen kleinen lieben Ole!", beharrte die alte Frau. „Komm, Oma", sagte Lina, „setz dich wieder in deinen Sessel. Alles ist gut."

Thorsten Jansen, Oles Vater, hatte sich bisher kaum an dem Gespräch beteiligt. „Ja", sagte er jetzt, „unser Ole war so ein lieber Junge. Erst als er aufs Gymnasium kam, hat er sich so verändert. Von einem Tag auf den anderen. Eben noch fröhlich und unternehmungslustig, jetzt nur noch still und träge." Er schüttelte den Kopf. „Ich habe den Jungen, als er älter wurde, nicht mehr verstanden."

„Hatte Ole eigentlich eine Freundin?", fragte Jens.

Als wäre die Überlegung vollkommen abwegig, sahen die Jansens den Kommissar erstaunt an. „Nee", antwortete Melanie Jansen kopfschüttelnd. „Ole hat nie ein Mädchen mit nach Hause gebracht. Und er ist auch selten zu einer Party oder so etwas gegangen. Er war meistens für sich."

„Aber in der letzten Woche war er doch hier und nicht in Münster? Und haben Sie nicht gesagt, dass er wegen der Geburtstagsfeier eines Kumpels hier gewesen sei?"

„Ja, das stimmt. Normalerweise kam er nur übers Wochenende. Und er hat irgendetwas von einer Geburtstagsparty gesagt. Aber wie üblich nichts weiter."

„Ist er während der letzten Woche abends ausgegangen?"

„Ja, soviel ich weiß, ein paarmal. Aber so genau weiß ich das nicht. Wisst ihr was darüber?" Melanie richtete die Frage an ihren Mann und die Mädchen. Die drei schüttelten den Kopf. „Er sagte ja nie Bescheid, wenn er weggehen wollte. Er kam und ging, wie er wollte", sagte Sophia.

Jens musterte die ältere Schwester Oles interessiert. Sophia schien nicht allzu gut auf ihren Bruder zu sprechen zu sein. Er wusste, dass sie eine Ausbildung zur Industriekauffrau machte und wohl ziemlich eingespannt war. Wahrscheinlich war ihr der studierende Bruder, der sich nur selten blicken ließ und dann zu Hause herumlungerte, gehörig auf die Nerven gegangen.

„Frau Jansen, könnten Sie mir bitte aufschreiben, wann genau Ole innerhalb der letzten drei Wochen hier war und wann er Ihres Wissens abends ausgegangen ist? Vielleicht hilft uns das bei der Suche nach seinem Mörder."

„Ja, natürlich. Wir werden alle darüber nachdenken und der Polizei dann Bescheid geben. Wenn es nur hilft, den Verbrecher zu finden, der Ole das angetan hat." Jens sah, dass es Oles Mutter schwerfiel, ihre Tränen zurückzuhalten.

Er fand es an der Zeit zu gehen. Hier würde er nichts Neues mehr erfahren. Da fielen ihm die seltsamen Texte im Computer des Ermordeten ein.

„Eine Frage hätte ich noch. Ole hat auf seinem Computer einige Sätze geschrieben, die wie ein Art Tagebuch klingen. Darin spricht er von jemandem, den er hasst und an dem er sich rächen will, weil er ihm etwas angetan habe. Könnt ihr damit etwas anfangen?"

Die vier starrten in verständnislos an. „Den er hasst? An dem er sich rächen will?", wiederholte Melanie Jansen verwundert. Sie schüttelte den Kopf, ihr Mann ebenso. „Keine Ahnung, wen er damit gemeint haben könnte. Das ist mir vollkommen unverständlich."

„Und ihr?", wandte Jens sich speziell an die Mädchen.

„Könnt ihr euch das erklären?"

Erneutes Kopfschütteln. „Weiß der Himmel, was Ole sich da zusammenfantasiert, hat", bemerkte Sophia.

„In Ordnung", sagte Jens und stand auf. „Dann werde ich mal wieder gehen."

„Gut. Ich werde anrufen wegen der Zeiten, wenn Ole aus war", versicherte Melanie Jansen, während sie sich ebenfalls erhob.

„Das wäre sehr hilfreich, Frau Jansen, vielen Dank." Er reichte ihr die Karte mit der Nummer des Polizeireviers. „Bitte rufen Sie uns an, wenn Sie die Daten zusammen haben." Der Kommissar reichte allen die Hand und verabschiedete sich.

Draußen atmete Jens erleichtert auf. Das hatte er hinter sich. Da fiel ihm etwas ein. Ole Jansen hatte Nachhilfeunterricht gehabt bei Silke, seiner jüngeren Schwester. Vielleicht konnte Silke ihm noch etwas über Ole erzählen. Er schaute auf die Uhr. Sie würde jetzt wohl in der Praxis sein. Er würde einfach mal kurz dort vorbeischauen.

Silke Hartmann sah erstaunt auf, als sie ihren Bruder vor sich am Tresen des Vorzimmers auftauchen sah. Dr. Suriman, ihr Chef, behandelte gerade den entzündeten Zahn eines älteren Patienten, ihre Kollegin Nele assistierte ihm. Silke war Zahnarzthelferin, eine hübsche junge Frau, selbstbewusst und unabhängig, mit einer eigenen kleinen Singlewohnung im neuen Wohngebiert im Stadtzentrum, während Jens noch im Haus seiner Eltern lebte, wo er allerdings eine kleine Einliegerwohnung hatte. Jens bewunderte seine jüngere Schwester insgeheim wegen ihrer einnehmenden, fröhlichen Art mit Menschen umzugehen. Ihm fehlte diese unverkrampfte, lockere Gewandtheit im sozialen Umgang; er saß am liebsten allein vor seinem Computer, spielte Schach oder komplizierte Online-Spiele oder vergrub sich in wissenschaftlichen Büchern. Trotz ihres Wesensunterschiedes verstanden sich die Geschwister gut.

„Hallo Jens", begrüßte Silke ihren Bruder nun. „Was treibt dich denn hierher? Hast du etwa Zahnschmerzen?"

Jens grinste. „Nee, ich bin quasi dienstlich hier. Es ist wegen Ole."

„Ach so. Ja, der arme Kerl. Habt ihr schon eine Spur? Er soll ja auch in die Apotheken eingebrochen sein, stimmt das?"

„Wie schnell sich alles herumspricht, kaum zu glauben! Woher weißt du denn das?"

„Nele wusste das. Sie hat, glaube ich, eine Freundin, die in der Markt-Apotheke arbeitet. Tja, unsere Stadt ist klein." Silke lächelte.

„Na, jedenfalls. Ich wollte dich wegen Ole was fragen. Du hast ihm doch damals Nachhilfeunterricht gegeben, weißt du noch? Eine ganze Zeit lang sogar, nicht?"

Silke nickte, während sie mit flinken Fingern einige Patientendaten in den Computer tippte. „Ja", bestätigte sie, „da war er in der sechsten Klasse. Er hatte Schwierigkeiten im Unterricht mitzukommen, fast in allen Fächern. Ich habe ihm bei den Hausaufgaben geholfen und mit ihm zusammen die anstehenden Klassenarbeiten und Tests vorbereitet. Sonst hätte er es wohl nicht geschafft, versetzt zu werden."

„Was hattest du denn für einen Eindruck von ihm? War er nicht intelligent genug, oder woran lag es, dass er nicht mitkam?"

Silke überlegte und zog dabei die Stirn kraus. „Ich weiß nicht. Eigentlich war er nicht dumm. Aber er hatte Schwierigkeiten, sich zu konzentrieren. Als wenn ihm ständig etwas anderes im Kopf herumging. Und er war oft so ..." Sie suchte nach dem richtigen Wort. „Wie soll ich sagen … So launisch. Mal still und geistesabwesend, dann wieder ungeduldig und nervös.“

„Hm“, machte Jens. „Kannst du dir das irgendwie erklären?“

Silke schürzte die Lippen. „Keine Ahnung. Vielleicht die Pubertät? Er war elf oder zwölf Jahre alt damals. Dann fangen die Jungs ja an, komisch zu werden.“

„Okay.“ Jens wandte sich zum Gehen. „Das war's schon. Danke, Schwesterchen. Dann will ich dich nicht länger von der Arbeit abhalten. Sehen wir uns am Sonntag bei Mama und Papa?“

„Ja, wie üblich. Es ist ja Sonntag. Da gibt es Mamas Schweinebraten.“

„Gut. Bis dann! Tschüss!“

„Tschüss! Und findet den Mörder!“, rief Silke ihrem Bruder hinterher.

22. Kapitel

Die nachmittägliche Dienstbesprechung war längst vorüber und es wurde langsam dunkel vor dem Fenster des Büros von Thomas Morgenroth. Alle waren nach Hause gegangen, dem wohlverdienten Wochenende entgegen. Hätte es erfolgversprechende Spuren in den beiden Mordfällen gegeben, wäre an ein dienstfreies Wochenende nicht zu denken gewesen, aber so …

Der Kommissar stieß einen tiefen Seufzer aus. Er schlug die Akte, in der sich inzwischen eine ansehnliche Anzahl von Berichten und Protokollen angesammelt hatte, mit einer resignierenden Handbewegung zu, erhob sich von seinem Sessel und streckte seine Glieder. Wie am vorangegangenen Abend stellte er sich ans Fenster und schaute auf die Bahnhofstraße hinunter. Seine Gedanken konnten sich nicht von den Mordfällen lösen. Die Ermittlungen stockten. Alle Spuren, denen sie bisher gefolgt waren, erwiesen sich als kalt.

Thomas versuchte, gedanklich ein Resümee zu ziehen.

Da war zunächst die Familie des ermordeten Ole Jansen. Dem Bericht von Jens Hartmann zufolge standen die Angehörigen vor einem Rätsel. Zwar hatte der junge Mann sich durch seine unstete, unfreundliche Art nicht gerade beliebt gemacht im Familienkreis, aber niemand hatte etwas von seinen Diebereien gewusst, auch nicht davon, dass er selbst die Drogen nahm. Ole war als kleiner Junge anscheinend umgänglich und lieb gewesen, aber zu Beginn der Pubertät und wohl auch durch den Wechsel aufs Gymnasium mit den erhöhten Leistungsanforderungen hatte er sich verändert. Das war aber nicht unüblich in der Entwicklung von Jugendlichen. Hier war also kein Motiv für den Mord zu finden, zudem schien die Familie ehrlich zu trauern.

Die Studenten, die in Münster mit Ole Umgang hatten, schilderten Ole als etwas seltsamen, aber umgänglichen Kumpel. Von seinem Tablettenkonsum wollten sie nichts gewusst haben und zur Tatzeit befanden sich alle im 160 Kilometer entfernten Münster. Sie gaben sich gegenseitig ein Alibi, indem sie aussagten, gemeinsam auf einer Fete gewesen zu sein. Zwar konnte es sein, dass die jungen Männer, mit denen Susanne und Jan Hendrik gesprochen hatten, gelogen hatten, was den Medikamentenmissbrauch anging, Thomas hielt es sogar für wahrscheinlich, aber das war ihnen nicht nachzuweisen. Auch sah er kein Motiv seitens der Gruppe.

Die Tatortspuren blieben wertlos, solange sie niemanden

hatten, mit dem man sie abgleichen konnte. Der Fußabdruck wurde nur dann bedeutsam, wenn es einen Verdächtigen gab, dessen Schuhe man damit vergleichen konnte. Das Phantombild, das die junge Frau von dem Gesprächspartner Oles in der Diskothek gemacht hatte, war so allgemein und vage, dass quasi jeder dunkelhaarige Mann mit gleichmäßigen Gesichtszügen darin wiederzuerkennen war.

Was den Mord an Maik Schubert anging, war der Ermittlungsstand ebenso trostlos. Die Tatwaffe war trotz der intensiven Suche in der Umgebung des Hauses nicht gefunden worden, es gab keine fremden Fingerabdrücke im Haus und die Ehefrau konnte über den genauen Verlauf der Auseinandersetzung zwischen dem Einbrecher und ihrem Mann keine Aussage machen, da sie erst nach der Tat ins Wohnzimmer gekommen war.

Die nochmalige Befragung der Nachbarn hatte nichts Neues ergeben, außer der vagen Aussage eines Mannes, der seinen Hund Gassi geführt hatte. Er habe gegen 23:00 Uhr laute Stimmen in dem Haus gehört, behauptete er. Es könnte aber auch der Fernseher gewesen sein, gab er auf Nachfrage zu. Thomas hielt letzteres für wahrscheinlich, denn laut Mia hatten sie und ihr Mann bis gegen elf ferngesehen.

Die Freunde und Bekannten, die Mia benannt hatte als diejenigen, die wussten, dass sie und ihr Mann jeweils am Donnerstag außer Haus waren, konnten alle belegen, wo sie den Abend und die Nacht verbracht hatten. Viele waren empört darüber, überhaupt nach einem Alibi gefragt zu werden. Was Thomas durchaus verstehen konnte, denn keiner von ihnen hatte es nötig, bei einem Freund einzubrechen und sich durch gestohlene Dinge zu bereichern.

Alles, was noch unternommen werden konnte, hatte Thomas in die Wege geleitet. Das Phantombild würde morgen in der Presse erscheinen mit der Bitte, falls jemand den Abgebildeten erkennen sollte, sich bei der Polizei zu melden. Die Kollegen von der Drogenfahndung in Münster hatte er nochmal angerufen und von dem Stand der Dinge in Kenntnis gesetzt. Sie hatten versprochen, weiterhin nach Medikamentendealern Ausschau zu halten. Das war auch schon alles, was er im Moment tun konnte.

Die Melodie seines Handys erklang. Es war immer noch das Nordseeküstenlied.

„Hallo Inga!", meldete Thomas sich.

„Wann kommst du nach Hause, Liebling? Das Essen wird schon kalt", fragte sie. Der leichte Anflug von Ungeduld in ihrer Stimme war nicht zu überhören.

„Bin schon unterwegs", antwortete Thomas und machte sich auf den Weg. Schließlich gab es noch ein Leben außerhalb des Dienstes.

23. Kapitel

Der Hauptkommissar verbrachte das Wochenende mit seiner Familie. Zwar war das Wetter noch kühl, aber der Himmel war blau und die Sonne wärmte schon spürbar. Man beschloss, gemeinsam einen Fahrradausflug zu machen. Die geplante Tour führte über Vahren, Molbergen und Dwergte zur Thülsfelder Talsperre, wo sie im Hotel Seeblick zu Kaffee und Kuchen einkehren wollten. Thomas packte den kleinen Nico in einem wattierten Overall, versah ihn mit Mütze, Schal und Handschuhen und setzte ihn in den Schalensitz auf dem Gepäckträger seines Fahrrades. Die Zwillinge fuhren auf ihren Rädern voraus, Inga folgte ihnen. Vorbildlicherweise trugen alle Fahrradhelme. So boten die Morgenroths den Prototyp einer Bilderbuchfamilie.

Hanna sah dem kleinen Konvoi lächelnd nach; sie hatte beschlossen, zu Hause zu bleiben. Ihre Arthrose hatte sich wieder einmal unangenehm bemerkbar gemacht und sie wusste, dass es ihr gut tat, ihr Knie ein oder zwei Tage zu schonen. Während sie in ihre Wohnung zurückging, dachte sie an die Unterhaltung, die sie wie üblich nach dem Frühstück mit ihrem Sohn geführt hatte.

„Hat das Phantombild, das gestern in der MT erschienen ist, eigentlich schon etwas gebracht?", hatte sie gefragt. Thomas hatte den Kopf geschüttelt. „Nichts. Niemand hat sich gemeldet, es ist ja auch so grob, dass es eigentlich unmöglich ist, das Gesicht einem Menschen zuordnen zu können."

„Ich weiß nicht", erwiderte Hanna. „Es erinnert mich an jemanden, aber mir fällt einfach nicht ein, an wen."

„Tatsächlich?"

„Ja, ich bin sicher, ich habe ein ähnliches Gesicht in letzter Zeit irgendwo gesehen, ich weiß bloß nicht wo." Hanna schüttelte ärgerlich den Kopf. „Das verflixte Gedächtnis!"

„Vielleicht fällt es dir ja noch ein", meinte Thomas tröstend. „Schön wärs jedenfalls, denn wir sind mit unserem Latein ziemlich am Ende." Der Kommissar stürzte das Kinn auf seine Hand und schaute missmutig aus dem Fenster.

„Gibt es denn nichts Außergewöhnliches bei dem jungen Jansen, das einen Anhaltspunkt bietet dafür, welches das Motiv für den brutalen Mord an ihm sein könnte?"

„Na ja, vielleicht diese merkwürdige Tagebuch-Aufzeichnungen in seinem Computer. Eigentlich nur ein paar Sätze. Dass er jemanden hasst, dass er sich rächen will. Dass derjenige auch leiden soll und so weiter. Eigentlich nur unverständliches Zeug, denn es gibt in seinem gesamten Umfeld niemand, den er so hassen könnte und auch ein Grund dafür ist weit und breit nicht zu sehen."

„Ach, das ist ja interessant. Vielleicht liegt da das Motiv für den Mord. Wenn wir nur wüssten, was das sein könnte", überlegte Hanna.

„Hm", machte Thomas. „Ja, aber Ole scheint ein ganz gewöhnlicher Junge gewesen zu sein, als Jugendlicher etwas schwierig, aber das ist wohl normal."

„Da hast du recht", stimmte Hanna zu.

Eine nachdenkliche Pause entstand. Gedankenverloren trank Hanna noch einen Schluck von dem Kaffee, der inzwischen kalt geworden war. Angewidert schüttelte sie sich.

„Sag mal, Thomas", unterbrach sie schließlich das Schweigen. „Seht ihr eigentlich einen Zusammenhang zwischen den beiden Morden? Immerhin ist es schon merkwürdig, zwei solche Verbrechen in so kurzer Zeit hier bei uns. Das kann doch kein Zufall sein!"

Thomas schüttelte den Kopf. „Es sind offensichtlich zwei verschiedene Taten. Sie haben nichts gemeinsam. Ich glaube nicht, dass das eine etwas mit dem anderen zu tun hat. Nein, wir haben es hier mit ganz unterschiedlichen Verbrechen zu tun."

„Hm. Wahrscheinlich hast du recht", gab Hanna zu. „Ich dachte nur, weil ich Maik Schubert auf der Beerdigung von Frau Maschewski gesehen habe, als Oles Leiche gefunden wurde. Dabei hat er die Maschewskis gar nicht gekannt, wie ich von der Tochter erfahren habe."

„Tatsächlich? Naja, er könnte auch einfach aus Anteilnahme gekommen sein. Er war ja sehr religiös, genau wie sein Schwiegervater, der alte Jörgens. Er hat übrigens angerufen in der Polizeiinspektion, wollte von mir wissen, ob wir auch alles tun, um den Mörder seines Schwiegersohnes zu finden. Überhaupt ist die ganze Verwandtschaft sehr engagiert in der Kirchengemeinde, auch die Eltern von Maik. Als ich ihnen die Todesnachricht brachte, haben sie von Gottes Willen und so etwas geredet. Erstaunlich gefasst waren sie, die Schuberts."

„Ach ja?" Hanna horchte auf. „Da haben wir eine Gemeinsamkeit mit Ole Jansen. Er war bei den Messdienern, als er ein Junge von zehn, zwölf Jahren war. Hat sogar Ferien mit den Messdienern gemacht, hat mir seine Mutter erzählt."

„Sag bloß? Wusste ich gar nicht." Thomas zuckte die Schultern. „Na ja, das hilft uns leider auch nicht weiter."

Damit war das Mutter-Sohn-Gespräch beendet gewesen. Nachdem Hanna ihrer Familie nachgewinkt hatte, ging sie zurück in ihre Wohnung. Auf dem Couchtisch lag die Tageszeitung vom Samstag. Hanna nahm sie zur Hand und betrachtete das Phantombild zum wiederholten Male. Es war wirklich eine sehr grobe Darstellung eines männlichen Kopfes mit dunklen Haaren, aber irgendetwas daran kam ihr bekannt vor. Wenn sie nur wüsste, an wen sie das Gesicht erinnerte! Vor Anstrengung runzelte sie die Stirn. Sie kam einfach nicht drauf. Unwillig legte sie Zeitung beiseite.

Sie würde erst einmal nicht mehr daran denken. Jetzt stand der Besuch bei Mia Schubert auf dem Programm. Nachdem sie sich umgekleidet und eine leichte Jacke übergezogen hatte, griff sie zu dem Strauß Lilien, den sie am Vortag gekauft hatte. Schon der zweite Strauß dieser Art, ging ihr durch den Kopf, und der zweite Kondolenzbesuch innerhalb von wenigen Tagen.

Das Eigenheim der Schuberts lag nur wenige Fahrminuten entfernt in einem neuen Siedlungsgebiet am Südrand Cloppenburgs. Die Straßen, die sich teilweise noch im Rohzustand befanden, waren nach berühmten Dichtern und Schriftstellern benannt worden. Einige der Wohnhäuser waren schon fertig und bewohnt, andere zeigten sich in den verschiedenen Stadien der Entstehung. Die meisten Gartenanlagen waren noch nicht fertig; in einigen sah Hanna jedoch schon frische Rasenflächen und neu angelegte Beete, die einen Eindruck davon vermittelten, wie das Wohngebiet nach seiner Fertigstellung aussehen würde.

Das Haus in der Brechtstraße reihte sich in dieses Ambiente ein. Es vermittelte den Eindruck, dass der Besitzer bei der Planung nicht auf den Cent hatte achten müssen. Großzügig bemessen, zeigte es eine wohldurchdachte Architektur traditioneller Art, besaß ein nach den neuesten Energiemaßstäben mit Solarzellen ausgestattetes Dach, ein ausgebautes oberes Stockwerk und war umgeben mit einem ansehnlichen Garten. Das junge Paar hatte wahrscheinlich finanzielle Unterstützung durch die Eltern und Schwiegereltern erhalten, überlegte Hanna, oder aber ein IT-Manager musste sehr viel Geld verdienen mit seiner Arbeit. Am wahrscheinlichsten war, dass bei den derzeit günstigen Zinsen das junge Paar eine langfristige Finanzierung bei einer der ansässigen Banken vereinbart hatte.

Hanna parkte ihren Aygo am Straßenrand, nahm die Blumen und ging über den frisch angelegten Weg zum Eingang des Hauses. Zwar kannte sie Mia Schubert nicht persönlich, aber durch die freundschaftliche Verbindung ihres verstorbenen Mannes mit dem Vater der jungen Witwe glaubte sie, genug Grund für einen persönlichen Kondolenzbesuch zu haben.

Sie klingelte. Im Inneren des Hauses ertönte ein wohlklingender Gong. Mia Schubert öffnete. „Ja bitte?", fragte sie.

Mit einem Blick erfasste Hanna die Gestalt der jungen Frau.

Mia Schubert war keine eigentliche Schönheit, aber ihr schmales, dezent geschminktes Gesicht besaß angenehm regelmäßige Züge. Die grauen Augen wurden von fein gezeichneten schmalen Brauen überwölbt und ihre glatten, braunen Haare, die ihr bis über die Schultern reichten, zeigten einen seidigen Glanz. Sie trug einen schwarzen Rollkragenpullover und eine ebenfalls schwarze Hose, keinen Schmuck außer einer kurzen Perlenkette und dem goldenen Ehering am rechten Ringfinger. Schlank und groß, war sie eine ein beeindruckende Erscheinung.

„Entschuldigen Sie, wenn ich störe, Frau Schubert", sagte Hanna. „Ich bin Hanna Morgenroth. Ich kenne Ihren Vater, Herrn Jörgens recht gut und wollte Ihnen mein Beileid ausdrücken zu Ihrem großen Verlust."

„Danke, das ist sehr nett von Ihnen", antwortete Mia Schubert höflich. „Wollen Sie kurz hereinkommen?"

„Gerne, aber nur für einen Moment. Ich will Sie nicht lange aufhalten."

Mia trat zur Seite, sodass ihre Besucherin eintreten konnte. Sie nahm den Lilienstrauß entgegen, den Hanna ihr reichte, und legte ihn auf die Kommode, die in der Diele neben der Garderobe stand. Hanna sah, dass auf der Kommode schon etliche Sträuße und kleine Blumengestecke mit schwarz umrandeten Karten lagen. Offenbar war sie nicht die Einzige, die der Schubert-Familie ihr Beileid bekundete.

„Sie werden sich nicht daran erinnern, aber mein Mann hat mit Ihrem Vater oft Schach gespielt, damals, als mein Mann noch lebte. Ihr Vater hat manchmal von Ihnen und Ihren beiden Schwestern erzählt. Er sprach dann von seinem Dreimädelhaus."

„Ach ja? Das ist ja nett!" Mia nahm Hanna die Jacke ab, hängte sie auf einen Bügel an die Garderobe und führte Hanna in das geräumige Wohnzimmer. „Dann sind Sie also die Mutter von Thomas Morgenroth, dem Kommissar, der diesen Fall behandelt, stimmt das? Mein Vater hat den Namen erwähnt."

„Ja. Thomas und seine Leute tun ihr Bestes, um den Einbruch in Ihr Haus und den Mord an Ihrem Mann aufzuklären."

„Davon bin ich überzeugt", sagte Mia höflich. Sie wies auf die ausladende Ledercouch. „Bitte nehmen sie Platz. Darf ich Ihnen etwas anbieten? Kaffee? Tee? Ein Wasser?"

„Bitte machen Sie sich keine Umstände meinetwegen, Frau Schubert. Höchstens ein Glas Wasser."

„Aber gerne", versicherte die junge Frau.

Wie beherrscht sie ist, dachte Hanna. Fast professionell, diese Höflichkeit.

Während Mia in den Küchentrakt ging, sah Hanna sich in dem Wohnraum um, der von dem Ess- und Küchenbereich durch einen modernen rechteckigen und nach beiden Seiten offenen Kamin getrennt wurde. Sie registrierte mit einem schnellen Blick das wandhohe Bücherregal mit dem integrierten großen Flachbildschirm, die modernen, geschmackvoll aufeinander abgestimmten weiteren Möbel und Ausstattungsgegenstände sowie die Originalgemälde mit den dekorativen, teilweise mit Gold ausgearbeiteten abstrakten Motiven im neo-expressionistischen Stil. Vor dem Kamin stand als Schutz vor Funkenflug auf beiden Seiten ein schön verzierter gläserner Schirm, daneben ein dreiteiliger Ständer für das gusseiserne Kaminbesteck, an dem ein kleiner Besen und eine Kaminschaufel hingen. Hannas Unterbewusstsein registrierte eine Auffälligkeit an dieser Stelle ihrer Wahrnehmung, die jedoch nicht in ihr Bewusstsein drang, weil ihre Aufmerksamkeit gefesselt wurde von einem imposanten Kruzifix, das an der Wand zwischen den beiden großen, bis zum Boden reichenden Fenstern hing. Der naturalistisch gestaltete Korpus an dem Kreuz demonstrierte auf drastische Weise das Leiden des Gekreuzigten. Hanna konnte kaum den Blick davon lösen.

Mia Schubert kehrte mit einem Glas Wasser zurück, nahm einen Untersetzer aus einem bereitstehenden Ständer und stellte das Glas vor Hanna auf den gläsernen Couchtisch.

„Vielen Dank, Frau Schubert!" Hanna nahm das Glas und trank einen Schluck. „Wissen Sie schon, wann die Beerdigung Ihres Mannes sein wird?"

Mia schüttelte den Kopf. „Nein, aber ich denke, im Laufe dieser Woche. Sobald die Polizei seine Leiche freigibt. Sie befindet sich ja noch im gerichtsmedizinischen Institut in Oldenburg. Mein Vater will sich darum kümmern."

Sie hatte sich mit geradem Rücken auf die Kante des Sofas gesetzt und verschränkte die Hände im Schoß. Ihr Gesicht zeigte keine Regung. Wieder fiel Hanna die beherrschte Haltung der jungen Frau auf.

Das Telefon auf der Anrichte klingelte.

Mia erhob sich. „Das ist jetzt schon der dritte Anruf heute", sagte sie mit einem entschuldigenden Lächeln. „Die Leute meinen es ja gut, wenn sie Anteil nehmen, aber ..." Sie ging zum Telefon und meldete sich.

Hanna hatte bei ihren Worten augenblicklich ein schlechtes Gewissen bekommen. Sie musste sich eingestehen, dass es nicht nur ehrlich empfundenes Mitgefühl war, das sie zu diesem Besuch veranlasst hatte, sondern auch eine gute Portion Neugier und natürlich die Hoffnung, irgendeinen Hinweis auf die Hintergründe des Verbrechens zu finden, das in diesem Haus stattgefunden hatte.

Sie trank das Glas Wasser aus und wartete, bis Mia das Telefonat, welches wohl tatsächlich einen Kondolenzanruf war, beendet hatte.

Als Mia Schubert zu ihr zurückkehrte, stand Hanna auf. „Ich will Sie jetzt nicht länger stören, liebe Frau Schubert", sagte sie und reichte der jungen Frau die Hand. „Ich wünsche Ihnen viel Kraft, um diese schwere Zeit durchzustehen."

„Ich danke Ihnen, Frau Morgenroth und nochmals vielen Dank für die schönen Blumen. Ich werde sie gleich ins Wasser stellen." Mia Schubert begleitete Hanna in die Diele, half ihr in ihre Jacke und öffnete ihr die Haustür.

Hanna verabschiedete sich. Sie konnte nicht umhin, die Haltung der jungen Frau zu bewundern.

24. Kapitel

Eigentlich wusste Hanna nicht so recht, was sie eigentlich in Münster wollte. Thomas würde sicher sagen, ihre detektivische Neugier sei wieder einmal mit ihr durchgegangen, und Hanna gestand sich ein, dass er damit wohl recht hatte. Es ließ ihr einfach keine Ruhe, nicht zu wissen, was hinter dem Mord an dem jungen Jansen steckte. Besonders die planvolle, hinterhältige Art der Tat, die die Beseitigung der Leiche von Anfang an mit einrechnete, empörte sie. Welche Niedertracht, das Opfer gleich an den Ort zu locken, an dem es verschwinden sollte! Noch mehr beunruhigte Hanna die Tatsache, dass der Mörder ortskundig sein musste, also aller Wahrscheinlichkeit nach ein Einwohner Cloppenburgs war. Womöglich lief sie ihm sogar, ohne es zu ahnen, in der Fußgängerzone beim Einkaufsbummel über den Weg und grüßte ihn freundlich, wenn er, was Gott verhüten möge, sogar ein Bekannter von ihr war.

Der zweite Mord dagegen, der ja, wie es schien, nur ein

nicht einkalkulierter Vorfall gewesen war, stellte ein weniger interessantes Rätsel dar. Der Einbrecher hatte wohl keinen anderen Weg gesehen, ungeschoren davonzukommen. Obwohl, wenn sie es recht bedachte: Ein Einbruchsdiebstahl war eine Sache, ein vorsätzlicher Mord zur Verdeckung einer Straftat, wie die Kriminalisten es nannten, war eine ganz andere Hausnummer. Vielleicht hatte der Einbrecher den Hausbesitzer nicht töten, sondern nur niederschlagen wollen, um fliehen zu können? Das setzte voraus, dass der Einbrecher davon ausgegangen war, dass Maik Schubert ihn später nicht identifizieren konnte. Ob er maskiert gewesen war? Wenn er vorausgesetzt hatte, dass die Schuberts wie üblich am Donnerstagabend nicht zu Hause sein würden, hatte er womöglich auf eine Maske verzichtet und Maik Schubert hätte ihn identifizieren können. Dann wäre der Schlag mit Tötungsabsicht erfolgt und also ein regelrechter Mord.

Thomas hatte zwar gesagt, alle diejenigen, die Kenntnis davon hatten, dass die Schuberts normalerweise nicht zu Hause sein würden am Tattag, hätten sichere Alibis, dennoch war die letzte Variante nicht auszuschließen.

Hanna seufzte. Also auch in diesem Fall gab es mehr Fragen als Antworten. Müßig, darüber zu spekulieren. Wahrscheinlich hatte der Einbruch nichts mit dem Mord an Ole Jansen zu tun. Jedenfalls behauptete das ihr Polizistensohn. Obwohl ihr Gefühl Hanna sagte, dass es doch irgendeinen Zusammenhang geben müsse.

Sie schob den Gedanken beiseite. Jetzt ging es erst einmal um den armen Jansen-Jungen. Hanna hatte sich auf der Website der Universität Münster kundig gemacht über das Vorlesungsangebot in Psychologie. Sie hatte gesehen, dass die Vorlesungs- und Seminarräume des Fachbereichs 7, zu dem auch verschiedene Psychologie-Studiengänge gehörten, in einem separaten Gebäude in der Fliednerstaße untergebracht waren. Im Vorlesungsverzeichnis fand sie eine Reihe von Seminaren und Vorlesungen. Sie überlegte, welche davon Ole Jansen wohl belegt haben mochte, und notierte sich einige Seminarthemen. Sie würde einfach vor Ort schauen, ob sie jemanden fand, mit dem sie über Ole sprechen konnte.

Nachdem am Montagmorgen die Zwillinge zur Schule, Thomas zur Polizeiinspektion und Inga mit dem kleinen Nico zum Kindergarten gefahren waren, nahm Hanna ihre Handtasche mit ihren Papieren, etwas Geld und ihrem Handy, dazu ihre Jacke und einen Regenschirm für alle Fälle, stieg in ihren Aygo, dessen Tank noch fast voll war, und fuhr los.

Die Fahrt verlief unproblematisch und nach einer kurzen Kaffeepause in der Raststätte Tecklenburger Hof erreichte Hanna die Friedensstadt Münster. Sie hatte die Fliednerstraße in ihr Navi eingegeben und ohne Schwierigkeiten gelangte sie zu dem Gebäude, in dem die angehenden Psychologen ihr Bachelor- beziehungsweise Masterstudium absolvierten. Das vierstöckige Gebäude wirkte nüchtern und sachlich, die vielen Fahrräder davor und überall im Stadtgebiet wiesen Münster als beliebte Studentenstadt aus. Lästigerweise befand sich direkt vor dem Gebäude eine große Baustelle, irgendwelche Straßenreparaturen oder Rohrverlegungen, sodass Hanna erst etliche Straßen weiter einen Parkplatz fand.

Als sie schließlich vor dem Gebäude stand, fühlte sie sich fehl am Platze. Lauter blutjunge Menschen gingen ein und aus, alle hatten es eilig, niemand beachtete sie, nur manchmal traf sie ein erstaunter Blick.

Hanna schaute auf ihre Notizen. Eines der Seminare für Zweitsemester, an dem Ole wahrscheinlich teilgenommen hätte, fand im Raum 203 im 2. Stockstatt: Psychologie: Statistik 1 hieß das Seminar. Zögernd ging Hanna die Treppe hinauf, dauernd überholt von hastenden Studierenden, die zwei Stufen auf einmal nahmen. Wahrscheinlich waren sie spät dran.

Die Tür zum Raum 203 stand offen. Eine Gruppe von jungen Leuten verließ gerade den Saal. Anscheinend war eine Unterrichtsstunde vorüber. Als der letzte Seminarteilnehmer den Raum verlassen hatte, trat Hanna durch die Tür. Am Pult saß eine Frau mittleren Alters, offenbar die Dozentin, die Eintragungen in ihre Unterlagen machte.

„Entschuldigen Sie", richtete Hanna freundlich lächelnd das Wort an sie. Die Frau sah kurz auf, rückte ihre Brille zurecht und musterte Hanna unwillig. „Kann ich Ihnen helfen?"

Der unhöfliche Tonfall, in dem die Dozentin sie ansprach, gefiel Hanna gar nicht. Sie kam sich plötzlich vor wie eine Schülerin, die sich vor einer strengen Lehrerin rechtfertigen musste. Hanna richtete sich zur vollen Größe ihrer 1,65 Meter auf, straffte die Schultern und ging direkt auf die Seminarleiterin zu.

„Das hoffe ich doch", antwortete sie. „Ich bin Hanna Morgenroth. Mein Sohn ist Kriminalhauptkommissar Thomas Morgenroth, der im Mordfall Jansen ermittelt." Sie hielt der Dozentin als Legitimation ihren Personalausweis entgegen, in der Hoffnung, dass sie ihn nicht näher hinterfragen würde. „Ole Jansen war einer Ihrer Studenten, nicht wahr? Ich hätte ein paar Fragen an Sie in dieser Sache. Können wir uns irgendwo in Ruhe unterhalten?"

Ihr selbstbewusstes Auftreten zusammen mit der Autorität eines Ausweises verfehlte seine Wirkung nicht. Die Frau benahm sich sofort um einiges freundlicher.

„Ole Jansen? Ja, er hatte im vergangenen Wintersemester dieses Einführungsseminar belegt und sich für das Sommersemester eingetragen." Die Dozentin räumte ihre Unterlagen, die Bücher und den Laptop in eine Mappe.

„Kommen Sie, wir gehen in mein Büro. Dort können wir uns unterhalten. Allerdings fängt mein nächstes Seminar in zehn Minuten an." Sie stand auf, ging vor Hanna her über den Flur in einem Raum, der als Büro eingerichtet war. „Bitte nehmen Sie Platz, Frau ..." Sie stockte. „Entschuldigung! Wie war Ihr Name noch?"

„Morgenroth. Und Ihr Name ist ...?"

„Bialek. Dr. Marina Bialek. Ich bin Professorin für Allgemeine Psychologie und leite hier die Einführungsseminare."

„Sie wissen, dass Ihr Student Ole Jansen getötet worden ist?"

„Ja, die Universitätsleitung hat uns darüber informiert. Meines Wissens war die Polizei schon hier und hat die Studierenden, die Ole Jansen kannten, befragt." Die wachen Augen hinter der Brille musterten Hanna neugierig.

„Ja, aber es sind noch viele Fragen offen. Ole wurde das Opfer eines Gewaltverbrechens. Wir suchen nach dem Motiv für den Mord, um dadurch eine Spur zu dem Mörder zu finden. Wir hoffen, dass Sie uns dabei helfen können."

Die Professorin strich sich eine Strähne ihrer halblangen, blondierten Haare hinter die Ohren. Die rot lackierten Fingernägel und das starke Makeup mit den roten Lippen konnte nicht darüber hinwegtäuschen, dass sie wohl schon auf die Sechzig zuging. „Was genau wollen Sie denn wissen?"

„Was für ein Student was Ole Jansen? Wie hat er sich verhalten, was hat ihn interessiert, wie war ganz allgemein Ihr Eindruck von ihm? Jede Kleinigkeit kann wichtig sein."

Die Dozentin lehnte sich zurück und legte die Fingerspitzen aneinander. „Ole war ein merkwürdiger junger Mann. Sehr interessiert an dem Stoff, den wir behandelten, besonders wenn es um Kinder- und Jugendpsychologie ging. Seine Arbeiten waren gut, allerdings etwas wechselhaft. Was ihn nicht interessierte, tat er gerne oberflächlich ab. Überhaupt war er recht sprunghaft. Mal sehr engagiert und eifrig, dann wieder nachlässig und desinteressiert."

„Wie war denn ihr persönlicher Eindruck als Psychologin von ihm?"

„Nun ja. Ich bin zwar keine Therapeutin, aber ich glaube, Ole trug ein Problem mit sich herum, mit dem er nicht fertig wurde. Vielleicht ein Kindheitserlebnis, das er nicht verarbeiten konnte. Kann auch sein, dass er Medikamente nahm; sein wechselhaftes Verhalten könnte ein Indiz dafür gewesen sein."

„Das ist sehr interessant, Frau Dr. Bialek. Diese Einschätzung deckt sich mit den Beobachtungen der Menschen in Oles Umfeld. Im Alter von elf oder zwölf Jahren soll Ole sich vom Wesen her sehr verändert haben. Man erklärt sich das mit dem Beginn der Pubertät. Sehen Sie das auch so?"

„Hm." Nachdenklich zog die Professorin die Brauen zusammen. „Das kann ich unmöglich ohne genauere Kenntnis der Lebensumstände des jungen Mannes sagen. Allerdings zeigt die gewöhnliche Entwicklung eines Jugendlichen keine solche Auswirkungen wie bei Ole Jansen."

„Also könnte ein ungelöstes Problem aus seiner Kindheit die Ursache sein?" Hanna fielen die Tagebucheintragungen des Jungen ein. „Ole hat in seinem Computer einzelne Sätze notiert, die Tagebuchaufzeichnungen ähneln. Darin redet er von jemanden, den er hasst und an dem er sich rächen will, weil er ihm etwas angetan hat. Kann das etwas damit zu tun haben?"

„Das ist interessant. Das deutet auf ein singuläres Ereignis hin, das zu einem Trauma geführt hat, mit dem Ole bis ins Erwachsenenleben nicht fertig geworden ist. Das würde manches erklären." Die Dozentin blickte Hanna nachdenklich an. „Aber natürlich nicht den Mord an ihm", fügte sie hinzu.

„Das stimmt leider", bestätigte Hanna. Sie lächelte die Frau dankbar an. „Das wär's schon, Frau Dr. Bialek. Ich glaube, Sie haben uns sehr geholfen."

Sie stand auf, die Professorin ebenfalls.

„Ach, da fällt mir noch etwas ein. Gibt es vielleicht eine Kommilitonin oder einen Kommilitonen, mit der oder dem Ole näher befreundet war? Vielleicht eine Beziehung hatte?"

Die Seminarleiterin zuckte die Schultern. „Das weiß ich natürlich nicht. Aber, warten Sie, in meinem Seminar hat er immer neben einer Studierenden gesessen, mit der ihn wohl mehr als üblich verband. Wie hieß sie noch gleich? Ach ja: Emilia Korte. Sie hat sich übrigens für das Seminar, das ich gleich leite, eingeschrieben. Vielleicht möchten Sie ja mit ihr sprechen?"

„Aber selbstverständlich", betonte Hanna erfreut. „Wenn Sie mir das Mädchen gleich vorstellen würden?"

Im Seminarraum hatten sich schon etliche Studierende versammelt. Es waren wesentlich mehr Frauen als Männer. Anscheinend sind Frauen eher an der Seele des Menschen interessiert als Männer, dachte Hanna. Dr. Bialek ging auf ein Mädchen mit wallenden rotblonden Locken zu und sprach leise mit ihr. Die Studierende stand von ihrem Platz auf und kam zu Hanna herüber. Ihr junges glattes Gesicht mit den hellblauen Augen und den blonden Wimpern und Augenbrauen spiegelte Beunruhigung, aber auch Neugier wider.

„Guten Tag", grüßte sie höflich. „Ich bin Emilia Korte. Sie wollten mich sprechen?"

„Ja, aber ich werde Sie nicht lange von Ihrem Seminar abhalten", versicherte Hanna ihr. „Mein Name ist Morgenroth.

Ich komme aus Cloppenburg, der Heimatstadt von Ole Jansen. Sie waren mit Ole befreundet?"

„Ja. Wir hatten eine kurze Beziehung, Ole und ich."

„Sie wissen, dass Ole ermordet worden ist?"

„Ja, ich habe es im Facebook gelesen. Die Polizei war ja deswegen schon hier. Die Beamten haben mit den Freunden von Ole gesprochen, habe ich gehört."

„Ja, da ging es um die Drogen, mit denen Ole gehandelt hat. Wissen Sie etwas darüber?"

Das Mädchen sah sich beunruhigt um und trat von einem Fuß auf den anderen. „Nein, ich …" Sie brach ab.

„Sie brauchen mir nichts darüber zu sagen, das interessiert mich eigentlich gar nicht. Ich möchte vielmehr von Ihnen wissen, ob Ole Ihnen etwas aus seiner Kindheit erzählt hat, etwas Schlimmes, was ihn bedrückte?"

„Ja … nein … Ich weiß nicht. Eigentlich nicht, aber …" , stotterte Emilia.

Hanna legte ihr die Hand auf den Arm. „Sie brauchen keine Angst zu haben, Emilia. Es geschieht Ihnen nichts. Wir, das heißt die Polizei, versuchen nur herauszufinden, wo das Motiv für den Mord an dem armen Jungen liegt."

Emilia nickte. „Ja, ich weiß. Ich will ja auch, dass der Mörder gefasst wird."

„Sehen Sie?", sagte Hanna. „Also erzählen Sie mir ruhig, was Ihnen aufgefallen ist."

„Also. Ole war manchmal so…" Sie suchte nach dem richtigen Wort. „… so grundlos wütend. Ja, er kam mir wütend vor. Manchmal, wenn wir miteinander schlafen wollten, Sie wissen schon, … dann konnte er nicht. Dann wurde er richtig aggressiv. Ich hatte dann richtig Angst vor ihm." Die junge Frau wirkte verwirrt und bekümmert. „Es tut mir so leid, was ihm zugestoßen ist. Meistens war er nämlich sehr nett."

„Aber er hat Ihnen nicht gesagt, weshalb er so wütend war?"

„Nein. Nur einmal, als es im Bett wieder nicht klappte, da flippte er richtig aus. Tobte herum und schrie immer wieder ‚Das wird er mir büßen, dieser Schweinehund. Dass er mir das angetan hat!' Als ich ihn fragte, was er meinte, sagte er nur, ich solle ihn in Ruhe lassen. Aber er hatte Tränen in den Augen dabei."

„Sie haben ihn geliebt, nicht wahr?" Hanna streichelte mitfühlend Emilias Arm.

Die junge Frau nickte. „Ja. Und ich verstehe nicht, was mit ihm geschehen ist."

„Wir werden es herausfinden, meine Kleine, das verspreche ich Ihnen." Hanna legte mütterlich den Arm um die Schulter des Mädchen und drückte sie leicht an sich. „Sie haben mir sehr geholfen." Sie lächelte die Studierende an. „Und nun gehen Sie schnell zu ihrem Seminar, sonst versäumen Sie noch etwas Wichtiges."

Zufrieden mit dem Ergebnis ihrer Recherche machte Hanna sich auf den Weg nach Hause.

25. Kapitel

Auf der Fahrt nach Cloppenburg gab es einen langen Stopp-and-go-Stau entlang einer Baustelle. Während die Autoschlange sich im Schritttempo fortbewegte, ließ Hanna sich das Gehörte durch den Kopf gehen. Ole Jansen hatte also unter einem Kindheitstrauma gelitten, davon war Hanna nach der Aussage der Professorin überzeugt. Dadurch ließ sich sein auffälliges Verhalten erklären. Seine Aggressivität und Launenhaftigkeit ebenso wie seine merkwürdigen Eintragungen ins Tagebuch. Er musste sehr gelitten haben unter diesem schlimmen Erlebnis, was immer es auch gewesen sein mochte. Hatte er deshalb zu Medikamenten gegriffen? Vielleicht zuerst nur, um besser schlafen zu können oder weil er gewusst hatte, dass manche Schmerzmittel auch eine belebende, stimmungsaufhellende Wirkung hatten? Und dann hatte er entdeckt, dass er besser über den Tag kam, wenn er die Tabletten schluckte, sich wohler fühlte und seine Pflichten in der Schule und später im Studium leichter erfüllen konnte. Wahrscheinlich war er so ganz allmählich in die Abhängigkeit gerutscht. Vielleicht hatten die rezeptfreien Mittel eines Tages nicht mehr ausgereicht, um die gewünschte Wirkung zu erzielen und er hatte sich überlegt, auf welchen Wegen er an stärkere Mittel herankommen konnte, und deshalb war er auf die Idee gekommen, in Apotheken einzubrechen. Nicht unwahrscheinlich, dass ein Kommilitone seinen Vorrat an glücksbringenden Pillen entdeckt und ihm Geld dafür geboten hatte und dass Ole so zum Dealer geworden war. Um die Nachfrage zu befriedigen, waren bald weitere Einbrüche notwendig geworden. Als Nebeneffekt erwies sich die Dealerei als willkommene Geldquelle, denn Oles Eltern konnten sicher nicht mehr als den Mindestausbildungsunterhalt zahlen.

Hanna hatte den Stau hinter sich gelassen und näherte sich der Autobahnraststätte Dammer Berge mit dem bekannten Brückenrestaurant. Kurz überlegte sie, auf eine Tasse Kaffee dort Halt zu machen, aber sie sah davon ab. Es war ja nicht mehr weit bis nach Hause.

Sie hing weiter ihren Gedanken nach. Was nur konnte es gewesen sein, das den jungen Ole so nachhaltig belastet hatte? Seine Mutter hatte betont, dass er ein fröhlicher, kleiner Junge gewesen sei und offensichtlich war er in der Grundschule ein guter Schüler gewesen, denn sonst hätte er die

Empfehlung fürs Gymnasium nicht erhalten. Konnte es der erhöhte Leistungsdruck in der neuen Schule gewesen sein? Sicher, es war für manche Kinder nicht einfach, sich an das höhere Niveau des Gymnasiums zu gewöhnen, aber die meisten schafften es ohne größere Schwierigkeiten. Und die Pubertät? Na gut, bei manchen Jugendlichen zeigten sich tatsächlich gravierende Verhaltensänderungen, die ihre Eltern an den Rand der Verzweiflung brachten. Dennoch, die Aussage der Psychologin deutete auf ein besonderes, einmaliges Ereignis hin, nicht auf einen längeren Prozess. Was also könnte dieses schlimme Erlebnis sein, das Ole im Alter von zehn oder elf Jahren widerfahren war?

Messdiener!

Ole hatte zweimal an einem Zeltlager der katholischen Messdiener von St. Andreas teilgenommen, hatte Melanie Jansen gesagt. Hanna rechnete schnell nach. Ole musste in der fünften oder in der sechsten Klasse gewesen sein. Jedes Jahr veranstaltete die Kirchengemeinde diese Ferienevents, die offensichtlich vielen Kindern Spaß machten. Hanna erinnerte sich, in der Münsterländischen Tageszeitung davon gelesen zu haben. Zeitlich fielen die Zeltlagererlebnisse mit Oles ersten beiden Schuljahren auf dem Gymnasium zusammen. Hanna rief sich Ole ins Gedächtnis als Schüler in der sechsten Klasse, wo er ihr ausgesprochen still und zurückhaltend vorgekommen war und seine Leistungen nur schwach gewesen waren. Das bedeutete, dass im Sommer 2013, als Ole elf Jahre alt war, im Zeltlager der Messdiener etwas passiert sein musste, was Ole weiteres Leben nachhaltig negativ beeinflusst hatte. Was könnte das gewesen sein? Ein Streit unter Kindern, ein Unfall, eine Verletzung, eine Auseinandersetzung unter den Betreuern, irgendeine Katastrophe? Etwa sexueller Missbrauch?

Hanna war in Cloppenburg angekommen. Sie sah auf die Uhr: Sie kam gerade rechtzeitig, um das Abendessen für die Familie vorzubereiten. Sie würde mit Thomas über ihre Recherchen reden und war gespannt, was er zu ihren Überlegungen sagen würde.

„Du kannst es doch einfach nicht lassen, Mutter!", schalt der Hauptkommissar. „Fährst einfach mal nach Münster und fragst die Leute aus. Weißt du, wie man das nennt? Amtsanmaßung. Das ist strafbar, Mama!" Thomas schüttelte missbilligend den Kopf.

Hanna nahm seinen Tadel gelassen hin. Sie war daran gewöhnt, dass ihr korrekter Beamtensohn ihre unkonventionelle Vorgehensweise nicht ausstehen konnte. Aber am Ende hatte er noch immer die Ergebnisse ihrer Recherchen dankbar aufgegriffen, weil sie ihm bei der Aufklärung der Kriminalfälle entscheidend geholfen hatten.

„Aber du musst zugeben, dass uns diese Erkenntnisse ein Stückchen weiterbringen", wandte sie ein.

„Wieso das denn, Mama?", widersprach Thomas. „Nur dass wir wissen, weshalb Ole kriminell geworden ist, bringt uns der Aufklärung des Mordes an ihm kein Stück weiter. Wer hat den jungen Jansen ums Leben gebracht und warum? Das ist es, was wir klären müssen!"

Die beiden Morgenroths saßen an dem abgeräumten Abendbrottisch. Die Zwillinge hatten sich in ihre Zimmer zurückgezogen und Inga brachte Nico ins Bett. Hanna hatte ihrem Sohn ausführlich von ihrem Münster-Tripp erzählt und ihn aufgefordert, ihren Schlussfolgerungen nachzugehen. Das hatte Thomas aber zurückgewiesen. Überhaupt machte er auf Hanna einen unzufriedenen, frustrierten Eindruck.

„Habt ihr denn irgendeinen neuen Anhaltspunkt für den Jansen-Mord? Oder für den Einbruch bei den Schuberts", fragte Hanna nun.

Thomas stieß einen tiefen Seufzer aus. „Wir kommen nicht weiter. Alle Spuren führen ins Nichts, außerdem sitzt mir Jörgens im Nacken. Dauernd ruft er an und will wissen, wie weit wir sind."

„Hat das Phantombild denn nichts gebracht?"

Thomas schüttelte den Kopf. „Nichts. Auch die Tatwaffe ist nicht gefunden worden. Alle Verdächtigen haben wasserfeste Alibis, alles integre Leute im Umfeld von Schubert und Jörgens. Der Einbrecher kommt nicht aus dem Nahfeld der Schuberts, es muss ein Auswärtiger sein. Auch die Kartei der einschlägig Vorbestraften in Niedersachsen und den angrenzenden Bundesländern gibt nichts her. Wir haben nichts, aber auch wirklich gar nichts."

Ohne Hannas Antwort abzuwarten, stand er auf, ging ins Wohnzimmer und stellte den Fernseher an. Seine gesamte Körperhaltung drückte seine Frustration aus. Hanna sah ihm schmunzelnd hinterher. Sie war sicher, er würde ihr noch dankbar sein für ihre Detektivspielerei.

26. Kapitel

Kommissarin Susanne Holtmann hatte sich für den Montag krankschreiben lassen, da sie für 10:00 Uhr bei ihrer Gynäkologin angemeldet war. Ihr Mann war wie gewohnt zur Arbeit gefahren und Susanne räumte das Haus auf. Sie konnte nicht still sitzen, ihre Gedanken kreisten unablässig um die bevorstehende Untersuchung. Sie wusste, von dieser Untersuchung hing ab, wie ihr weiteres Leben aussehen würde. Während sie in der Küche das Geschirr in den Geschirrspüler räumte, die Arbeitsflächen wischte, die Spüle reinigte und polierte, versuchte sie, ihre Angst in den Griff zu bekommen. Es musste ja nicht gleich das Schlimmste sein, sagte sie sich immer wieder. Sie wischte den Fußboden, ohne zu registrieren, was sie tat, holte den Staubsauger aus dem Wirtschaftsraum und fing an, mechanisch alle Böden und Teppiche in dem Reihenhaus zu saugen. Das Schlimmste: Was war das? Bei der Diagnose Krebs gab es doch viele Abstufungen. Es musste ja nicht sein, dass die ganze Gebärmutter entfernt werden musste, es musste nicht sein, dass der Krebs schon Metastasen gebildet hatte, es musste nicht sein, dass sie bald sterben würde. Nein, nein, so weit wollte, durfte sie nicht denken.

Als es nichts mehr zu saugen gab, stellte Susanne den Staubsauger an seinen Platz und zwang sich, sich hinzusetzen. Sie durfte sich nicht verrückt machen, hatte die Ärztin gesagt. Jan Hendrik hatte ihr angeboten, sie zu begleiten, aber das hatte sie abgelehnt. Er hätte sie nur noch nervöser gemacht und sie hätte dauernd das Gefühl gehabt, ihn beruhigen und trösten zu müssen, wusste sie doch, dass er mindesten genauso viel Angst hatte wie sie. Sie sah auf die Uhr. Es war Zeit zu duschen und sich zurecht zu machen. Das Wetter war frisch, aber schön, deshalb würde sie mit dem Fahrrad zur Praxis fahren.

Pünktlich zum vereinbarten Termin betrat sie das Vorzimmer, wo die Sprechstundenhilfe sie bat, noch einen kleinen Moment zu warten, Frau Doktor Mühlenbach hätte gleich Zeit für sie. Folgsam setzte Susanne sich auf einen der bequemen Stühle im Wartezimmer. Ihr Blick glitt über das Regal mit den Informationsbroschüren über Schwangerschaft, Geburt, Frauenkrankheiten und Ähnliches, über die Kinderecke mit den bunten Büchern, Legosteinen und Holzklötzchen, den

Wasserspender mit den Plastikbechern und schließlich zu den Illustrierten auf dem Tisch in der Mitte. Die Zeitschrift ‚Eltern‘ fiel ihr ins Auge. Sie nahm sie zur Hand und blätterte darin. Viele süße Baby- und Kindergesichter lachten ihr entgegen. Seltsam, wie wichtig es ihr geworden war, noch Kinder bekommen zu können. Was, wenn tatsächlich eine Operation erforderlich sein würde, die es unmöglich machte, noch schwanger zu werden? Bisher hatten Jan Hendrik und sie noch kaum über Kinder geredet, nur dass sie sich einig waren, irgendwann welche zu wollen.

Die Tür ging auf und die Sprechstundenhilfe nannte ihren Namen. Susannes Herz fing an heftig zu klopfen. Die Ärztin begrüßte sie freundlich und fragte, wie es ihr gehe und ob sie bereit sei. Ja, sie war bereit. Die Untersuchung dauerte nicht lange, wie üblich verursachte der Abstrich einen kleinen Schmerz, dann war es vorbei.

„Sie können auf das Ergebnis warten. Frau Holtmann, ich sage dem Krankenhauslabor Bescheid, dass sie diese Probe sofort analysieren sollen, damit wir keine Zeit verlieren.“

Wieder setze sich Susanne ins Wartezimmer. Ihr Handy summte: Jan Hendrik. Susanne sagte ihm, dass sie auf das Ergebnis wartete. Wieder blätterte sie in dem Eltern-Heft. Was würde Jan Hendrik sagen, wenn sie keine Kinder mehr bekommen könnten? Würde er sehr enttäuscht sein? Was würde es für ihre Ehe bedeuten, wenn sie nur auf sich selbst gestellt wären und keine richtige Familie sein könnten?

Es dauerte tatsächlich nicht lange, bis die Ärztin sie wieder ins Sprechzimmer rufen ließ. Susanne wischte ihre feuchten Hände an ihrer Jeans ab. Sie versuchte an dem Gesicht der Gynäkologin abzulesen, ob sie eine gute oder eine schlechte Nachricht für sie bereithielt. Das Gesicht der Ärztin, eine grauhaarige Frau mittleren Alters, war ernst. Susanne merkte, wie ihr Herz gegen die Rippen hämmerte.

„Also, Frau Holtmann, wir haben tatsächlich eine nicht unbeträchtliche Menge von Zellen gefunden, die eine Veränderung aufzeigen. Diese Veränderungen könnten sich zu einem Karzinom entwickeln. Der Herd ist noch sehr klein und operativ leicht zu entfernen. Es war gut, dass wir die Zellveränderung so frühzeitig entdeckt haben."

Susanne versuchte zu verstehen. Das Wort Karzinom war in ihrem Kopf hängen geblieben.

„Also doch Krebs?", fragte sie. Sie wunderte sich, dass ihre Stimme ihr gehorchte.

„Eine Vorstufe davon. Wir werden den Herd mit einer Konisation am Gebärmutterhals aller Voraussicht nach vollständig entfernen können."

„Aha, eine Konisation. Was bedeutet das?"

„Das ist eine kegelförmige Gewebeentfernung am Gebärmutterhals, worin sich die veränderten Zellen befinden. Es ist kein großer Eingriff."

„Kann es ambulant gemacht werden?"

„Nein, Sie müssen für ein paar Tage ins Krankenhaus, auch wegen der Nachsorge."

Susanne sah die Ärztin offen an, die ihren Blick ruhig erwiderte.

„Frau Doktor, wie ernst ist es wirklich?", fragte sie leise.

Die Ärztin stand auf, kam hinter ihrem Schreibtisch hervor und legte Susanne die Hand auf die Schulter.

„Sie können ganz ruhig sein, Frau Holtmann. Es ist nur ein relativ unproblematischer Eingriff und die Heilungschancen sind sehr gut. Wir haben es noch früh genug entdeckt."

„Kann ich danach noch Kinder bekommen?" Susanne hielt den Atem an, während sie auf die Antwort wartete.

„Ja. Wir warten zwei bis drei Jahre ab, wenn in dieser Zeit

keine neuen Auffälligkeiten auftreten, steht einer Schwangerschaft nichts entgegen."

„Gott sei Dank!", entfuhr es Susanne.

Doktor Mühlenbach setze sich wieder hinter Ihren Schreibtisch. „Ich werde gleich einen Termin im Krankenhaus für Sie machen. Wir sollten nicht mehr allzu lange warten mit dem Eingriff. Am besten noch diese Woche, dann haben Sie es Ostern hinter sich und können in Ruhe Ostereier suchen", versuchte sie zu scherzen.

Susanne erschrak. „So schnell schon?"

„Ja, je eher, desto besser."

„Also gut, dann am besten gleich", stimmte Susanne zu. Besser, sie brachte es hinter sich, als noch lange im Ungewissen zu sein.

„Gut. Dann werde ich gleich mal telefonieren und Sie anmelden. Moment bitte."

Die Ärztin wählte eine kurze Nummer und Susanne hörte sie einige Sätze mit jemandem wechseln.

„Also gleich morgen, Frau Holtmann. Kommen sie um 08:00 Uhr nüchtern ins Krankenhaus, dann werden Sie gleich am Nachmittag operiert."

„Okay." Susanne fühlte sich wie betäubt, es ging so schnell, sie brauchte erst einmal Zeit, das alles zu verarbeiten. Die Ärztin begleitete sie zur Tür und verabschiedete sich.

Erst als sie zu Hause war, fand Susanne die Kraft, ihren Mann anzurufen.

27. Kapitel

Die Karwoche wurde in diesem Jahr durch zwei Beerdigungen unterbrochen: Am Dienstag sollte Ole Jansen zu

Grabe getragen werden und am Donnerstag Maik Schubert. Das gerichtsmedizinische Institut in Oldenburg hatte die Leichen zur Bestattung freigegeben. Beide Familien waren aktive Mitglieder der Kirchengemeinde St. Andreas und beide wollten eine traditionelle Erdbestattung mit anschließendem Trauergottesdienst. Es war zu erwarten, dass die Bevölkerung Cloppenburgs in großer Zahl an den Bestattungen teilnehmen würde, und die Gaststätte, in der traditionellerweise die Kaffeetafel bereitgestellt wurde, richtete sich auf den Verzehr von jeder Menge Schnittchen und Butterkuchen ein.

Selbstverständlich befand sich auch Hanna Morgenroth unter den Trauergästen, die Ole Jansen auf seinem letzten Weg begleiteten. Bei strahlendem Frühlingswetter reihte sie sich in die Schlange der Trauernden ein, die hinter dem Sarg mit dem Mordopfer hergingen, neben ihr ihre Kränzchenschwestern Liesbeth und Edith, die es sich ebenfalls nicht hatten nehmen lassen, ihrem jungen Mitbürger die letzte Ehre zu erweisen. Viele junge Leute befanden sich unter den Trauernden; Hanna nahm an, dass es ehemalige Mitschüler oder Kommilitonen und Jugendfreunde des Verstorbenen waren. Sie erkannte die rote Mähne von Emilia Korte, die Arm in Arm mit einer anderen jungen Frau, wohl einer Kommilitonin aus Münster, mit gesenktem Kopf hinter dem Sarg herging. Mitleidig sah sie, wie Melanie Jansen verzweifelt versuchte, die Tränen zurückzuhalten, während Lina, die Großmutter stützend, sich ständig mit einem Taschentuch über die Augen wischte. Nur die ältere Schwester, Sophia, wirkte beherrscht und ruhig, ebenso wie ihr Vater, Thorsten Jansen. Pfarrer Niemann hatte tröstende Worte gefunden und die Hoffnung ausgesprochen, den Mörder bald von der irdischen Gerichtsbarkeit verurteilt zu sehen; wenn dies nicht der Fall sein sollte, vor dem himmlischen Richter habe er sich dereinst mit Sicherheit zu verantworten.

Als sich nach der Zeremonie die Besucher langsam zerstreuten, blieb Hanna noch ein Weilchen bei Liesbeth und Edith stehen für ein Schwätzchen.

„Ihr vergesst doch hoffentlich nicht unser morgiges Kaffeekränzchen bei mir", erinnerte Liesbeth ihre beiden Freundinnen an das bevorstehende Treffen.

In dieser Woche fand es turnusmäßig in dem schönen Haus der Nordings statt, das Liesbeth mit ihrem Mann und der Familie ihres Sohnes bewohnte. Ähnlich wie Hanna lebten die Nordings als Großfamilie zusammen; Liesbeth war mittlerweile schon vierfache Großmutter. In zwei Jahren konnten sie und ihr Mann Willhelm, von allen nur Willi genannt, der Liesbeth in Punkto Leibesfülle in nichts nachstand, schon ihre Goldene Hochzeit feiern. Hanna beneidete ihre Freundin manchmal darum, dass sie ihren Lebenspartner noch neben sich hatte, während ihr geliebter Klaus nun schon seit Jahren unter der Erde lag.

„Natürlich nicht", versicherte Edith Helmers ihrer Freundin. „Obwohl: Vor lauter Beerdigungen hat man ja kaum noch Zeit für so etwas", meinte sie in leichter Übertreibung.

Alle drei schmunzelten.

„Weiß man bei der Polizei schon etwas Neues, Hanna?", fragte Liesbeth. Man setzte voraus, dass Hanna über ihren Sohn automatisch über alles Bescheid wusste, was sich bei den Ermittlungen tat. Was nur teilweise der Fall war.

Hanna schüttelte den Kopf.

„Man weiß im Grunde nichts, weder über den Täter im Fall des armen Jungen, den wir gerade beerdigt haben, noch im Fall des Einbruchs bei Schuberts. Maik Schubert, auch ein junger Mensch, der viel zu früh sterben musste!" Missbilligend schüttelte Hanna den Kopf.

„Und du? Wie wir dich kennen, verfolgst du doch bestimmt schon wieder deine eigenen Spuren, stimmt's?", mutmaßte Edith nicht ohne Berechtigung.

Hanna lächelte geheimnisvoll. „Wer weiß, vielleicht? Deshalb muss ich jetzt auch weiter. Ich werde euch morgen alles erzählen."

Sprach's, sagte „Tschüss, ihr beiden!" und ließ ihre Freundinnen stehen, ohne sich um ihre verblüfften Gesichter zu kümmern.

Hanna hatte es eilig. Das Pfarrbüro in der Sevelter Straße schloss schon um 18:00 Uhr und sie wollte unbedingt noch mit einer der Pfarrsekretärinnen sprechen.

Die Pfarrsekretärin, die sie antraf, war eine schlanke, brünette Frau um die vierzig, deren Namen Hanna auf der St. Andreas-Homepage gefunden hatte. Sie sah ihr höflich lächelnd entgegen.

„Moin, Frau Feldkamp", grüßte Hanna freundlich. Sie trat an den Tresen und reichte der Frau die Hand. „Ich bin Hanna Morgenroth."

„Ach, Frau Morgenroth, Ihr Name ist mir bekannt. Ihr Sohn ist doch der Kommissar, der den Fall des armen Ole Jansen behandelt, der gerade beerdigt worden ist, nicht wahr?"

„Ja", antwortete Hanna erfreut. „Ich komme gerade von dort. Es waren sehr viele Menschen da."

„Das kann ich mir vorstellen. Die Bevölkerung hat ja großen Anteil genommen an dem Tod des jungen Mannes."

Hanna nickte. „Ja, das stimmt, wir sind eben doch eine kleine Stadt. Hier kümmert man sich noch umeinander. Deshalb bin ich jetzt auch hier, Frau Feldkamp."

„Ach ja? Was kann ich denn dazu tun?", fragte die Sekretärin erstaunt.

„Das muss ich ein bisschen näher erklären", begann Hanna. „Es ist so: Wir suchen nach dem Motiv für den Mord an Ole Jansen. Der Schlüssel dazu könnte darin liegen, dass Ole im Alter von etwa elf Jahren eine negative Erfahrungen gemacht hat, die sein Leben gravierend beeinflusst hat. Nach unseren Recherchen hat er diese Erfahrung wahrscheinlich während eines Aufenthaltes in einem Ferienzeltlager gemacht, das die Messdienerschaft der St. Andreas-Kirchengemeinde durchgeführt hat. Es geht um die Zeltlagerfreizeit im Jahre 2013, also vor zehn Jahren."

Die Sekretärin hatte ihr mit zunehmendem Interesse zugehört. „Ja, es stimmt, die Messdienerschaft führt dieses Zeltlager seit Jahren durch. Die Kinder sind immer begeistert davon."

„Ja, ich weiß. Dennoch deuten viele Hinweise darauf hin, dass für Ole das Zeltlager nicht nur positive Erlebnisse gebracht hat. Gibt es denn noch Unterlagen aus dem Jahr 2013?"

„Ich kann gerne mal überprüfen, ob es in unseren Aufzeichnungen noch Informationen aus dem Jahr gibt. Oft werden Zeitungsberichte oder Fotos aus dem Lager in unseren Pfarrnachrichten gesammelt."

„Das wäre super. Könnten Sie bitte einmal nachschauen?" Frau Feldkamp rückte ihre Brille zurecht und tippte einige Daten in ihren Computer ein. „Ja, hier haben wir das Archiv, ich schaue mal nach unter Messdienerschaft. Tatsächlich, hier sind Bilder aus dem Jahr 2013. Fotos von den Aktivitäten im Zeltlager. Wettbewerbe und Spiele."

„Aha", meinte Hanna. „Gibt es vielleicht auch noch eine Teilnehmerliste? Oder eine Liste der Betreuer?"

„Moment, ich schaue mal nach..." Die Sekretärin erwies sich als sehr hilfsbereit. „Normalerweise müssten zumindest die

Betreuer irgendwo namentlich genannt werden. Aber ich finde im Moment keine Listen, nur Fotos."

„Gibt es Fotos, auf dem alle Teilnehmer zu sehen sind?"

„Ja, hier habe ich eines. Warten Sie, ich werde es etwas vergrößern." Sie drehte den Monitor so, dass Hanna ihn sehen konnte.

„Ich möchte gerne mal nachsehen, ob der kleine Ole Jansen zu erkennen ist", sagte Hanna. Sie war stolz darauf, dass ihre Augen immer noch tadellos funktionierten, sodass sie keine Brille brauchte trotz ihres Alters. Sie betrachtete das Foto auf dem Computerbildschirm genau. Eine Gruppe von ungefähr dreißig Jungen und Mädchen hatte sich zum Fotografieren aufgestellt. Sie ging die Reihen der Kindergesichter durch. Fröhliche, lachende Gesichter, frisch und unbeschwert. Es dauerte nicht lange, da erkannte sie den kleinen Ole Jansen, so wie er auf dem Klassenfoto der 6. Klasse ausgesehen hatte. Ein blonder Haarschopf, ein rundes, niedliches Gesicht mit großen schönen Augen, auffallend ernst, ohne eine Spur von Lächeln.

„Wäre es möglich, dass Sie mir dieses Foto ausdrucken, Frau Feldkamp? Wenn es in der Zeitung gestanden hat, ist es ja öffentlich, sodass wir keine Datenschutzbedenken haben müssen."

„Selbstverständlich, Frau Morgenroth! Wenn es der Polizei bei den Ermittlungen hilft."

Wieder betätigte die Pfarrsekretärin einige Tasten auf der Computertastatur und schon fing der Drucker an, Geräusche von sich zu geben.

Geduldig warteten die beiden Frauen auf die Fertigstellung des Fotos.

„Da fällt mir ein", unterbrach die Sekretärin das Schweigen. „Soweit ich sehe, gibt es keine Teilnehmerlisten von damals

mehr. Aber ich kann Ihnen den Namen der damaligen Jugendbetreuerin der Gemeinde nennen, die auch die Aktivitäten
der Messdienerschaft betreut hat. Sie kann Ihnen vielleicht
noch mehr dazu sagen."

„Das wäre ausgesprochen hilfreich, Frau Feldkamp!"

„Die Frau ist jetzt verheiratet und hat drei kleine Kinder, sodass sie nicht mehr arbeitet im Moment. Sie heißt Sabrina König und wohnt hier im Cloppenburg im Musikerviertel. Die
Straße weiß ich leider nicht, aber bestimmt steht sie im Tele-
fonbuch." Die Pfarrsekretärin überreichte Hanna das inzwischen fertig gedruckte Foto.

„Vielen Dank, Frau Feldkamp. Ich glaube, Sie haben uns sehr
geholfen." Zufrieden mit der Ausbeute ihrer Recherche verabschiedete Hanna sich.

Als sie zu Hause die Haustür aufschloss, kam ihr der kleine
Nico entgegengelaufen und rief „Oma, Oma!"

„Na, mein kleiner Schatz?", sagte Hanna und nahm ihren
Enkelsohn auf den Arm. Er schlang seine Ärmchen um ihren
Hals und drückte sein Gesicht an ihre Wange. Hanna trug ihn
in die Küche, wo Inga gerade den Abendbrottisch deckte.

„Hallo Inga", begrüßte Hanna ihre Schwiegertochter.
„Thomas ist noch nicht da?"

„Nee, aber er müsste jeden Augenblick kommen."

Hanna streichelte Inga kurz über die Wange. „Wie war dein
Tag?", fragte sie.

„So wie immer. Warst du bei der Beerdigung?"

„Ja. Halb Cloppenburg war da." Hanna setzte den Kleinen in
seinen Kinderstühlchen. „Ich geh schnell nach oben, mich umziehen."

„Gut. wir essen in einer Viertelstunde. Es gibt Pasta mit ita-
lienischer Tomatensauce", sagte Inga. „Die magst du doch so
gerne."

„Toll, freu mich schon drauf."

Oben in ihrem Wohnzimmer nahm Hanna das gefaltete Foto aus der Tasche und betrachtete es. Wie ernst, ja, fast bedrückt der kleine Ole aussah! Ihr Blick glitt über die Reihen der Kinder. Am Rand standen zwei junge Erwachsene, wahrscheinlich die Betreuer. Hanna stutzte. Das war doch … ! Natürlich, das war er, so, wie sie ihn als Schüler in Erinnerung hatte, damals, im Abschlussjahrgang:

Maik Schubert!

28. Kapitel

Die Familie König wohnte in der Mozartstraße im Osten Cloppenburgs, zu der man über die Leharstaße gelangte, die entlang der Johann-Comenius-Oberschule führte. Hanna hatte sich telefonisch angekündigt und gefragt, ob sie vielleicht kurz vorbeikommen dürfe, es ginge um die Messdienerfahrten der St. Andreas-Kirchengemeinde. Sabrina König war zwar erstaunt gewesen, hatte aber zugestimmt; wahrscheinlich war sie neugierig, was es mit dieser Sache auf sich hatte.

Auf Hannas Klingeln öffnete eine mollige blonde Frau mit einem hübschen runden Gesicht die Tür des adretten 90er-Jahre-Einfamilienhauses. Sie trug ein vielleicht acht Monate altes Baby auf dem Arm, dessen ebenso rundes Gesicht eine verblüffende Ähnlichkeit mit dem seiner Mutter aufwies.

„Guten Morgen, Frau König!", begrüßte Hanna die junge Frau freundlich. „Ich bin Hanna Morgenroth. Wir haben eben miteinander telefoniert. Danke, dass Sie ein wenig Zeit für mich haben."

„Aber gerne!", antwortete Sabrina König lächelnd. „Sie ha-

ben mich neugierig gemacht. Bitte kommen Sie doch herein!"
Sie führte Hanna durch den Flur in das unaufgeräumte, aber gemütliche Wohnzimmer. In der Mitte stand ein rundes Laufställchen, in dem allerlei Spielzeug lag.

Hanna wandte sich dem Baby zu, das neugierig seine Händchen nach ihrem Gesicht ausstreckte und sie anlächelte.

„Mein Gott, wie süß!", sagte Hanna. „Das ist doch bestimmt ein Mädchen, sie sieht genauso aus wie Sie, Frau König."

Das Lächeln auf dem Gesicht der jungen Mutter vertiefte sich. „Ja, das ist unsere kleine Sarah. Jeder sagt, dass sie mir ähnlich sieht. Anders als ihre beiden Brüder, die kommen ganz nach ihrem Papa."

„Das ist anscheinend oft so, dass die Söhne mehr den Vätern ähneln. Mein Sohn sieht auch genauso aus, wie sein Vater ausgesehen hat. Und mein Enkelsohn wie mein Sohn."

Sabrina König wies auf die Couch. „Bitte nehmen Sie doch Platz, Frau Morgenroth."

„Danke!"

„Morgenroth - der Name kommt mir bekannt vor. Ist Ihr Sohn nicht bei der Kriminalpolizei?"

„Ja. Das stimmt. Und damit sind wir auch schon bei dem Grund, der mich hierher geführt hat."

Das Baby fing an, auf dem Arm seiner Mutter herumzuzappeln. Offensichtlich wollte es herunter. Sabrina setzte es in den Laufstall und drückte ihm ein Stofftier in die Hand.

„Jetzt bin ich aber wirklich neugierig, Frau Morgenroth. Was haben denn die Messdiener mit der Polizei zu tun?"

„Also, das ist so. Sie haben ja sicher von den Morden hier in der Stadt gehört?"

„Ja, natürlich. Die Zeitungen sind ja voll davon."

„Ja. Vor allem der Mord an dem jungen Jansen macht der Polizei zu schaffen, weil weit und breit kein Motiv zu sehen ist. Nun hat sich herausgestellt, dass eventuell ein Erlebnis eine Rolle spielen könnte, dass sich während des Ferienzeltlagers der Messdiener im Jahr 2013 ereignet hat. Ole Jansen hat an diesem Zeltlager teilgenommen. Ebenso übrigens auch Maik Schubert, das zweite Mordopfer." Hanna holte das Foto aus ihrer Handtasche. „Sie haben damals als Jugendbetreuerin bei der Organisation geholfen, erinnern Sie sich?"

Sie hielt der Frau das Foto hin. Sabrina nahm es und betrachtete es eingehend. „Ja", sagte sie dann, „ich erinnere mich. Einige von den Kindern erkenne ich wieder, nicht alle. Das ist ja schon zehn Jahre her."

„Erkennen Sie Ole Jansen? Erinnern Sie sich an den Jungen?"

„Ich erkenne ihn, ja. Er ist der kleine Blonde hier in der zweiten Reihe. Aber ich erinnere mich nur ganz vage an ihn. Er war wohl einer von den Unauffälligen."

„Ist in diesem Zeltlager etwas Besonderes passiert? Irgendetwas, was Ihnen im Gedächtnis geblieben ist?"

Langsam schüttelte Sabrina den Kopf, während sie überlegte. „Nicht, dass ich wüsste. Alle hatten ihren Spaß, es war alles wie immer. Allerdings war ich ja nicht permanent dabei, sondern nur hin und wieder. Meistens werde ich gerufen, wenn zum Beispiel ein Kind plötzlich Heimweh bekommt und nach Hause will. Oder wenn jemand krank geworden ist. Aber soweit ich mich erinnere, war das in dem Jahr nicht der Fall."

„Erinnern Sie sich an die Betreuer von damals? Die beiden, die am Rand der Gruppe stehen. Einer von Ihnen ist Maik Schubert." Hanna zeigte auf den Betreffenden. „Erkennen Sie ihn?"

„Ja, natürlich. Der arme Maik! Dass er auf diese schreckliche Weise ums Leben kommen musste."

„Wer ist der andere? Wissen Sie den Namen noch?"

„Warten Sie!"

Sabrina nahm das Foto noch einmal in die Hand und betrachtete es genau. „Ja, natürlich! Das ist Theo Sonntag. Er hat mehrere Male das Zeltlager organisiert und die Kids betreut. Er war sehr beliebt bei allen."

„Wissen Sie vielleicht, wo ich ihn finden kann?"

„Das kann ich Ihnen nicht sagen. Ich weiß nur, dass er zum Studieren weggegangen ist. Inzwischen müsste er mit seinem Studium aber schon fertig sein. Was er jetzt macht, weiß ich nicht, tut mir leid."

Die kleine Sarah fing an zu quengeln. Anscheinend wurde es ihr im Laufställchen zu langeilig. Ihre Mutter stand auf und nahm das Kind auf dem Arm.

Hanna erhob sich ebenfalls. „Vielen Dank, Frau König. Ich will Sie jetzt nicht länger aufhalten."

„Gern geschehen, Frau Morgenroth. Ich hoffe, ich konnte der Polizei ein wenig helfen."

„Ja, das haben Sie. Nochmals vielen Dank!"

Hanna verabschiedete sich.

In ihrem Auto sitzend, googelte sie in ihrem Handy den Namen Theo Sonntag. Sie fand mehrere Personen mit diesem Namen. Die meisten kamen nicht in Frage, aber es gab einen Theo Sonntag in der Nähe. Er war Unternehmensberater in Oldenburg. In seiner Homepage stand ein kurzer Lebenslauf: geboren in Cloppenburg, Abitur ebendort, Studium in Braunschweig, seit zwei Jahren selbstständiger Unternehmensberater in Oldenburg-Wechloy. Dazu die Büroadresse.

Hanna überlegte kurz, ob sie selber hinfahren sollte, aber dann entschloss sie sich, zuerst ihren Sohn in Kenntnis zu setzen.

29. Kapitel

Thomas Morgenroth stand am Fenster seines Büros und starrte auf die Bahnhofstraße und die Kastanienallee. Es herrschte lebhafter Verkehr: Schulbusse zwängten sich durch die enge Straße, PKWs versuchten, sich an den parkenden Autos vorbeizuschlängeln, viele Gymnasiasten und Berufsschüler waren auf Fahrrädern oder zu Fuß unterwegs.

Der Kommissar hatte schlechte Laune. Die Ermittlungen in den beiden Mordfällen stagnierten, auf seinem Schreibtisch häuften sich dagegen die lästigen Bagatellfälle, zu deren Bearbeitung er sich nicht aufraffen konnte. Zudem hatte Jan Hendrik Klüver ihm von der Krankheit seiner Frau erzählt, die er heute ins Krankenhaus gebracht hatte. Mein Gott, wie leid ihm seine beiden jungen Mitarbeiter taten! Schließlich verband ihn mit Jan Hendrik und Susanne nicht nur eine kollegiale Beziehung, sondern auch eine jahrelange persönliche Freundschaft. Er wagte gar nicht sich vorzustellen, was wäre, wenn Susanne tatsächlich an Krebs erkrankt sein sollte.

Als es klopfte, drehte er sich um. „Ja bitte!"

Seine Mutter trat ein. „Moin, mein Junge", sagte sie fröhlich und platzierte ein umfangreiches Kuchenpaket – er erkannte das Einwickelpapier der Bäckerei Nording – auf seinem Schreibtisch. Ein Besuch seiner Mutter war nichts Neues für Thomas; Hanna pflegte häufig einfach so in sein Büro hineinzuplatzen, gerne auch in Begleitung ihrer Enkel.

„Ich dachte, ich schau mal bei dir herein und frage, was es Neues gibt", verkündete sie munter. Sie wickelte das Paket aus. „Appetit auf ein zweites Frühstück? Hier, schau mal her, ganz frisches Baguette mit Schinken und Käse, Tomatenscheiben und Salatblättern. Hmm…!"

Thomas musste sich eingestehen, dass die Unterbrechung

ihm mehr als willkommen war. Ein Blick auf die appetitlichen Baguette-Brötchen trug nicht unerheblich dazu bei, seine Laune zu heben.

„Hallo Mama", sagte er und gab seiner Mutter einen Kuss auf die Wange. „Du sollst doch nicht immer einfach so hier hereinschneien", tadelte er sanft. „Willst du einen Kaffee?"

„Sehr gerne!" Kurze Zeit später saßen Mutter und Sohn friedlich beieinander, bissen von den knusprigen Brot ab und tranken den Kaffee, den der Kommissar in der kleinen Kaffeeecke seines Büros aufgebrüht hatte.

„Nun, was bringst du mir denn Neues, Mama? Ohne Grund bist du doch bestimmt nicht gekommen, wie ich dich kenne."

„Weißt du, Thomas, ich habe ja von Anfang an gesagt, dass ich glaube, die beiden Todesfälle haben etwas miteinander zu tun, und jetzt habe ich das gefunden, was die beiden verbindet, zumindest ein Indiz dafür."

„Tatsächlich?"

„Ich habe dir ja erzählt, dass die Professorin in Münster meinte, Ole Jansen habe unter einem Kindheitstrauma gelitten. Ich habe herausgefunden, dass es ein Erlebnis während seines Aufenthaltes in einem Messdienerzeltlager im Jahr 2013 gewesen sein muss, als er elf Jahre alt war."

„Wie kommst du denn darauf", fragte Thomas erstaunt.

„Also: Vorher war Ole ein fröhlicher, unbeschwerter Junge, danach ein überaus schwieriger, manchmal jähzorniger Jugendlicher, der später sogar kriminell wurde. In seiner Familie ist zu diesem Zeitpunkt und auch später nichts Außergewöhnliches zu finden. Deshalb muss etwas während dieses Ferienaufenthaltes passiert sein."

„Na gut, da ist was dran", gab Thomas zu. Die Erkenntnisse seiner Mutter deckten sich mit dem Bericht von Jens Hartmann über die Familie Jansen.

„Und weißt du, wer einer der Betreuer in diesem Zeltlager war?"

„Na sag schon! Wer?"

„Maik Schubert."

„Ach!" Der Kommissar konnte seine Überraschung nicht verbergen.

„Natürlich kann das ein Zufall gewesen sein, wirst du jetzt sagen", fuhr Hanna fort, „aber erinnerst du dich, wie ich mich gewundert habe, dass Maik auf der Beerdigung von Elfriede Maschewski war, obwohl er mit der Familie nichts zu tun hatte?"

„Hm", machte Thomas. „Auch das kann viele Gründe gehabt haben, Mama, das muss nichts bedeuten."

„Na gut, aber weißt du was? Mir ist eingefallen, an wen mich das Phantombild erinnert: an Maik Schubert."

„Worauf willst du mit alldem hinaus Mama?"

„Na, denk doch mal nach, Thomas! Wir suchen ein Motiv für den Mord an dem Jungen, nicht wahr? Es muss ein sehr starkes Motiv sein, weil der Mord so genau und effektiv geplant worden ist. Der Mörder muss sich durch Ole geradezu in seiner Existenz bedroht gefühlt haben."

Sie nahm ihre Finger zur Hilfe, um die einzelnen Punkte aufzulisten.

„Was wissen wir noch? 1. Der Mörder muss ein großer, kräftiger Mann gewesen sein. 2. Er muss sich hier in Cloppenburg ausgekannt haben, also ein Einheimischer sein. 3. Er muss Ole gekannt haben, muss in irgendeiner Beziehung zu ihm gestanden haben. Das alles trifft auf Maik Schubert zu. 4. Das Phantombild des Mannes, den Ole ein paar Tage vorher in der Diskothek getroffen hat, sieht Maik Schubert ähnlich. 5. Der Schuhabdruck, den ihr gefunden habt, könnte von ihm sein, da er groß und kräftig war. 6. Er war mit Ole zusammen zu einem Zeitpunkt, als der Junge ein traumatisches Erlebnis hatte. 7. Ole hat in seinem Tagebuch von jemandem gesprochen, den er hasst und an dem er sich rächen will."

Sie hielt inne und sah ihren Sohn erwartungsvoll an. „Was denkst du darüber, Thomas?"

„Versteh ich dich richtig, Mama, du denkst, dass Maik Schubert Ole im Zeltlager etwas angetan hat, wofür sich dieser zehn Jahre später an ihm rächen will? Und um das zu verhindern, hätte Maik Schubert ihn ermordet?"

Hanna nickte. „Genau das denke ich."

Er schüttelte den Kopf. „Und der Mord an Maik Schubert? Wie passt der in dieses Szenario? Das war ein spontane Tat, um zu verhindern, dass der Einbrecher gefasst wurde. Wir haben es hier also mit zwei verschiedenen Taten zu tun, die in keinem Zusammenhang stehen."

Hanna schwieg. Dann sagte sie: „Da hast du wohl recht. Es müssen noch andere Aspekte eine Rolle spielen. Trotzdem denke ich, dass ich mit der Sache im Zeltlager richtig liege. Du solltest dem nachgehen, Thomas. Wir müssen wissen, was damals vorgefallen ist. Vielleicht eine schlimme Mutprobe unter Jugendlichen? Oder Mobbing? Oder eine Misshandlung? Irgendetwas muss da geschehen sein."

„Aber wo soll ich da ansetzen? Nach zehn Jahren? Das sind alles nur Verdachtsmomente, allenfalls Indizien, aber keine Beweise. Und Maik Schubert ist tot, den können wir nicht mehr befragen", wandte Thomas ein.

„Ich habe ein Foto von damals, das du vielleicht brauchen kannst. Von der Messdienergruppe, die damals dabei war. Ole ist auch darauf zu sehen, und zwei Betreuer. Der eine ist Maik Schubert, der andere ist Theo Sonntag. Sonntag ist selbstständiger Unternehmensberater mit einem Büro in Oldenburg-Wechloy. Dieser Theo Sonntag kann dir vielleicht sagen, ob und was damals vorgefallen ist, was den kleinen Ole so traumatisiert hat. Er kann dir sicher auch noch mehr über die Persönlichkeit von Maik Schubert sagen. Was meinst du?"

„Erzählst du mir, woher du das Foto hast und wieso du das alles weißt, Mama?"

„Ich habe recherchiert, mein Junge. Das solltet ihr vielleicht auch tun", erwiderte seine Mutter ironisch. „Aber keine Sorge, das ist alles vollkommen rechtens."

Der Kommissar steckte den letzten Bissen seines Baguettes in den Mund. „Ich muss mir das alles durch den Kopf gehen lassen", sagte er kauend. „Immerhin ist es eine neue Spur."

Hanna trank ihren Kaffee aus und machte Anstalten, ihren Besuch zu beenden.

„Weißt du übrigens, dass Susanne Holtmann im Krankenhaus liegt?", fragte Thomas. „Eine Unterleibsoperation, hat Jan Hendrik gesagt."

„Ach nein!", entfuhr es Hanna. Sie kannte die Kollegen ihres Sohnes recht gut und hatte die engagierte junge Kommissarin besonders gern. „Hoffentlich nichts Ernstes?".

„Das weiß man noch nicht. Die Operation soll Klarheit bringen und das Schlimmste verhindern."

„Die Armen! Mein Gott, welche Ängste müssen Susanne und Jan Hendrik jetzt ausstehen! Hoffentlich geht alles gut. Auf jeden Fall werde ich Susanne bald besuchen."

„Ja, tu das. Sie wird sich sicher freuen."

Hanna räumte das Kuchenpapier zusammen und steckte es in ihre Handtasche. „Ich geh dann jetzt. Das Foto kannst du behalten."

„Mama?"

„Ja?"

„Vielen Dank! Womöglich hast du uns sehr geholfen", sagte Thomas. Hanna lächelte ihm zu. „Ich weiß, mein Junge".

30. Kapitel

Liesbeth Nording, Konditorin und Firmenchefin im Ruhestand, sah es als ihre Verpflichtung an, jedes Mal, wenn die Reihe an ihr war, ihre Freundinnen mit etwas Besonderem zu überraschen. Schließlich hatte sie ihre Berufsehre zu verteidigen. Was die Kunst des Backens betraf, waren Hanna und Edith ja nur begabte Amateurinnen, sie jedoch war gelernte Konditormeisterin. So geriet die Kaffeetafel, die sie alle drei Wochen vorbereitete, jedes Mal zu einem kunstvollen Event, mit dem sie ihre Freundinnen beeindruckte. Nicht nur, dass sie die neuesten Tortenkreationen und raffiniertesten Konfiserien präsentierte, sie schmückte ihre Tafel zudem mit den originellsten Dekorationsideen, gemäß ihres eher als etwas verspielt zu nennenden Geschmacks.

Diesmal waren die dominierenden Farben ihrer Kaffeetafel passend zum Frühling Gelb und Weiß, durchsetzt mit zartem Hellgrün und einigen orangefarbenen Tupfern. Ihr edles weißes Porzellan und das silberne Besteck trugen zu dem vornehmen Eindruck bei. Hanna und Edith oblag es, die kulinarischen Genüsse entsprechend zu würdigen und ausführlich zu loben, was die ohnehin rosigen Wangen ihrer Gastgeberin jedes Mal erglühen ließ.

Das Gespräch an diesem Mittwoch drehte sich natürlich um die immer noch ungeklärten Mordfälle. Hanna hatte einiges zu erzählen, und sie erntete entsprechendes Erstaunen, als sie von den Ergebnissen ihrer Besuche in Münster, im Pfarrbüro und bei der Jugendbetreuerin berichtete.

„Mein Gott, du bist wirklich eine richtige Miss Marple, Hanna", lobte Edith ihre Freundin und Liesbeth bestätigte diese Einschätzung mit einem kräftigen Nicken, während sie ausgiebig der exquisiten Baisertorte, die ihr diesmal besonders gut gelungen war, zusprach.

„Trotzdem", wandte Hanna ein, „es ist immer noch völlig unklar, was damals im Zeltlager geschehen ist. Ich hoffe, dass Thomas und seine Leute es herausfinden."

„Und du denkst wirklich, dass Maik Schubert der Mörder gewesen sein könnte, Hanna?", fragte Edith. „Ich kann das gar nicht glauben. Er war doch so ein anständiger, fast möchte ich sagen, gottesfürchtiger Mensch. Schon als Schüler – ich hatte ihn in Philosophie – erschien er mir als geistig sehr aufgeschlossen und reflektiert. Die ganze Familie Schubert ist absolut gläubig, richtig fromm, würde ich sagen."

„Ja", bestätigte Hanna. „Wenn ich an das große, wirklich beeindruckende Kruzifix im Wohnzimmer der Schuberts denke! Ungewöhnlich in der jetzigen Zeit, wo doch immer mehr Menschen der Kirche den Rücken kehren, schon wegen der Missbrauchsskandale."

„Und die Jörgens sind genauso überzeugt katholisch", meinte Liesbeth. „Der Vater ist im Kirchenvorstand aktiv, die Töchter engagieren sich in der Gemeindearbeit und Linda Jörgens ist bei allen sozialen Projekten dabei. Da soll der Schwiegersohn ein Mörder sein? Undenkbar!"

Allgemeine Zustimmung folgte ihren Worten.

Zu ihrem Leidwesen musste Hanna sich vorzeitig von ihren Kränzchenschwestern verabschieden, denn sie hatte sich vorgenommen, Susanne Holtmann im Krankenhaus zu besuchen.

Im Josephshospital fragte sie in der gynäkologischen Station nach dem Zimmer, in dem die Patientin Holtmann lag. Als sie die Tür zum Zimmer 3.01 öffnete, sah ihr in dem Bett am Fenster eine blasse, aber recht muntere Kommissarin entgegen.

„Frau Morgenroth! Wie nett, dass Sie mich besuchen kommen!", sagte Susanne zur Begrüßung. Mit den offenen Haaren und ungeschminkt sah die Kriminalbeamtin rührend jung aus, fand Hanna.

Sie legte den bunten Tulpenstrauß, den sie mitgebracht hatte, auf die Bettdecke, und ergriff die Hand, die die junge Frau ihr entgegenstreckte. „Susanne! Wie geht es Ihnen? Haben Sie alles gut überstanden?"

Susanne lächelte. „Ja, Gott sei Dank! Es ist alles gut verlaufen. Der Doktor sagte, man habe das verdächtige Gewebe vollständig entfernen können und es wird alles gut verheilen."

„Das freut mich zu hören, meine Liebe! Als mein Sohn mir davon erzählte, hatte ich ehrlich gesagt ein bisschen Angst, wissen Sie? Man stellt sich sofort alles Mögliche vor."

Die Kommissarin nickte. Sie war ernst geworden. „Ja, das kann man wohl sagen. Das ist mir auch so ergangen, Frau Morgenroth. Ich habe mich zuerst gar nicht getraut, mit Jan Hendrik darüber zu sprechen. Man will es einfach nicht wahrhaben."

„Das verstehe ich gut. Es ist nicht leicht, der Realität ins Auge zu sehen. Aber gut, dass Sie es geschafft haben, Susanne."

„Ja. Meine Ärztin hat immer wieder betont, dass es noch früh genug entdeckt worden ist und ich wieder ganz gesund werde." Sie senkte den Blick. „Auch weil wir uns noch Kinder wünschen, wissen Sie."

„Natürlich! Diese Krankheit kann plötzlich alles in Frage stellen, nicht wahr?"

Wieder nickte Susanne. Dann setzte sie sich auf und lächelte. Offensichtlich wollte sie nicht weiter über ihre Krankheit reden.

„Danke für die schönen Blumen! Ich werde die Schwester rufen, damit sie eine Vase bringt." Sie drückte auf den Knopf.

„Und nun erzählen Sie mir, was gibt es Neues, Frau Morgenroth? Waren Sie auf der Beerdigung von Ole Jansen, unserem Mordopfer?"

„Ja. Halb Cloppenburg war da. Die Familie des Jungen tut mir wirklich leid. Den einzigen Sohn auf diese schreckliche Art und Weise zu verlieren."

„Zu dumm, dass ich ausgerechnet jetzt außer Gefecht gesetzt bin", klagte die junge Kommissarin. „Jan Hendrik meint ja, ich müsse mich schonen. Dabei fühle ich mich schon wieder ganz gut."

„Nur nichts überstürzen, Susanne. Sicher stehen Sie noch unter Schmerzmitteln, die bewirken, dass Sie denken, alles wäre schon überstanden. Sie müssen sich erst wieder vollständig erholen von der Operation. Nehmen Sie sich ruhig ein wenig Zeit dafür. Thomas und seine Leute machen das schon. Außerdem haben Sie ja mich." Hanna zwinkerte bei den letzten Worten, um anzudeuten, dass sie es nicht ganz so ernst meinte.

Susanne nickte bestätigend. „Wenn ich daran denke, was Sie bei unseren letzten Mordfällen herausgefunden haben, Frau Morgenroth ... Ich bin sicher, Sie sind uns jetzt auch schon wieder ein paar Schritte voraus, stimmt`s?"

Hanna zierte sich. „Naja, ich habe Thomas ein, zwei kleine Tipps gegeben", gab sie zu.

„Aha! Wusste ich's doch! Heraus damit! Was wissen Sie mehr als wir?" Die Kommissarin setzte sich auf und sah Hanna voller Eifer und Neugier an, schon wieder ganz die engagierte Ermittlerin. Ihre Augen blitzten unternehmungslustig.

Hanna überlegte, ob sie die junge Frau mit ihren Überlegungen hinsichtlich der Beziehung zwischen Ole Jansen und Maik Schubert belasten durfte. Sie entschied sich dagegen. Susanne musste sich zuerst von dem Eingriff erholen.

„Später, Susanne", sagte sie. „Jetzt sollten Sie sich darauf konzentrieren, gesund zu werden."

„Ach kommen Sie, Frau Morgenroth! Ich denke doch sowieso pausenlos darüber nach. Geben Sie mir wenigstens einen kleinen Hinweis!"

Hanna seufzte. „Also gut. Ich habe herausgefunden, dass Ole Jansen mit Maik Schubert in Beziehung stand. Die beiden hatten vor zehn Jahren auf einem Messdienerzeltlager miteinander zu tun."

„Aha! Ich habe gleich gedacht, dass es kein Zufall ist, dass zwei Menschen auf diese Weise zu Tode kommen hier bei uns. Es muss einen Zusammenhang geben."

„Ja, das denke ich auch. Aber jetzt werden Sie erst einmal wieder richtig gesund, dann sehen wir weiter."

Es klopfte und Jan Hendrik trat durch die Tür. „Das trifft sich gut", sagte Hanna. „Ich muss sowieso gehen."

Sie verabschiedete sich von dem jungen Paar. Beim Hinausgehen dachte sie an Susannes letzte Bemerkung. Also war sie nicht allein mit ihrer Vermutung, dass das Zusammentreffen von zwei solchen außergewöhnlichen Ereignisse kein Zufall sein konnte.

31. Kapitel

Und wenn sie recht hätte, seine Mutter? Hauptkommissar Thomas Morgenroth rief seine engsten Mitarbeiter, Jan Hendrik Klüver und Jens Hartmann, in sein Büro und berichtete ihnen von dem Gespräch mit seiner Mutter.

Die beiden Jüngeren sahen sich nachdenklich an, nachdem sie aufmerksam zugehört hatten.

„Es wäre immerhin eine Möglichkeit", meinte Jan Hendrik. „Die Punkte, die deine kluge Mama genannt hat, sind nicht von der Hand zu weisen."

„Das ist richtig. Aber wie sollen wir das beweisen? Die Begegnung zwischen Ole und Maik liegt schon zehn Jahre zurück. Selbst wenn damals zwischen den beiden etwas Schwerwiegendes passiert wäre: Wo ist der Zusammenhang mit dem jetzigen Geschehen? Und wie passt der Einbruch bei den Schuberts und der Tod von Maik Schubert da hinein?"

„Lasst uns doch nochmal diese merkwürdigen Tagebuchnotizen anschauen", schlug Jens vor. Im Nu hatte er die entsprechenden Seiten aufgerufen und zeigte sie auf dem Whiteboard.

„Ich hasse ihn, ich hasse ihn, ich hasse ihn!"

„Ich weiß jetzt, er ist schuld! Schuld an allem! Was er mir angetan hat, werde ich ihm nie verzeihen! Oh, wie ich ihn hasse".

„Ich werde mich rächen, ja, das werde ich."

„Das wird ihn erschrecken. Ich stelle mir vor … Er soll leiden, so wie ich gelitten habe."

„Was ist schon Geld? Aber er muss es zahlen, zahlen, zahlen"

Die drei Kommissare betrachteten die Textzeilen mit gesteigerter Aufmerksamkeit.

„Dieses ständige ‚Ich hasse ihn' zeigt, dass Ole sich in einen extremen Hass gegen dieser Person hineingesteigert haben muss", sagte Jens.

„Das Wort ‚jetzt' finde ich wichtig", bemerkte Jan Hendrik. „Jens, wann genau wurde dieser Eintrag gemacht?"

„Augenblick, ich hab's gleich." Der Computerspezialist tippte mit atemberaubender Geschwindigkeit auf der Tastatur seines Laptops herum. „Das war am Sonntag, den 19. 03. Nach der Liste, die Frau Jansen mir über die Aufenthalte Oles hier in Cloppenburg gemacht hat, war er ab dem Wochenende hier in Cloppenburg."

„Das ist interessant", ergänzte, Thomas. „In der Nacht vom Samstag auf Sonntag wurde in der Stadtapotheke eingebrochen. Wie wissen, dass Ole diesen Einbruch verübt hat."

„Gut. Nehmen wir mal an, er hat an diesem Wochenende Maik Schubert irgendwo in der Stadt gesehen. Daraufhin hat er sein Kindheitserlebnis mit Maik im Zeltlager plötzlich in einem ganz neuen Licht gesehen. Das ‚Er ist schuld. Schuld an allem' weist darauf hin. Vielleicht hatte sein Psychologiestudium ihm die Augen geöffnet für die Zusammenhänge."

„Ja, genau!", stimmte Jens zu. ‚An allem' heißt wahrscheinlich auch an seiner Medikamentensucht, die ihn zum Einbrecher gemacht hat."

„Und an allem, was sonst noch in seiner Jugend schiefgelaufen ist", ergänzte Jan Hendrik.

„Und er wollte sich dafür rächen, das steht fest. Wie könnte diese Rache ausgesehen haben?", fragte Thomas. „Irgendeine Idee?"

„Er spricht ja von Geld und von ‚zahlen'. Wahrscheinlich hat er Geld gefordert für sein Schweigen", schlug Jens vor.

„Was meint er mit ‚Das soll ihn erschrecken'? Hat er vielleicht die Geldforderung gar nicht ernst gemeint? Wenn er sagt: ‚Was ist schon Geld', weist das doch darauf hin, dass es ihm nicht auf Geld ankam. Seine Rache sollte viel drastischer ausfallen. Er sagt ja ‚Er soll leiden, so wie ich gelitten habe'.

„Gut. Stellen wir uns einmal vor, Maik Schubert hat in dem Ferienlager den 11-jährigen Ole Jansen misshandelt oder, schlimmer noch, sexuell missbraucht, und Ole geht zur Polizei und zeigt Schubert an. Die Tat ist noch nicht verjährt, Maik Schubert würde angeklagt und verurteilt werden. Der Ruf der Familien Schubert und Jörgens wären ruiniert, und das bei ihrer gesellschaftlichen Stellung hier in Cloppenburg."

„Und hinzu kommt noch ihre Position in der katholischen Kirche hier vor Ort", fügte Jan Hendrik hinzu. „Wenn das kein Mordmotiv ist!"

Nachdenkliches Schweigen.

Jan Hendrik beugte sich vor und sah seine beiden Kollegen aufgeregt an. „Ich hab eine Idee. Was haltet ihr davon, wenn wir einen Psychologen zur Beratung hinzuziehen? Jemand, der sich mit den Auswirkungen von Misshandlungen und sexuellem Missbrauch auskennt und der uns sagen kann, ob wir mit unseren Vermutungen richtig liegen?"

„Das ist eine hervorragende Idee, Jan Hendrik!", lobte ihn sein Chef. „Ich weiß auch schon, wen: Dr. Rudolf vom Jugendamt. Er hat damals meine Mutter bei dem kleinen Mädchen, das nicht sprach, beraten, erinnerst ihr euch?" Thomas griff zum Telefon. „Am besten, ich rufe ihn gleich an und bitte ihn, hierherzukommen."

32. Kapitel

Dr. Reinhold Rudolf erinnerte sich gut an das kleine Mädchen, das durch ein psychisches Trauma seine Fähigkeit zu sprechen verloren hatte, und an Hanna Morgenroth, durch die es wieder gesund geworden war.

„Ich bin aber kein Profiler, wenn Sie darauf hinauswollen."

Der Kinder- und Jugendpsychologe saß im Büro des Hauptkommissars am Konferenztisch den Ermittlern gegenüber, legte seine Fingerspitzen gegeneinander und wartete ruhig auf die Fragen, die er beantworten sollte. An die sechzig, grauhaarig, mit gepflegtem Kinnbart und klugen grauen

Augen hinter einer schmalen randlosen Brille zeigte der Psychologe das typische Bild eines vertrauenerweckenden Fachmannes in allen Seelenangelegenheiten, fand Thomas Morgenroth.

„Wir möchten uns auch eher ein allgemeines Bild machen von den Folgen, die Gewalt, besonders sexuelle Gewalt für Kinder haben kann. Etwa für die Entwicklung im Jugendalter oder im frühen Erwachsenenalter. Gibt es vielleicht typische Verhaltensweisen? Oder charakteristische Merkmale, die auf ein entsprechendes Trauma hinweisen?"

„Hm, das kommt sehr darauf an, in welchem Alter der sexuelle Übergriff erfolgt ist, von welcher Intensität er war und über welchen Zeitraum er erfolgte. Können Sie dazu etwas genauer werden?"

„Nach allem, was wir wissen, geht es um einen Zeitraum von zwei Wochen. Über die Intensität wissen wir nichts, gehen aber davon aus, dass die Übergriffe gravierend waren. Das Alter des Jungen war elf Jahre."

„Aha. Das sind schon einmal wichtige Parameter. Das heißt, der Missbrauch fällt in den sensiblen Zeitraum der frühen Pubertät, wenn ein Junge anfängt, sich seiner sexuellen Identität bewusst zu werden. Missbrauch zu diesem Zeitpunkt kann natürlich weitreichende Folgen für die Entwicklung der Persönlichkeit haben."

„Welche könnten das sein? Können Sie uns Beispiele nennen?"

„Also, da gibt es eine ganze Reihe von möglichen Merkmalen. Da ist zunächst die Verpflichtung zum Schweigen, die das Kind in hohem Maße belastet. Meistens findet der Missbrauch in einem vertrauten, geschützten Raum statt, oft von Personen, denen das Opfer vertraut. Das Geschehene geheimhalten zu müssen, stellt eine große Belastung dar. Dazu kommen zumeist noch Schuldgefühle, etwa, das Geschehen nicht verhindert zu haben. Das ist besonders dann der Fall, wenn der Täter weniger auf Gewalt, sondern auf Verführung und Belohnung setzt. Findet das Ganze im Kontext der Kirche statt, kommt noch der Aspekt der Sünde hinzu. Bei den aktuell bekannt gewordenen Fällen in der Kirche war dieser Punkt oft besonders wichtig."

Der Hauptkommissar wechselte einen Blick mit seinen Mitarbeitern Jan Hendrik und Jens, die wie er dem Gespräch gespannt gefolgt waren.

„Wie zeigt sich das im Verhalten des Opfers? Etwa in seinem Benehmen seiner Familie gegenüber oder in seinem übrigen sozialen Umfeld?", fragte er.

„Die Symptome können sehr vielfältig sein, je nach Temperament und Charakter des Betroffenen. Manche Kinder werden extrem schüchtern, verschlossen, kapseln sich regelrecht ab. Oft leiden sie unter Alpträumen oder sonstigen Schlafstörungen. Andere werden aggressiv, neigen zu unkontrollierten Wutausbrüchen. Häufig gehen solche Symptome einher mit Schulschwierigkeiten, z. B. Konzentrationsschwäche, Antriebslosigkeit und so weiter und führen so zu einem allgemeinen Leistungsabfall."

Wieder wechselten die Kommissare bedeutungsvolle Blicke untereinander.

„Kann auch Drogensucht eine Rolle spielen?", fragte Jens Hartmann.

„Alkohol, Medikamente oder auch harte Drogen werden oft zur Linderung der eigentlichen Missbrauchsfolgen benutzt und führen dann zur Abhängigkeit, was wiederum zu neuen Problemen führt. Wenn keine grundlegende Therapie erfolgt, führt dies zu einem fatalen Kreislauf, der unter Umständen das Leben des Betroffenen vollkommen zerstört."

„In der Pubertät entwickelt sich normalerweise auch die sexuelle Identität des Heranwachsenden. Ist es nicht wahrscheinlich, dass insbesondere ein missbrauchter Junge Schwierigkeiten haben wird, in seine Rolle als Mann hineinzuwachsen?", fragte der Hauptkommissar.

„Ja, das liegt in der Natur der Sache. Ein vergewaltigter Junge erlebt sich in einer passiven, untergeordneten Rolle, ausgesetzt der Willkür des Täters. Ich gehe hier von einem Mann als Täter aus, da Frauen, wenn sie die Täterinnen sind, was sehr selten der Fall ist, aber auch vorkommt, mehr auf Verführung angelegt sind."

Der Hauptkommissar fasste das Gehörte zusammen.

„Das klingt alles sehr nach unserem Fall, Herr Doktor. Eines würde mich noch interessieren: Kann es sein, dass jemand, der all dies durchgemacht hat und der dann später als junger Erwachsener beispielsweise durch ein Psychologiestudium neue Erkenntnisse gewinnt über das, was mit ihm geschehen ist, auf die Idee kommt, sich an seinen Peiniger zu rächen?"

„Bewusst zu erkennen, dass man als hilfloses Kind auf diese skrupellose Art und Weise ausgebeutet worden ist, führt natürlich zu starken Wutgefühlen. Da diese aber häufig keinen Adressaten finden, verstärken sie die Hilflosigkeit und das Gefühl des Ausgeliefertseins und machen alles nur noch schlimmer."

„Wenn jedoch tatsächlich das Opfer dem Täter wiederbegegnet, wie wahrscheinlich ist es, dass er seinen Zorn und seine Wut versucht auszuleben?"

„Das kann ich beim besten Willen nicht sagen, dabei spielen zu viele unbekannte Faktoren eine Rolle. Ausschließen kann ich es aber auf keinen Fall."

Der Hauptkommissar stand auf zum Zeichen, dass die Besprechung zu Ende sei. Die anderen erhoben sich ebenfalls.

„Haben Sie vielen Dank, Herr Doktor! Ihre Ausführungen haben uns sehr geholfen." Er reichte dem Psychologen die Hand.

„Ich freue mich, wenn ich ein wenig zur Aufklärung Ihres Falles – ich nehme an, es geht um den Mord an dem jungen Jansen – beitragen konnte."

Er gab allen reihum die Hand und verließ den Raum.

Die drei Kommissare setzten sich wieder auf ihre Plätze. „Na, wenn das nicht eindeutig war, weiß ich es nicht", bemerkte Jan Hendrik. „Als hätte er Ole Jansen vor Augen gehabt."

„Okay!", sagte der Hauptkommissar. „Lasst mich das mal zusammenfassen: Wir haben bis jetzt nichts als Mutmaßungen und Spekulationen. Ein paar wirre Äußerungen auf dem Computer des Opfers, ein Foto, auf dem mit vielen anderen auch Ole Jansen und Maik Schubert zu sehen sind. Wir brauchen Beweise, Leute, Beweise!"

„Wie wäre es, wenn wir die Zeugin, die Ole mit einem Mann in dem Club gesehen hat, mit einem Foto von Maik Schubert konfrontieren? Wie hieß sie noch gleich?"

„Nina Wagner", half Jens aus. Er vergaß nie einen Namen.

„Gut. Bestellen wir Nina Wagner also ein und zeigen wir ihr verschiedene Fotos", entschied Thomas. „Kann natürlich sein, dass sie zwischenzeitlich schon eine Abbildung von Maik Schubert gesehen hat und ihn als Opfer des Einbrechers wiedererkennt. Dann wäre ihre Aussage wertlos."

„Nein, das kann eigentlich nicht sein", widersprach Jens. „Sie hat ihn nicht persönlich gekannt, und in der Presse gab es kein Foto von ihm, jedenfalls nicht in der örtlichen. Im Netz schon, allerdings mit Balken."

„Wir könnten als nächstes den Schuhabdruck, den Kollege Stör sichergestellt hat, mit den Schuhen von Schubert vergleichen. Das wäre ein Beweis, dass Schubert am Fundort der Leiche war, und zwar v o r der Beerdigung, denn der Abdruck wurde unter der Abdeckplane gefunden."

Jan Hendrik war schon auf dem Sprung.

„Außerdem sollten wir dem Hinweis meiner Mutter nach dem zweiten Betreuer des damaligen Zeltlagers nachgehen. Vielleicht weiß der ja etwas mehr über das, was möglicherweise vorgefallen ist", ergänzte Thomas.

Alle standen auf. Endlich konnten sie etwas unternehmen.

33. Kapitel

Das Büro des Unternehmensberaters Theo Sonntag in Oldenburg-Wechloy war über die A 28 und die Stadtautobahn Oldenburg gut zu erreichen. Es lag in einem neu erschlossenen Gewerbegebiet und war groß, hell und zweckmäßig eingerichtet. Theo Sonntag war ein mittelgroßer, fülliger Mann mit breitem Gesicht und beginnender Glatze. Er kam den Kriminalbeamten - Thomas hatte sich und Jan Hendrik telefonisch angekündigt - mit einem jovialen Lächeln entgegen, reichte ihnen die Hand und forderte sie auf, Platz zu nehmen.

„Darf ich Ihnen etwas anbieten, meine Herren? Kaffee, Tee etwas Kaltes?"

Die Kommissare verneinten. „Wir wollen Sie nicht lange aufhalten. Herr Sonntag, vielen Dank", sagte Thomas.

Der Unternehmensberater setzte sich hinter seinen großen, mit den neuesten Kommunikationsmitteln ausgestatteten Schreibtisch, faltete die Hände vor seinen Bauch und sah seine Besucher mit wachsamen Augen an.

„Wie kann ich denn der Kriminalpolizei nun helfen?"

„Es geht um den Mord an Ole Jansen, einem jungen Studenten aus Cloppenburg. Sie haben sicher davon gehört?"

„Ja, allerdings! Ich habe in der Nordwest Zeitung davon gelesen, eine furchtbare Geschichte, ganz unglaublich! So etwas in unserer Gegend!"

„Sie haben Ole Jansen als Jugendlichen gekannt, ist das richtig?"

„Ich? Nicht, dass ich wüsste." Auf dem rundlichen Gesicht Sonntags zeigte sich blankes Erstaunen.

„Ole Jansen hat im Alter von zehn und elf Jahren zwei Mal mit den Messdienern der St. Andreas-Gemeinde in Cloppenburg an den Zeltlager-Freizeiten teilgenommen. Unseres Wissens haben Sie als Betreuer diese Zeltlager begleitet, trifft das zu?"

„Ach, das meinen Sie! Ja, stimmt, ich habe damals die Messdiener betreut. Oh Gott, wie lange ist das schon her?"

„Erinnern Sie sich an den Sommer 2013? Es wäre sehr wichtig."

„Ja, jetzt weiß ich es wieder. Ich habe zwei oder drei solche Zeltlager mitorganisiert. Das muss … , warten Sie, das war in den Jahren 2011 bis 2013. Es hat den Kindern immer sehr viel Spaß gemacht."

„Es geht um das Jahr 2013. Ich habe hier ein Foto von der Gruppe. Wollen Sie es sich einmal ansehen?" Thomas stand auf und reichte dem Unternehmensberater das Bild, das er von Hanna erhalten hatte. Theo Sonntag nahm es und sah es sich genau an.

„Ach ja, jetzt erinnere ich mich. Ist Ole Jansen auch auf diesem Foto?"

„Ja. Erkennen Sie ihn?"

„Warten Sie, ich schau mal." Sonntag knipste die Schreibtischlampe an und hielt das Foto unter das Licht. „Ja, ich glaube, dieser kleine Junge, das ist Ole Jansen." Er zeigte auf das entsprechende Gesicht. „Das muss er sein, wenn ich mich nicht täusche."

„Erkennen Sie den Betreuer, der neben Ihnen auf dem Bild zu sehen ist?"

„Ja, das ist Maik Schubert." Er hob den Blick und sah die Kommissare bestürzt an. „Oh Gott, ich habe von Maiks Tod gelesen. Die Todesanzeige war in der Zeitung. Haben der Mord an Ole und der Tod Maiks etwas miteinander zu tun?"

„Das versuchen wir gerade herauszufinden, Herr Sonntag."

„Aber wie soll ich Ihnen dabei helfen können? Ich habe beide seit Jahren nicht mehr gesehen und weiß im Grunde nichts über sie."

„Im Sommer 2013: Ist irgendetwas Außergewöhnliches passiert in den zwei Wochen damals? Bitte versuchen Sie sich zu erinnern, Herr Sonntag."

Der Mann schüttelte nachdenklich den Kopf. „Ich weiß wirklich nicht …"

„Was haben Sie denn gemacht in der Zeit? Welche Spiele wurden gespielt, gab es Wettbewerbe oder so etwas, ist vielleicht jemand krank geworden, hat es Streit gegeben?"

„Jetzt, wo Sie es sagen, erinnere ich mich. Ein Kind hatte sich verletzt beim Bau einer Schutzhütte. Irgendwie hatte der Junge, ich weiß nicht mehr, wie er hieß, es geschafft, sich mit einem Beil, das zum Abhacken von Ästen und Zweigen gedacht gewesen war, in die Hand zu hacken. Wir haben die Wunde entsprechend versorgt. Es war weiter nicht schlimm."

„Und sonst?"

Der Unternehmensberater runzelte die Stirn, was seinem rundlichen Gesicht den Ausdruck eines bekümmerten Kindes gab.

„Also wenn ich mich recht erinnere, gab es in dem Jahr ein

unschönes Gerücht. Ein älterer Junge beschwerte sich bei mir, dass er und einige andere sich beim Duschen beobachtet fühlten. Die Jungen hätten sich unwohl gefühlt, wenn sie sich nach dem Sport umgezogen hätten. Aber Genaueres konnte niemand sagen."

Die Kriminalbeamten wechselten einen bedeutungsvollen Blick miteinander.

„Wissen Sie vielleicht den Namen des Jungen noch, der Ihnen das erzählt hat?"

Wieder schüttelte Sonntag den Kopf. „

„Es ist so lange her ... Vielleicht ... Bitte zeigen Sie mir das Foto noch einmal." Er vertiefte sich wieder in die Abbildung der Messdienergruppe. „„Hm," sinnierte er, während er die Reihen der Gesichter durchging. „Hier, ich glaube, das war der Junge. Wie hieß er doch gleich?"

Gespannt beobachteten die Kommissare die Bemühungen ihres Gegenübers, seine Erinnerung zu aktivieren. „Ah, jetzt weiß ich es wieder. Paul! Das war der Vorname. Paul Albers! Genau: Paul Albers. Er war einer von denen, die in jeder Gruppe sofort die Leitung übernehmen. Ein patenter Kerl."

„Sind Sie den Gerüchten, wie Sie es nennen, nicht weiter nachgegangen?", fragte Jan Hendrik. „Es hätte doch durchaus mehr dahinterstecken können, wenn ich mich nicht täusche."

Sonntag hob die Schultern. „Wie gesagt, keiner konnte konkret etwas sagen. Wir haben dann auch nichts weiter unternommen, Maik und ich."

„Apropos: Wie haben Sie sich denn mit Maik Schubert verstanden? Wenn man gemeinsam für eine Gruppe von Kindern verantwortlich ist, lernt man sich doch sicher gut kennen, oder?", fragte Thomas.

„Mit Maik? Wir verstanden uns gut. Er war etwas pedantisch, was die Disziplin und Ordnung im Lager anging. Und er bestand auch immer darauf, dass der christliche Aspekt nicht zu kurz kam. Immerhin waren es ja katholische Messdiener."

„Was heißt das konkret?"

„Na ja, er bestand darauf, dass die Morgen- und Abendrituale eingehalten wurden, das heißt, dass die entsprechenden Gebete ordentlich absolviert wurden und so etwas. Aber sonst war er ganz in Ordnung."

„Gibt es sonst noch etwas, was Sie uns über Maik Schubert oder Ole Jansen sagen können?"

Sonntag schüttelte den Kopf. „Nein, tut mir leid."

Die Kommissare standen auf. „Vielen Dank, Herr Sonntag! Wenn Ihnen noch etwas einfallen sollte, rufen Sie uns bitte an." Thomas überreichte dem Unternehmensberater die Karte der Polizeiinspektion Cloppenburg.

Sonntag erhob sich ebenfalls. „Ich hoffe, ich konnte Ihnen helfen", sagte er und begleitete die Beamten hinaus.

„Na, jedenfalls haben wir einen Namen. Da können wir einhaken", meinte Jan Hendrik, als Thomas und er ins Auto stiegen. „Vielleicht kann uns dieser Paul Albers weiterhelfen."

34. Kapitel

War die Beisetzung des jungen Jansen schon ein bemerkenswert gut besuchtes Ereignis gewesen, so stellte die Beerdigung Maik Schuberts ein richtiges Event dar. Der gesamte Friedhof war schwarz von Menschen und dies nicht nur wegen der traditionellen Trauerkleidung der Teilnehmer. Die Familien Schubert und Jörgens besaßen eine große Verwandtschaft, die von nah und fern angereist war. Der tragische Tod des jungen Schubert erregte außerdem die Anteilnahme der Nachbarn, Bekannten und Freunde in besonderem Maße. Ganz Cloppenburg war empört und entsetzt über das Verbrechen, dem der so vielversprechende junge Unternehmer zum Opfer gefallen war. Die sensationellen Umstände seines Todes gaben Anlass für alle Arten von Mutmaßungen und Spekulationen über den Einbrecher und Mörder. Die Beerdigung und die anschließende Kaffeetafel boten daher willkommene Gelegenheiten, sich über das Geschehen auszutauschen.

Als sich nach dem Ende der Zeremonie der Großteil der Besucher zerstreute, fiel Hanna ein hochgewachsener junger Mann auf, den sie nicht kannte. Er hielt sich auffällig abseits. Offensichtlich gehörte er weder zu den Verwandten noch zu den Freunden oder Bekannten der beiden Trauerfamilien. Nachdem alle Trauergäste an der Grabstelle vorbeidefiliert waren, trat der junge Mann an das Grab heran und blieb mit gesenktem Kopf eine Weile am Rand der Grube stehen. Wie es Hanna schien, hatte er Mühe, die Tränen zu unterdrücken.

Hanna wunderte sich. Wer konnte dieser unbekannte Mann sein, der so intensiv um Maik Schubert trauerte? Als der Trauernde sich schließlich von der Grabstelle entfernte, ging Hanna in einigem Abstand hinter ihm her. Offensichtlich hatte der Unbekannte nicht vor, den Angehörigen zur traditionellen Kaffeetafel zu folgen. Zielstrebig ging er die Kirchhofstraße entlang, an der langen Reihe der dort parkenden Autos vorbei, wohl, wie Hanna annahm, um zu seinem Fahrzeug zu gelangen. Hanna beschleunigte ihre Schritte, um ihn einzuholen. Ein schneller Blick auf das Nummernschild des Autos, neben dem der Fremde stehen blieb, um in seiner Jackentasche nach seinem Autoschlüssel zu suchen, sagte ihr, dass der Besucher aus Göttingen kam. Also war er ein ehemaliger Studienfreund Maiks, schlussfolgerte sie.

Freundlich lächelnd trat Hanna an den jungen Mann heran. „Entschuldigen Sie bitte!"

Der Angesprochene drehte sich zu ihr herum und sah sie erstaunt an. „Ja?"

„Verzeihen Sie, dass ich Sie einfach so anspreche. Sie kommen aus Göttingen? Sicher sind Sie ein Studienfreund des Verstorbenen? Mein herzliches Beileid!"

Sie streckte dem verblüfften Mann ihre Hand entgegen. Es blieb dem solcherart Überrumpelten nichts anderes übrig als sie zu ergreifen.

„Ja", antwortete er auf Hannas indirekte Frage. „Maik und ich haben zusammen studiert."

Hanna schenkte ihm ihr nettestes Großmutterlächeln. „Wie nett von Ihnen, den weiten Weg von Göttingen hierher auf sich zu nehmen, um Maik auf seinem letzten Weg zu begleiten." Sie drückte die Hand des Unbekannten noch einmal herzlich, bevor sie sie losließ. „Ich habe mich gar nicht vorgestellt, entschuldigen Sie bitte. Ich bin Hanna Morgenroth. Ich habe die Familie Schubert recht gut gekannt. Maik war ein Schüler von mir, als ich noch Lehrerin am hiesigen Gymnasium war."

„Ach ja? Dann haben Sie Maik schon als Jugendlichen gekannt?"

Hanna hatte wie beabsichtigt das Interesse des jungen Mannes geweckt.

„Ja. Die ganze Stadt ist entsetzt über das, was bei den Schuberts passiert ist. Sie haben ja gesehen, wie viele Menschen an der Beisetzung teilgenommen haben."

„Ja, wirklich!", bestätigte der junge Mann mit einem Blick auf die letzten Besucher, die sich langsam entfernten.

„Wollen Sie gar nicht an der Kaffeetafel teilnehmen, wo Sie doch von so weit hergereist sind?"

„Nein, nein", wehrte er ab. „Dazu kenne ich die Familie zu wenig."

Es hatte angefangen zu nieseln, und Hanna ließ ihren Knirps, den sie immer griffbereit hatte, aufspringen.

„Aber Sie können doch nicht ohne eine kleine Stärkung den weiten Weg zurückfahren. Kommen Sie, ich kenne ein Café ganz in der Nähe. Dort können wir in Ruhe eine Tasse Kaffee trinken, wenn Sie mögen. Und uns ein wenig über Maik unterhalten."

Unschlüssig sah sich der junge Mann um. Der Regen nässte seine dunklen Haare und er zog fröstelnd die Schultern hoch.

„Kommen Sie, Sie werden noch ganz nass!", drängte Hanna. Sie ergriff locker den Arm des jungen Mannes und hielt den Schirm über seinen Kopf.

„Also gut", willigte Maiks Studienfreund ein. Hanna hakte sich bei dem jungen Mann, der sie um Haupteslänge überragte, ein, damit sie beide unter dem Schirm Schutz vor dem stärker werdenden Regen fanden, und zusammen gingen sie in Richtung Innenstadt.

„Ich heiße übrigens Konstantin Ebersfeld", stellte sich der junge Mann etwas verspätet vor. „Ich habe einige Jahre lang zusammen mit Maik in Göttingen Philosophie und Theologie studiert."

„Ach, das ist ja interessant! Ich dachte, Maik sei Informatiker geworden."

„Ja, Informatik hat er schließlich zu seinem Beruf gemacht. Aber eigentlich waren die Geisteswissenschaften seine Leidenschaft."

„Was Sie nicht sagen! Genauso habe ich Maik während seiner Schulzeit in Erinnerung!"

Solcherart plaudernd waren Hanna und ihr neuer Bekannter, Konstantin Ebersfeld, in dem Café an der Langen Straße angekommen, in dem sie aufatmend an einem freien Tisch im hinteren Bereich Platz nahmen. Nachdem sie Kaffee und Kuchen bestellt hatten, entspannte sich Konstantin Ebersfeld zusehends.

„Sie sind natürlich mein Gast, nachdem ich Sie ja geradezu auf der Straße gekidnappt habe", bestimmte Hanna und wischte jeden Protest beiseite. „Als Studierender muss man heutzutage sicher mit jedem Euro haushalten, oder?"

Konstantin Ebersfeld nickte und bedankte sich und sprach sodann dem Apfelkuchen mit Sahne kräftig zu. Offensichtlich lag seine letzte Mahlzeit schon einige Stunden zurück.

Hanna musterte ihr Gegenüber unauffällig, während sie vorsichtig den heißen Kaffee trank. Etwas an dem jungen, glattrasierten Gesicht unter den welligen dunkelblonden Haaren, die nach der aktuellen Mode an den Seiten kurzgeschnitten waren, und, mehr noch, an der Körperhaltung des jungen Mannes ließ sie stutzig werden. Es ging etwas Jungenhaftes, fast Feminines von Konstantin Ebersfeld aus, fand sie.

„Wissen Sie", setzte sie die Unterhaltung im Plauderton fort, „der Tod des armen Maik hat die ganze Stadt erschüttert. Man hat immer noch keine Spur von dem Einbrecher, der ihn auf dem Gewissen hat. Mein Sohn ist bei der Kriminalpolizei, deshalb weiß ich das."

„Ach ja?" Konstantin Ebersfeld horchte auf. „Wie ist das Ganze denn überhaupt passiert? Ich weiß nur das, was im Netz steht."

„Ja, also: Das Ehepaar ist nachts durch ein Geräusch wachgeworden und als Maik nachsehen wollte, hat er einen Einbrecher überrascht. Er wollte die Polizei rufen, aber das hat der Verbrecher verhindert, indem er ihn niedergeschlagen hat. Der Schlag war tödlich."

„Und man hat immer noch keine Spur von dem Täter? Gibt

es denn keine Fingerabdrücke oder sowas? Oder die Tatwaffe? Man sieht das doch immer im Fernsehen in den Krimis."

„Nein, leider nicht", sagte Hanna. „Aber natürlich tut die Polizei alles, um den Täter zu fassen."

Eine Pause entstand. Im Gesicht des jungen Mannes arbeitete es. Er versuchte offensichtlich, seine Emotionen unter Kontrolle zu bekommen. Der Tod seines Freundes ging ihm anscheinend sehr nahe. Hanna sah den Schmerz in den ausdrucksvollen Augen ihres Gastes. Sie legte ihre Hand kurz auf seine und drückte sie tröstend.

„Sie haben ihn sehr geliebt, nicht wahr?", sagte sie mit weicher Stimme. Ein fragender Blick aus den Augen ihres Gegenübers traf sie, als wolle er prüfen, ob er ihr gegenüber offen sein konnte, dann zeigte sich ein wehmütiges Lächeln auf dem Gesicht des Mannes. „Ja, wir haben uns geliebt, Maik und ich."

Hanna schwieg eine Weile nach diesem Geständnis. Sie fühlte sich in ihrer Vermutung bestätigt, obwohl manches immer noch unklar und unlogisch erschien.

„Verzeihen Sie, wenn ich zu persönlich werde, Herr Ebersfeld. Aber wenn Sie ein Paar waren, wieso hat Maik dann vor anderthalb Jahren geheiratet?"

Maximilian Ebersfeld schob den leeren Kuchenteller von sich und lehnte sich zurück.

„Das ist eine lange Geschichte, Frau … Verzeihung! Wie war noch gleich Ihr Name?"

„Morgenroth. Hanna Morgenroth."

„Also Frau Morgenroth. Wir kennen uns zwar erst seit ein paar Minuten, aber wenn Sie wollen, erzähle ich sie Ihnen. Jetzt, wo Maik tot ist, ist mir sowieso alles egal."

„Ich höre Ihnen gerne zu, Herr Ebersfeld", sagte Hanna.

„Ich erinnere mich genau an den Tag vor zwei Jahren ...", begann Konstantin Ebersfeld.

Maik Schubert hatte seine Koffer aufs Bett gelegt und geöffnet und legte nun ein Kleidungsstück nach dem anderen hinein, ordentlich gestapelt und gefaltet. Sogar beim Kofferpacken muss alles korrekt sein, dachte Konstantin Ebersfeld erschüttert. Es hatte sich in den kleinen Sessel fallen lassen, der neben dem großen französischen Bett stand, und sah zu, wie Maik, sein über alles geliebter Maik, sich darauf vorbereitete, aus seinem Leben zu verschwinden. Er, Konstantin, hatte keine Kraft mehr, sich dem zu widersetzen.

Seit zwei Wochen, seit dem Tag, an dem Maik den endgültigen Entschluss gefasst hatte, in seine Heimatstadt zurückzukehren, führten sie die Diskussion darüber, ob seine Entscheidung richtig oder falsch war.

Konstantin war müde. Alle Argumente, die er vorgebracht hatte, waren von Maik entkräftet worden.

Er hatte sich entschieden. Entschieden für ein bürgerliches Leben, für eine glänzende berufliche Zukunft, für eine konventionelle Ehe und Kinder, für eine Stellung in der kleinstädtischen Gemeinschaft und, nicht zuletzt, für einen Platz im Schoße der katholischen Kirche.

Das bedeutete aber gleichzeitig, dass er sich entschieden hatte: gegen seine sexuelle Bestimmung, gegen seine Liebe, gegen ein erfülltes Leben in einer ehrlichen, echten Beziehung mit ihm, Konstantin.

Er könnte nicht anders, hatte Maik immer wieder gesagt, er hätte nicht die Kraft, gegen jede Konvention zu leben, er bräuchte die Anerkennung, den Rückhalt, die Kraft der Familie, die Geborgenheit in der Gemeinschaft. Er könnte nicht permanent in Sünde leben, seine Liebe zu Gott und zur Kirche ließe ihm keine andere Möglichkeit.

Hilflos sah Konstantin zu, wie Maik den Koffer schloss, wie er sich umschaute, ob er auch nichts vergessen hatte, wie er dann seine Jacke anzog, die Brieftasche und sein Handy einsteckte und den Koffer sowie die zwei Reisetaschen, die er schon vorher gepackt hatte, in die Diele transportierte.

Er dachte an die Zeit zurück, die er mit Maik verbracht hatte. Zuerst waren sie sich in den Theologieseminaren begegnet, hatten die schwierigsten philosophischen Probleme diskutiert, über die Notwendigkeit Gottes nachgedacht, versucht, das Theodizeeproblem zu lösen, den Sinn des Lebens zu finden. Sie hatten eine geistige Nähe zueinander gefunden, die über eine normale Freundschaft weit hinausging. Dann war aus der geistigen Nähe auch eine körperliche entstanden. Sie zogen in eine gemeinsame Wohnung, bildeten nach außen hin eine Wohngemeinschaft. Maik bestand darauf, sowohl ihrer beider Homosexualität als auch ihre Beziehung geheim zu halten. Konstantin hatte dem zugestimmt, weil Maik sonst die Beziehung zu ihm beendet hätte. Er liebte ihn über alles und er hätte nie etwas getan, was Maik dazu veranlasst hätte, sich von ihm zu trennen.

Mühsam, als ob er ein Tonnengewicht zu tragen hätte, stand Konstantin auf und folgte seinem Geliebten in den Flur. Er trat an Maik heran, der die Türklinke schon in der Hand hatte, und umarmte ihn. Ihm war, als müsse ihm das Herz brechen. Gleich, in einer Minute, würde Maik gegangen sein. Er konnte seine Tränen nicht zurückhalten.

„Du kannst jederzeit wieder zu mir zurückkommen, wenn du eingesehen hast, dass du mit dieser Frau nie glücklich werden wirst", flüsterte er mit tränenerstickter Stimme.

„Bitte, Conni, mach es mir nicht schwerer als es ohnehin schon ist." Maik löste die Arme seines Freundes von seinem

Nacken, schob ihn sanft zurück, öffnete die Tür und ging hinaus.

Konstantin sah ihm hinterher, wie er mit dem schweren Koffer und den Reisetaschen zum Fahrstuhl ging. Maik schaute sich nicht um. Konstantin schloss langsam die Tür.

Konstantin Ebersfeld hatte seine Erzählung beendet. Resigniert lächelnd sah er Hanna an.

„Das ist die ganze traurige Geschichte", sagte er. „Für Maik war das konventionelle Leben wichtiger als unsere Liebe. Was sagt uns das über die so viel gerühmte Akzeptanz des Schwulseins in unserer Gesellschaft: Ein Mann wie Maik Schubert bringt es nicht über sich, sich zu outen. Lieber lebt er ein falsches Leben."

Die Bitterkeit in seiner Stimme erschütterte Hanna zutiefst.

„Übrigens: Maik ist seit dieser Trennung doch immer wieder zu mir zurückgekommen für ein oder zwei Tage, auch als er schon verheiratet war. Sein bürgerliches Leben war nur eine Fassade."

„Danke, dass Sie mir das alles erzählt haben, Herr Ebersfeld."

„Ich danke Ihnen, dass Sie so geduldig zugehört haben. Es hat richtig gutgetan, sich das Ganze einmal von der Seele zu reden."

Er stand auf. „Nun muss ich aber gehen. Ich habe noch einen weiten Weg vor mir. Vielen Dank für die Einladung, Frau Morgenroth."

Er verließ das Café und ließ eine nachdenkliche Hanna Morgenroth zurück.

35. Kapitel

Einen etwas 23 oder 24 Jahre alten Cloppenburger namens Paul Albers ausfindig zu machen, war für einen Polizisten eine Kleinigkeit. Paul Albers' Eltern wohnten im Singvogelviertel, einem Stadtbezirk, in dem in den 2010er Jahren viele schöne Ein- und Zweifamilienhäuser gebaut worden waren. Nachdem die Kommissare endlich eine Parkmöglichkeit in der verwinkelten verkehrsberuhigten Siedlung gefunden hatten und an der Haustür klingelten, öffnete ihnen ein gut trainierter junger Mann im Achselshirt mit an den Seiten rasierten blondiertem Haarschopf, zahlreichen Tattoos auf den muskulösen Armen und Piercings in beiden Ohren.

„Ja?", fragte er misstrauisch.

Die Beamten zeigten ihre Ausweise und Thomas stellte sich und seinen Kollegen vor.

„Sind Sie Paul Albers?"

„Ja". Der junge Mann musterte die Ausweise skeptisch. „Was will denn die Kriminalpolizei von mir?"

„Dürfen wir vielleicht hereinkommen, Herr Albers. Drinnen spricht es sich besser."

Zögernd trat der junge Mann einen Schritt zurück, sodass die Kommissare eintreten konnten. „Meine Eltern sind aber nicht zu Hause, arbeiten", bemerkte er.

„Das macht nichts. Wir wollen mit Ihnen sprechen."

„Ach ja? Worum geht es denn überhaupt?"

„Wir ermitteln im Fall Ole Jansen. Sie haben ihn gekannt, ist das richtig?"

„Der letzte Woche ermordet worden ist? Ja, aber was habe ich damit zu tun?"

Der junge Mann wurde langsam unruhig, stellte Thomas fest. Unaufgefordert setzten sich die Beamten auf die Couch im Wohnzimmer. Paul Albers blieb stehen. Offensichtlich hatte er keine Lust auf eine längere Unterhaltung.

„Erinnern Sie sich, mit Ole zusammen in einem Messdiener-Zeltlager gewesen zu sein, als Sie etwa dreizehn oder vierzehn Jahre alt waren?", fragte Thomas.

„Ach das! Ich erinnere mich gut an die Zeltlager. Wir hatten immer viel Spaß."

Er ließ sich breitbeinig in einen Sessel fallen. „Aber an Ole habe ich kaum eine Erinnerung. Er war ein kleiner blonder Kerl, eher unauffällig, wenn ich das richtig weiß."

„Wir haben mit Ihrem damaligen Betreuer gesprochen, Theo Sonntag. Er war zusammen mit Maik Schubert damals verantwortlich für die Kinder, stimmt das?"

„Ja, natürlich! Jetzt weiß ich es wieder."

„Gab es etwas Besonderes in dem besagten Jahr 2013?"

„War da nicht ein Junge, der sich die Hand verletzt hatte mit einem Messer oder einem Beil?"

„Ja, das wissen wir. Und sonst?"

Der junge Mann musterte die Kriminalbeamten wachsam.

„Was hat Theo Ihnen denn erzählt?", fragte er argwöhnisch.

„Gegenfrage: Was können Sie uns erzählen?", konterte Jan Hendrik.

Paul Albers wechselte die Körperhaltung. „Ich denke, ich weiß, worauf Sie hinauswollen. Ja, ich habe mich bei Theo beschwert. Einige der kleineren Jungen hatten mir gesagt, dass sie sich bedrängt fühlten. Bei Duschen hätten sie gemerkt, dass jemand sie beobachtete."

„Jemand?"

„Na ja, ich wusste nicht, was ich davon halten sollte. Aber

mir war auch aufgefallen, dass Maik Schubert oft in die Duschen kam, wenn wir dort waren. Oder dass er abends durch die Zelte ging, wenn die kleineren Jungs schlafen sollten und ihre Schlafsäcke zurechtzog. Ein Junge sagte mir, dass er es nicht mochte, wenn Maik ihm half, das Sportzeug anzuziehen, weil er ihn dann immer so komisch anfasste."

Die Kommissare sahen sich an.

„Ist Ihnen nicht klargewesen, dass es sich dabei um sexuelle Übergriffe handelte?"

„Ich war damals noch zu doof, um das zu schnallen. Aber ich habe Theo davon erzählt. Er meinte, die Jungs bildeten sich das sicher bloß ein. Maik würde niemals etwas Unrechtes tun." Er grinste plötzlich bei der Erinnerung. „‚Der heilige Maik' haben wir ihn damals genannt, weil er so viel betete." Er wurde wieder ernst. „Ich habe damals nicht weiter nachgefragt. Es war mir sowieso alles schon schrecklich peinlich."

Wieder wechselten die Kommissare einen Blick miteinander.

„Ich denke, das war's schon. Vielen Dank, Herr Albers."

Sie verabschiedeten sich.

„Denkst du, was ich denke?", fragte Jan Hendrik seinen Chef, als sie sich auf dem Heimweg in die Polizeiinspektion befanden.

„Ich denke, der kleine Ole Jansen ist im Jahr 2013 von dem damals 20-jährigen Maik Schubert sexuell missbraucht, wahrscheinlich sogar vergewaltigt worden. Wenn das so ist, haben wir die Erklärung für die auffällige Veränderung, die mit dem Jungen in dem Alter vorgegangen ist. Und für sein Bedürfnis, sich an Maik Schubert zu rächen", sagte der Hauptkommissar.

36. Kapitel

Am späten Nachmittag saßen die drei Kommissare beieinander und berieten ihre weitere Vorgehensweise. Am Abend stand eine Pressekonferenz an, die die Staatsanwältin Frau Dr. Engelbrecht anberaumt hatte. Die Öffentlichkeit erwartete endlich Ergebnisse.

Es klopfte. Erstaunt sahen sich die Ermittler an. „Herein!" rief Thomas.

Hanna trat ein.

„Hallo Mutter!" Thomas seufzte resigniert. „Was führt dich denn schon wieder hierher?"

„Moin, Jan Hendrik, moin, Jens", sagte Hanna und setzte sich aufatmend auf einen Stuhl. „Ich komme gerade von der Beerdigung von Maik Schubert. Ihr ratet nie, wen ich da getroffen habe."

„Na, ich denke, halb Cloppenburg wird dagewesen sein. Du kannst alle möglichen Leute getroffen haben, Mama."

„Also, ihr kommt sowieso nicht drauf. Es war ein ehemaliger Studienkollege von Maik Schubert aus Göttingen. Er war den weiten Weg aus Göttingen extra hierhergekommen, um an der Beerdigung teilzunehmen. Ich habe mit ihm Kaffee getrunken und ein wenig geplaudert. Ein netter Kerl, sehr sympathisch."

„Und deswegen kommst du extra hierher und störst uns bei der Arbeit?"

„Natürlich nicht. Nun warte doch ab, Thomas, nicht so ungeduldig."

Sie setzte sich zurecht, blickte von einem zum anderen und erzählte. Sie schilderte, was ihr an dem jungen Mann aufgefallen war, wie sie ihn angesprochen hatte und zum Café mit genommen hatte. Als ihr Sohn anfing, ungeduldig die Augen zu verdrehen, fasste sie die Unterhaltung, die sie mit dem Göttinger geführt hatte, mit ein paar Sätzen zusammen und kam zur Pointe. „Konstantin Ebersfeld ist schwul und er und Maik Schubert waren mehrere Jahre lang ein Paar. Auch während seiner Ehe unterhielt Maik Schubert dieses Verhältnis weiter." Beifall heischend blickte sie in die Runde.

Die Kommissare sahen gar nicht so überrascht aus, wie Hanna erwartet hatte.

„Und? Was sagt ihr dazu?"

„Mama, das ist genau das, was jetzt noch gefehlt hat. Du hattest von Anfang an recht. Alle Indizien sprechen dafür, dass Maik Schubert, der damals als junger Erwachsener wohl keine andere Möglichkeit sah, seine Homosexualität auszuleben als mit Jungen, den kleinen Ole Jansen in dem Ferienlager schwer sexuell missbraucht hat. Wahrscheinlich hat Ole Jansen ihn erpresst und gedroht, alles auffliegen zu lassen, und um das zu verhindern, hat Maik Schubert ihn umgebracht. So muss es gewesen sein."

Seine Mitarbeiter nickten. „Ja, aber wie das beweisen?", fragte Jens.

„Fangen wir doch damit an, dass wir Nina Wagner das Foto von Mail Schubert zeigen. Wenn sie ihn als den Mann identifiziert, der mit Ole Jansen in der Diskothek gesprochen hat, haben wir den Beweis, dass die beiden aktuell Kontakt hatten", schlug Jan Hendrik vor.

„Das ist eine gute Idee", meinte Hanna. „Mir kam das Gesicht auf dem Phantombild die ganze Zeit schon so bekannt vor, und ja, es erinnert mich eindeutig an Maik Schubert."

„Also gut, holen wir Nina Wagner her. Und du, Mutter, geh bitte wieder nach Hause und lass uns unsere Arbeit machen."

Zu gerne hätte Hanna weiter an den Aktivitäten der Ermittler teilgenommen, aber sie sah ein, dass das nicht ging.

„Übrigens", sagte sie beim Hinausgehen, „wenn wir recht haben und Maik tatsächlich der Mörder ist, erklärt das auch seine Anwesenheit auf dem Friedhof, als die Leiche gefunden wurde. Er wollte sich vergewissern, dass die geplante Beerdigung von Frau Maschewski so vonstattenging wie vorgesehen. Er muss ganz schön in Panik geraten sein, als die Leiche entdeckt wurde und er feststellen musste, dass sein perfider Plan nicht aufgegangen war." „Tschüss, Mama!", sagte Thomas und schob seine Mutter hinaus.

Nina Wagner rutschte nervös auf ihrem Stuhl hin und her. Obwohl es nun schon das zweite Mal war, hatte sie sich anscheinend noch nicht daran gewöhnt, mit dem Polizeiauto aus ihrer Wohnung geholt und zur Polizeiinspektion gefahren zu werden. Der junge Kommissar, Jens Hartmann oder so, Nina, hatte den Namen schon wieder vergessen, hatte kaum gesprochen auf der Herfahrt. Wahrscheinlich war er schüchtern, ein typischer Computernerd, dachte Nina, aber eigentlich ganz sympathisch. Sie solle bitte einen Moment warten, hatte er gesagt.

Sie schrak zusammen, als sich nach einer Weile die Tür öffnete und der junge Kommissar mit einem etwas älteren Kollegen herein kam. Der Ältere reichte ihr die Hand und sagte: „Guten Tag, Frau Wagner, danke, dass Sie Zeit für uns haben. Ich bin Hauptkommissar Thomas Morgenroth. Ich leite die Ermittlungen im Fall Ole Jansen. Wir befragen Sie als Zeugin."

Seine Einleitung war nicht dazu angetan, Ninas Nervosität zu mindern. „Aber ich weiß gar nichts … Ich habe doch nichts gesehen. Was soll ich denn bezeugen können?"

Die Beamten setzten sich ihr gegenüber an den Tisch. Der Hauptkommissar lächelte sie an. „Sie brauchen keine Angst zu haben, Frau Wagner. Sie haben uns mit dem Phantombild schon sehr geholfen. Nun haben wir jemanden gefunden, der vielleicht der Mann ist, den Sie in der Diskothek gesehen haben. Es wäre hilfreich, wenn Sie diesen Mann identifizieren könnten."

Oh Gott, dachte Nina, sollte das etwa solch eine Gegenüberstellung werden, wo sie hinter einer Glasscheibe stand, im Nebenraum fünf oder sechs Männer, und sie sollte den heraussuchen, den sie gesehen hatte? Ninas Nervosität stieg um einige Grade an. „Oje!", entfuhr es ihr. „Ich habe den Mann doch nur ganz kurz gesehen und das bei dem schlechten Licht in der Disko. Ich weiß nicht, ob ich das kann." Mit einer hektischen Bewegung strich sie sich immer wieder die langen Haare hinters Ohr. Sie fühlte sich überfordert. Außerdem hatte sie ihre Erkältung noch nicht auskuriert. Sie kramte ein Papiertaschentuch aus ihrer Handtasche und putzte sich ausgiebig die Nase.

Thomas fand, dass seine Zeugin recht blass und müde aussah. Es schien ihr gesundheitlich nicht gut zu gehen. Aber darauf konnte er im Moment keine Rücksicht nehmen.

„Vorweg eine Frage: Haben Sie Ole Jansen oder Maik Schubert persönlich gekannt?"

„Nein, ich habe die beiden nicht gekannt. Ich habe nur im Netz etwas über die Mordfälle gelesen. Und ich habe das Foto gesehen, dass Ihr Kollege mir von dem Ermordeten vom Friedhof gezeigt hat."

„Gut. Wir werden Ihnen jetzt eine Reihe von Fotos zeigen und Sie sagen uns, ob derjenige, den Sie in der Disko gesehen haben, dabei ist."

„Aber ich habe den Mann doch kaum gesehen …", wiederholte Nina verzagt.

„Keine Sorge. Wenn Sie niemanden erkennen, ist das auch

in Ordnung, Frau Wagner."

Jens Hartmann breitete eine Reihe von Fotografien auf der Tischplatte aus. Es waren postkartengroße Porträtfotos von Straftätern, die als Einbrecher einschlägig vorbestraft waren. Im Zuge der Ermittlungen wegen des Einbruchs waren diese Männer überprüft worden, ohne Ergebnis. Jetzt dienten sie als Vergleichsbilder, um eine stichhaltige Identifikation Schuberts zu ermöglichen. Von Mia Schubert hatte der Kommissar sich ein Porträtfoto ihres Mannes geben lassen, das jetzt in der Reihe zwischen den anderen auf dem Tisch lag.

Nina beugte sich vor und sah sich die Bilder der Reihe nach an. „Was sind denn das für Männer?", fragte sie.

„Das ist irrelevant. Schauen Sie nur, ob Sie einen der Männer schon einmal gesehen haben."

„Ich weiß nicht …" Intensiv betrachtete Nina die Bilder. Dann tippte sie zögernd auf das Foto, das Maik Schubert zeigte. „Das hier, das könnte der Mann sein, den ich im Blue Moon gesehen habe." Sie nahm die Fotografie in die Hand. „Ja, genau, das ist er. Von den anderen kenne ich keinen einzigen. Die habe ich noch nie gesehen."

Thomas und Jens tauschten einen Blick.

„Sind Sie ganz sicher?", vergewisserte sich der Hauptkommissar.

„Ja. Ich habe die Szene wieder vor Augen. Der Blonde mit den längeren Haaren redete aufgeregt auf den Mann hier ein." Sie lehnte sich zurück. Sie war erleichtert. Es war eigentlich ganz leicht gewesen, fand sie.

„Danke, Frau Wagner! Sie haben uns sehr geholfen."

„Kann ich jetzt gehen? Mir geht es nicht so gut, ich bin immer noch erkältet", klagte sie.

„Ja, natürlich. Und vielen Dank, dass Sie trotzdem hergekommen sind. Kommissar Hartmann Sie wieder nach Hause fahren. Auf Wiedersehen."

37. Kapitel

Die Ermittler, die sich um den Konferenztisch im Büro des Hauptkommissars versammelt hatten, warteten gespannt auf den Kommentar der Staatsanwältin, die zur Dienstbesprechung erschienen war.

„Das klingt alles ganz unglaublich, Herr Hauptkommissar. Gehen Sie wirklich davon aus, dass Maik Schubert der Mörder des jungen Jansen gewesen ist?"

„Alle Indizien sprechen dafür, Frau Staatsanwältin, wie wir Ihnen dargelegt haben. Wir brauchen nur noch einen handfesten Beweis und den könnte uns der Schuhabdruck liefern. Dazu müssen wir ihn mit den Schuhen Schuberts abgleichen."

Dr. Roswitha Engelbrecht schüttelte den Kopf. „Sagt Ihnen § 206a Abs. 1 StPO etwas? Das Ermittlungsverfahren muss eingestellt werden, denn wir können nicht gegen einen Verstorbenen ermitteln. Wen soll ich anklagen, wenn Sie tatsächlich den Beweis erbringen, dass Maik Schubert der Täter ist?"

Aufgeregtes Gemurmel breitete sich aus.

„Was soll das heißen? Dass der Mord an Ole Jansen nicht aufgeklärt werden kann, weil der mutmaßliche Mörder bereits verstorben ist?" Jan Hendriks Stimme war seine Empörung anzuhören.

„Ganz zu schweigen von dem Verbrechen an dem elfjährigen Jungen von damals, das ebenfalls aller Wahrscheinlichkeit nach von Maik Schubert begangen worden ist", ergänzte Jens Hartmann den Einwand seines Kollegen. „Das darf doch nicht wahr sein!"

„Es nützt nichts, sich darüber aufzuregen, meine Herren. Sowohl das Opfer als auch der mutmaßliche Täter sind tot. Sie sind damit für unsere Gerichtsbarkeit nicht mehr greifbar."

„Aber", wandte Thomas ein, „können wir nicht wenigstens den Schuhabgleich vornehmen lassen, damit wir Gewissheit darüber bekommen, ob unsere Verdachtsmomente richtig sind? Wenn er nicht passen sollte, müssten wir den Mörder Ole Jansens woanders suchen."

„Was würde der Schuhabdruck denn bestenfalls beweisen? Das Maik Schubert am Tag der Beerdigung am Grab gestanden hat, das ist alles. Jeder Rechtsanwalt würde Ihnen einen solchen Beweis um die Ohren schlagen."

„Aber der Abdruck wurde *unter* der Abdeckplane gefunden! Wer außer dem Täter sollte dort gestanden haben und anschließend die Plane wieder darübergelegt haben?", beharrte Jens Hartmann.

„Das alles ändert nichts an der Tatsache, Herr Kommissar Hartmann, dass der Tod des Verdächtigen ein Verfahrenshindernis darstellt, wie gesagt, § 206a, und dass ich deshalb die Ermittlungen gegen ihn einstellen muss. Bis jetzt waren Ihre Recherchen allgemeiner Natur, um ein mögliches Tatmotiv aufzudecken. Die Beschlagnahme der Schuhe des Verdächtigen würde sich jedoch direkt gegen den Verstorbenen richten, ist also unzulässig. Tut mir leid, so ist die Rechtslage. Er findet keine Ermittlung gegen Maik Schubert statt."

Demonstrativ schlug sie die Akte zu und stand auf. „Falls Sie keinen anderen Tatverdächtigen im Fall Jansen vorweisen können, sollten Sie sich um die Aufklärung des Einbruchs im Hause Schubert kümmern. Und um den Mord an ihm. Es muss doch möglich sein, einen simplen Einbruch aufzuklären, meine Herren!"

Sprach's und verließ den Raum. Frustriert und ratlos blieben die Kommissare zurück.

38. Kapitel

Das Osterfest kam und ging vorüber, der April bescherte den Menschen das für ihn typische wechselhafte Wetter, der Alltag nahm seinen Lauf. Bald überdeckten neue Ereignisse die Gewalttaten, die sich in der kleinen Stadt ereignet hatten: der Putin-Krieg, der schon ins zweite Jahr ging, die steigenden Lebensmittelpreise, die Sorge um die Energiekosten und neue, weniger bedeutsame lokale Ereignisse füllten die Tageszeitungen und Fernsehnachrichten.

Hanna Morgenroth war zutiefst enttäuscht über die Einstellung des Ermittlungsverfahrens im Mordfall Ole Jansen. Wie konnte es sein, dass diese perfide Gewalttat nicht nur ungesühnt bleiben musste, sondern nicht einmal endgültig aufgeklärt werden durfte. Dass der Täter nicht mehr bestraft werden konnte, da er tot war, sah sie ein, dass aber die Eltern des Ermordeten sich damit abfinden mussten, niemals den genauen Grund für den Tod ihres Sohnes zu erfahren, fand sie in höchstem Maße ungerecht. Aber Thomas hatte sie über die Rechtlage aufgeklärt, die es unmöglich machte, gegen einen Verstorbenen zu ermitteln. Dass darüber hinaus auch der ominöse Einbruch in das Haus der Schuberts wohl ungeklärt bleiben würde, machte die ganze Angelegenheit noch unbefriedigender.

Hannas Laune war nicht die beste, als sie sich zum wöchentlichen Kaffeeklatsch einfand, der diesmal bei Edith Helmers stattfand. In dem eher nüchternen, wegen der hohen, gut gefüllten Bücherwände einer Bibliothek ähnelnden Wohnzimmer ihrer gelehrten Freundin drehte sich das Gespräch naturgemäß um diese unvorhersehbare Entwicklung der beiden

Verbrechen. Die drei Frauen waren sich einig darin, dass das nicht das Ende vom Lied sein dürfe. Es müsse doch eine Möglichkeit geben, Licht in die Sache zu bringen, war die einhellige Überzeugung.

„Du bist doch die Detektivin in dieser Runde, Hanna", meinte Liesbeth nicht ohne Berechtigung, „fällt dir denn nichts ein, was man tun könnte?"

„Was meinst du, worüber ich mir pausenlos den Kopf zerbreche, liebe Lizzy?", erwiderte Hanna. „Ich denke die ganze Zeit über nichts anderes nach."

Edith Helmers füllte zierliche Gläschen mit dem Sahne-Mocca-Likör, der auf ihrer ansonsten eher unspektakulären Kaffeetafel nicht fehlen durfte.

Nachdem alle einen erstes Schlückchen von dem aromatischen Getränk genommen hatten, griff Edith den Faden der Unterhaltung wieder auf.

„Ich muss immer an den jugendlichen Maik Schubert denken, der an meinem Philosophiekurs damals teilgenommen hat. Er war solch ein intelligenter und interessierter Schüler! Verstand die schwierigsten philosophischen Fragestellungen sofort und kam oft zu überraschenden Schlussfolgerungen. Sein Problem war, dass er ständig versuchte, die gewonnenen Erkenntnisse mit seinem christlichen Weltbild in Einklang zu bringen. Damit blockierte er sein logisches Denken und stand sich selbst im Wege, der Arme."

„Der ‚Arme' ist gut", widersprach Liesbeth. „Der brave Christ hat ein veritables Doppelleben geführt, und das jahrelang! Alle hat er belogen, seine Frau, seine Familie, seine Freunde und Bekannten. Zu feige, um zu seiner Veranlagung zu stehen. Na gut, es wäre bestimmt nicht leicht gewesen, sich zu outen, andererseits, sind die Menschen selbst hier bei uns inzwischen in dieser Hinsicht viel toleranter als früher."

„So? Ist das wirklich so?", zweifelte Edith die Einschätzung Liesbeths an. „Wenn du die Prinzipien der katholischen Kirche mal anschaust, meine liebe Lizzy, dann wirst du sehen, dass der Klerus und mit ihm das gläubige Volk noch lange nicht soweit sind. Der Papst verbietet doch jede Reform, die von unten her versucht wird." Sie schüttelte entschieden den Kopf. „Ich kann deshalb schon verstehen, warum Maik nicht den Mut gehabt hat, sich zu seinem Geliebten zu bekennen."

„Bei allem Verständnis für Maik Schuberts Situation, liebe Edith", wandte Hanna ein. „Seine Übergriffe damals auf den kleinen Ole Jansen sind unverzeihlich. Wir haben ja gesehen, wie sehr der Junge darunter gelitten hat über Jahre hinweg bis ins Erwachsenenalter hinein. Diesen Missbrauch kann ich nicht entschuldigen."

„Da hast du natürlich vollkommen recht, Hanna", gab die pensionierte Altphilologin zu. „Das war ein Verbrechen an dem Kind. Ole hatte allen Grund, sich dafür rächen zu wollen. Wie er es wohl angestellt hat?"

Liesbeth meldete sich zu Wort. „Ich könnte mir vorstellen, dass er Geld gefordert hat", mutmaßte sie in ihrer pragmatischen Art. „Vielleicht hat er damit gedroht, ansonsten das Verbrechen von damals anzuzeigen. Auf jeden Fall war es für Maik Schubert Grund genug, ihn aus dem Weg zu schaffen."

„Ja, wenn man sich vorstellt, was eine solche Anzeige für Maik bedeutet hätte! Zusammen mit dem Coming-out, das wäre ein Skandal gewesen. Gar nicht auszudenken, was die Familie Jörgens dazu gesagt hätte. Für Maik hätte es bedeutet, alles zu verlieren: Frau, Familie, Freunde. Anscheinend war ihm das alles so wichtig, dass er dafür zu morden bereit war", resümierte Hanna.

„Und seine religiösen Grundsätze? Sein christlicher Glaube? Seltsam, wie wenig so etwas noch zählt, wenn das eigene

Wohl auf dem Spiel steht", stellte Liesbeth fest. Sie nahm sich, kopfschüttelnd über so viel moralische Schwäche, ein zweites Stück von der exzellenten Rhabarber-Schmand-Torte, die Edith gebacken hatte.

Hanna nippte an ihrem Moccalikör. „Wenn ich nur wüsste, wie man das Ganze aufklären könnte", seufzte sie. „Ich finde es schlimm, dass die Familie Jansen nicht erfahren wird, was wirklich geschehen ist."

„Ja", stimmte Edith nachdrücklich zu. „Das ist wirklich unzumutbar!" Sie nahm ebenfalls einen kleinen Schluck ihres Lieblingslikörs.

Ein kurzes Schweigen trat ein. Die drei Frauen hingen ihren Gedanken nach.

„Aber jetzt mal was anderes", wechselte Liesbeth das Thema. „Hanna, wie geht es der netten Kollegin von Thomas, dieser Susanne Holtmann? Ist sie schon aus dem Krankenhaus entlassen worden?"

„Ja, ist sie. Es geht ihr gut, ich habe gestern mit ihr telefoniert. Fürs Erste braucht sie sich keine Sorgen mehr zu machen, sagt sie. Natürlich wird sie regelmäßig zur Vorsorge gehen müssen", berichtete Hanna. „Übrigens: Sie hat mir erzählt, dass ihr durch diese Krankheit plötzlich bewusst geworden sei, wie wichtig ihr die Möglichkeit ist, noch Kinder bekommen zu können."

„Ja, natürlich", meinte Liesbeth. „Wie alt ist sie? Um die dreißig? Da ist es ja nur normal, dass der Wunsch nach einem Kind aktuell wird. Heute lassen sich die jungen Frauen ja ewig Zeit, bis sie plötzlich merken, dass die biologische Uhr tickt." Sie schüttelte nachdenklich den Kopf, als sie fortfuhr: „Ich war erst 22, als ich mein erstes Kind bekam. Heute könnte ich mir ein Leben ohne meine drei gar nicht mehr vorstellen. Und erst ohne meine Enkelkinder! Es würde etwas Wichtiges fehlen in meinem Leben."

Edith lächelte versonnen. „Für mich waren meine Schüler meine Kinder", sagte sie. „Manche sind mir sehr ans Herz gewachsen. Ehrlich gesagt, vermisse ich sie, meine Schüler."

Hanna tätschelte den Arm ihrer Ex-Kollegin. „Aber die endlosen Korrekturen, die Konferenzen und Dienstbesprechungen und all den anderen bürokratischen Kram vermisst du sicher nicht, oder?", versuchte sie den wehmütigen Ton zu überspielen, der in der Äußerung Ediths zu spüren gewesen war.

„Da hast du natürlich recht, liebe Hanna", bestätigte Edith Hannas Vermutung. „Und außerdem habe ich ja euch beide", fügte sie hinzu. Für einen Moment lächelten sich die drei Frauen verständnisinnig an. Jede war sich bewusst, wie wichtig sie füreinander waren.

„Will noch jemand Kaffee?", fragte Edith.

Es war wie immer ein schöner Nachmittag.

39. Kapitel

Wenn Hanna gesagt hatte, sie denke an nichts anderes als an die beiden Verbrechen, hatte sie nicht übertrieben. Tatsächlich ließ es ihr keine Ruhe, den Jansen-Kriminalfall zwar durchschaut zu haben, aber nicht offiziell als gelöst anerkannt zu sehen. Sie versuchte, einen neuen Zugang zu den beiden Fällen zu entdecken.

Nachdenklich steuerte sie ihren Aygo durch die Stadt. Sollte sie vielleicht kurz einen Abstecher in die neue Sternbusch-Siedlung zu dem Haus der Schuberts machen? Schon war sie in der Brechtstraße. Sie parkte ihr Auto am Rand der unfertigen Zuwegung und stieg aus. Unauffällig näherte sie sich dem Schuberthaus von der Rückseite, die aus noch unbebauten Grundstücken bestand. Was hatte Thomas gesagt? Der Einbrecher sei durch das Garagenfenster eingestiegen? Sie betrachtete das Fenster. Die Scheibe war kaputt, an den Rändern steckten noch Glasscherben im Rahmen. Von innen hatte jemand eine Pappscheibe an den Rahmen geklebt; anscheinend war es nicht leicht, einen Glaser zu finden, der kurzfristig eine Reparatur vornahm. Das Fenster war klein, es maß vielleicht einen Meter mal achtzig Zentimeter. Dort hindurchzuklettern war bestimmt nicht einfach gewesen für einen ausgewachsenen Mann, dachte Hanna.

Was hatte der Einbrecher eigentlich stehlen wollen? Meistens hatten Diebe auf es auf Wertsachen, Schmuck oder Münzen abgesehen. Wie wahrscheinlich war es, dass Mia Schubert wertvollen Schmuck besaß, in so jungen Jahren, als Grundschullehrerin? Selbst wenn Maik außergewöhnlich gut verdiente, hatte er bestimmt noch keine Reichtümer ansammeln können, etwa Goldmünzen oder etwas Ähnliches. Also, wenn man in solch ein Haus einbrach, hatte man es doch sicher in erster Linie auf Elektronik abgesehen, etwa Computer, Laptops, Fernseher, Musikanlagen. Hatte der Dieb das alles durch dieses kleine Garagenfenster hinaus schaffen wollen? Wie hatte er das Diebesgut abtransportieren wollen? Er musste ein Fahrzeug in der Nähe gehabt haben. Das hätte er auf dem Weg abstellen müssen, das Gelände selbst war nicht befahrbar. Und warum ausgerechnet dieses Haus? Vor dem Haus, etwa zehn Meter entfernt, stand eine Straßenlaterne, außerdem war die Straße von den anderen schon bewohnten Häusern ungehindert einsehbar. Wenn mitten in der Nacht ein großes Auto, etwa ein Transporter, vor dem Haus geparkt hätte und jemand größere Gegenstände eingeladen hätte, wäre das doch sicher nicht unbemerkt geblieben. Wäre deshalb nicht ein Haus am Ende der Straße oder weiter abseits gelegen günstiger gewesen für einen Einbruch? Sonderbar, das Ganze.

Auch der Zeitpunkt des Einbruchs war merkwürdig: So früh in der Nacht, noch vor Mitternacht, wenn Hanna es richtig in Erinnerung hatte. Hatte der Dieb nicht damit rechnen müssen, dass die Bewohner ihn entdeckten, selbst wenn sie, wie eigentlich geplant, ausgegangen waren? Gegen Mitternacht wären sie doch wohl wieder zu Hause gewesen. Und warum hatte der Dieb das Fenster eingeschlagen, was ein lautes Klirren verursacht haben musste, und nicht einen Glasschneider benutzt, womit man ganz geräuschlos ein Loch in die Glasscheibe hätte schneiden können? Irgendwie war der ganze Einbruch merkwürdig. Hanna hatte das deutliche Gefühl, dass etwas nicht stimmte. Überhaupt: Konnte es ein Zufall sein, dass der Mann, der drei Tage zuvor einen Mord begangen hatte, selbst das Opfer eines Gewaltverbrechens wurde? Von Anfang an war sie überzeugt gewesen, dass die beiden Verbrechen in irgendeinem Zusammenhang stehen müssten, die eine Tat musste etwas mit der anderen zu tun haben.

Hanna stieg wieder in ihr Auto und fuhr nach Hause. Sie musste noch intensiv darüber nachdenken. Morgen beim Walken würde ihr hoffentlich eine Lösung einfallen.

40. Kapitel

Mia Schubert saß an ihrem Schreibtisch und schrieb Dankesbriefe. Die vorgedruckten Karten brauchte sie nur zu unterzeichnen, die Adressen jedoch musste sie alle mit der

Hand auf die weißen, schwarz umrandeten Kuverts schreiben. Das kostete Zeit bei den überaus zahlreichen Kondolenzkarten, die sie nach dem Tod Maiks erhalten hatte. Viele der Kuverts enthielten einen Zehneuro-, manchmal sogar einen Zwanzigeuroschein als finanziellen Beitrag zu der Kaffeetafel nach der Beerdigung. Das war üblich, damit die Kosten für Kaffee, Kuchen und Schnittchen für die Hinterbliebenen nicht zu hoch ausfielen.

Mia seufzte und strich sich mit der Hand über die Stirn. Sie war froh, dass der ganze Trubel erst einmal vorbei war. Die letzten Tage und Wochen waren für sie Stress pur gewesen.

Noch hatte sie keine Zeit gefunden zu trauern. Um Maik zu trauern, ihren geliebten Maik.

Sie dachte zurück an die Zeit von zehn, zwölf Jahren, als sie und Maik noch zur Schule gegangen waren. Wie hatte sie ihn angehimmelt! Den großen sportlichen Maik mit seinen dunklen Locken und den schönen braunen Augen! Er war der Schwarm aller Mädchen in ihrer Klasse gewesen, natürlich völlig unerreichbar für sie, schließlich war er schon in der 13. Klasse und würde bald Abitur machen, während sie gerade erst in die Oberstufe eingetreten war. Außerdem: Wer würde sie schon beachten mit ihrer viel zu großen Nase, den langweiligen glatten Haaren und der dünnen Figur? Nein, alles, was sie tun konnte, war ihn aus der Ferne zu bewundern und jeden seiner Schritte, seiner Gesten, seiner Worte in sich aufbewahren wie einen kostbaren Schatz.

Aber dann war da diese Fete gewesen, der 18. Geburtstag von Sinja, die die ganze Oberstufe eingeladen hatte. Es war Sommer gewesen. Eine große Gartenparty, romantisch und fröhlich mit toller Musik und einer Cocktailbar. Sinjas Eltern konnten es sich schließlich leisten, ihnen gehörte das exklusivste Bekleidungsgeschäft in der Stadt. Natürlich war sie, Mia, das Mauerblümchen gewesen, obwohl sie zu Hause vor dem Spiegel ihr neues Partykleid noch richtig toll gefunden hatte. Auch ihre Frisur, hochgesteckt mit langen, sorgfältig gedrehten Korkenzieherlocken, hatte super ausgesehen. Aber jetzt wurde ihr bewusst, dass alle anderen Mädchen viel hübscher waren als sie. Natürlich war ständig eine Traube von lachenden und flirtenden Mädchen um Maik herum. Aber dann, zur fortgeschrittenen Stunde, als alle schon ganz schön beschwipst waren, hatte er plötzlich vor ihr gestanden und ihr einen Drink angeboten. Dann hatten sie zusammen getanzt, zuerst wild und ausgelassen, dann bei einem langsamen Stück eng umschlungen. Als Mike sie küsste - es war tatsächlich ihr erster richtiger Kuss gewesen - hatte sie geglaubt, im siebten Himmel zu sein. Sie war so glücklich gewesen, so unendlich glücklich!

Mia seufzte. Sie schob die Karten von sich und stand auf. Sie wollte nicht mehr an die Vergangenheit denken. Es tat so schrecklich weh. Sie ging in die Küche und setzte die Kaffeemaschine in Gang, um sich einen Caffè Latte zuzubereiten. Als das heiße Getränk fertig war, nahm sie den Becher mit zurück an ihren Schreibtisch. Sie wollte nicht daran denken, aber die Erinnerung drängte sich ihr auf.

Für Maik war es natürlich nur ein belangloser Flirt gewesen, für sie, Mia, hatte der Vorfall auf der Geburtstagsfete den Grundstein gelegt für ihre tiefe Liebe zu ihm. Am nächsten Tag auf dem Schulhof hatte Mike sie freundlich, aber völlig neutral behandelt, als hätte es den Kuss gar nicht gegeben. Anscheinend hatte er alles wieder vergessen, aber für sie war klar gewesen, dass Maik der Mann ihres Lebens war.

Obwohl ihre Wege sich während ihrer Studienzeit trennten, verlor Mia Maik nie aus den Augen. Sie verfolgte und bewunderte alles, was er tat. Durch ihre beider kirchliches Engagement sahen sie sich bei ihren regelmäßigen Besuchen in ihrer Heimatstadt beim Gottesdienst. Sie beobachtete mit brennendem Blick jeden seiner Schritte, manchmal, wenn sie ein paar Worte miteinander wechselten, fühlte sie sich reich beschenkt. Da die Familien Schubert und Jörgens sich kannten, kam es immer wieder zu solchen unverbindlichen Treffen. Aber nie ließ Maik erkennen, dass er ein besonderes Interesse an ihr hatte. Mia begrub ihre Liebe zu ihm tief in ihrem Herzen.

Während ihrer Studienzeit hatte sie ein paar oberflächliche Beziehungen zu anderen Männern, die nie lange andauerten. Sie absolvierte ihr Lehramtsstudium in Rekordzeit und fand in ihrer Heimatstadt eine Beamtenstelle als Grundschullehrerin. Der Beruf macht ihr Freude, die Arbeit mit den Kindern ließ sie vergessen, dass sie sich eigentlich eine eigene Familie wünschte.

Dann kam der Tag, an dem Maik wieder zurückkehrte aus Göttingen und sich eine Wohnung in Cloppenburg nahm. Mia fand, dass er sich verändert hatte; er war erwachsener geworden, ernsthafter, ruhiger. Er intensivierte sein kirchliches Engagement und sie sahen sich regelmäßig. Mia konnte es kaum fassen, als er sie einlud, einen Abend mit ihm zu verbringen. Und als er nach mehreren Treffen fragte, ob sie ihn heiraten wollte, wagte sie kaum daran zu glauben, dass ihr großer Traum in Erfüllung gehen sollte. Der Tag ihrer Hochzeit war der glücklichste ihres Lebens gewesen.

Mia trank ihren Kaffee in kleinen Schlucken, während sie auf den großen Stapel fertiggestellter Danksagungskarten starrte. Der bürokratische Abschluss eines Lebensabschnittes, musste sie denken. Plötzlich stieg ein Schluchzen in ihrer Kehle hoch, unaufhaltsam, eruptiv. Mia schlug die Hände vors Gesicht und brach in Tränen aus. Sie weinte, laut und ungehemmt. Es dauerte lange, bis sie schließlich aufhören konnte zu schluchzen. Sie trocknete ihre Tränen mit einem Kleenextuch. Es war vorbei, sagte sie sich. Es war alles vorbei.

41. Kapitel

Immer wenn Thomas Morgenroth beruflich frustriert war, flüchtete er sich in den Schoß seiner Familie. So auch jetzt. Er überraschte seine Frau am Telefon mit dem Vorschlag, am frühen Abend alle zusammen essen zu gehen, obwohl es mitten in der Woche war. Inga, die gerade mit dem kleinen Nico nach Hause gekommen war und im Begriff stand, die Vorbereitungen für die Abendmahlzeit zu treffen, war mehr als erfreut über die Aussicht, einmal nicht kochen zu müssen.

„Wohin möchtest du denn gehen, Schatz?", fragte sie, während sie Nico davon abzuhalten versuchte, ihre Handtasche auszuräumen.

„Das überlasse ich euch. Ich mache hier in einer halben Stunde Schluss, dann bin ich bei euch. Ich freu mich drauf."

„Ich auch", antwortete Inga und schickte ein Küsschen durchs Telefon. Während sie Puderdose, Lippenstift und Portemonnaie wieder in ihre Handtasche räumte, Nico den Kamm aus der Hand nahm und ihn in sein Kinderstühlchen setzte, lächelte sie vor sich hin. Anscheinend war ihr Mann mal wieder frustriert von seiner Arbeit. Sicher hing es mit diesen Kriminalfällen zu tun, die er nicht aufklären konnte. Nun, ihr konnte es nur recht sein, wenn sie ihn so mal wieder mehr für sich und die Kinder hatte. In den letzten Tagen hatte ihn die Familie kaum zu Gesicht bekommen, und wenn, dann war er mit den Gedanken stets woanders gewesen.

„Jannik, Isabell, kommt ihr mal?"

Die beiden Zehnjährigen kamen in die Küche gestürmt, Isabell voran, hinter ihr Jannik. „Wisst ihr was? Papa hat gerade angerufen, er will mit uns essen gehen.

„Juhu", rief Isabell und hüpfte in der Küche herum. „Ich will zu McDonalds, bitte, bitte!"

„Cool", ergänzte Jannik. „Aber bei Burger King schmeckt es besser."

Inga drückte dem zappelnden Nico einen Keks in die Hand und goss ihm einen Becher mit Milch ein.

„Kommt gar nicht in Frage. Wir gehen ins italienische Restaurant, dort gibt es viele schöne Nudelgerichte. Und sie haben tolle Salate dort."

Hanna betrat die Küche, angelockt von den fröhlichen Stimmen. Inga lächelte ihrer Schwiegermutter zu. „Worauf hättest du denn Appetit, Hanna? Thomas hat uns zum Essen eingeladen."

„Oh wie schön! Hm, lass mich mal überlegen." Sie setzte sich an den Küchentisch, die Zwillinge drängten sich links und rechts an sie.

„McDonald, Oma, bitte, bitte", bettelte Isabell. „Oder Burger King", wiederholte Jannik.

„Also, zuerst einmal: Wie sieht's aus mit den Schularbeiten, Kinder?", fragte Inga.

„Alles erledigt, Mama", sagte Isabell. „Nur noch Vokabeln üben."

„Na dann mal schnell. In einer halben Stunde geht's los."

Nach einer leidenschaftlichen Diskussion – Hanna hatte ein griechisches Restaurant in die Debatte geworfen – fiel der Kompromiss schließlich zugunsten des Bistros in der Langen Straße aus. Dort gab es für jeden Geschmack das Richtige, meinte Inga. Vorsorglich rief sie in dem Lokal an und bestellte einen Tisch für fünf Personen plus Kinderstuhl für Nico. Also zwängte sich Familie Morgenroth kurze Zeit später um einen Ecktisch in dem gemütlich engen Lokal, ließ sich die umfangreichen Speisekarten bringen und vertiefte sich in das Angebot schmackhafter Gerichte. Die verlockenden Speisegerüche, die aus der Küche in den Gästeraum drangen, wirkten appetitanregend, und die leise Hintergrundmusik zusammen mit dem Gemurmel der anderen Gäste trug zur Entspannung bei.

Nachdem er sich für ein alkoholfreies Hefeweizenbier und das Nackensteak mit Gurkensalat und Röstkartoffeln entschieden hatte, lehnte sich Thomas aufseufzend zurück. Lächelnd blickte er in die Runde. Für die blondköpfigen Zwillinge kam natürlich nur die Currywurst mit Fritten infrage, Inga, die nur selten Fleisch aß, wählte die Champignonpfanne mit Aioli-Sauce und Baguette und Hanna entschied sich für die Lasagne. Nico bekam einen Extrateller mit einer Portion Kartoffelbrei mit Sauce. Zufriedene und erwartungsfrohe Gesichter rundherum.

Thomas' Anspannung löste sich. Er wollte nicht mehr an das unbefriedigende Ende der Ermittlungsarbeit im Mordfall Jansen denken, auch nicht an den unaufgeklärten Einbruch im Hause Schubert. Entschlossen wandte er sich den Gesprächen am Tisch zu, die sich um die Schulerlebnisse der beiden Viertklässler drehten, um den Tagesablauf in Ingas Kindergarten und um Hannas gerade zurückliegendes Kaffeekränzchen. Wieder einmal wurde ihm klar, wieviel ihm seine Familie bedeutete. Gerührt beobachtete er die Versuche seines jüngsten Sohnes, den Kartoffelbrei mit dem Plastiklöffel zum Mund zu führen, ohne dass unterwegs ein Teil verlorenging. Inga hatte Nico vorsorglich eine große Serviette in den Kragen gesteckt, damit er seinen Pullover nicht bekleckerte. Konzentriert und beharrlich schaufelte der Kleine den Brei in sich hinein, offenbar schmeckte es ihm gut. Isabell hatte ihre Wurst in viele kleine Stückchen geschnitten, spießte nun ein Stück nach dem anderen auf die Gabel und aß es, immer im Wechsel mit einem Chip der Pommes Frites. Ihr Bruder, bedächtig und langsam, tat es ihr gleich. Seine Mutter widmete sich mit Hingabe der Lasagne, ihrem Lieblingsgericht, wie Thomas wusste. In jedem Lokal, das dieses Gericht im Angebot hatte, bestellte sie die Lasagne, um sie anschließend kritisch zu beurteilen. Bis jetzt lautete ihr Urteil, die Lasagne in dem italienischen Restaurant „Mamma Mia" am Marktplatz in Oldenburg, sei eindeutig die beste. Inga ließ sich die Champignons schmecken; das knackige Baguette diente ihr dabei zum Auftunken der leckeren Aioli-Sauce. Thomas registrierte die zufriedenen Gesichter seiner Familie und er fühlte, wie die beruflichen Probleme in den Hintergrund rückten. Er genoss sein Steak und die Röstkartoffeln, trank sein Bier und entspannte sich.

42. Kapitel

Hanna schritt zügig aus. Obwohl es recht kühl war, zeigte sich eine kräftige Sonne, deren Strahlen schon wohltuend wärmten. Die Luft war klar und frisch, der Himmel blau. Hanna nahm ihre Umwelt jedoch nur am Rande ihres Bewusstseins wahr, denn in ihren Gehirn war ein Gedanke aufgetaucht, der ihr keine Ruhe ließ. Er hatte sich eingenistet in ihre Gehirnwindungen und verursachte dort einen ständigen Aufruhr. Der Gedanke war Folgender: Was, wenn es gar keinen Einbruch gegeben hatte im Hause Schubert? Wenn Mia Schubert den Einbruch nur fingiert hatte, um zu vertuschen, dass sie ihren Mann im Streit erschlagen hatte?

Ungeheuerlich! Die Vorstellung war ungeheuerlich! Sofort tauchten tausend Fragen auf, die beantwortet werden mussten. Fragen nach dem Warum, nach dem Wie, nach dem Wozu, Fragen nach Hinweisen, Wahrscheinlichkeiten, Hintergründen. Die erste Frage, die dabei der Beantwortung bedurfte, war diese: Warum sollte es KEIN Einbruch gewesen sein? Was sprach dagegen, wo doch die Tatsachen ganz offensichtlich darauf hinausliefen?

Eigentlich war die Beantwortung dieser ersten Frage gar nicht so schwierig. Hatte sie nicht schon öfter festgestellt, dass es mehrere Merkwürdigkeiten bei dem Einbruch gab? Der frühe Zeitpunkt in der Nacht, die dilettantische Art der Durchführung, die Wahl des Einbruchsobjektes, alles das war fragwürdig. War der Einbrecher ein Anfänger gewesen, der dumme Fehler machte? Dazu kam die kopflose Flucht nach dem Anschlag auf den Hausherrn. War es ein absichtsvoller Mord oder nur der Versuch, etwas Zeit zu gewinnen, um fliehen zu können? Hatte er ein geeignetes Werkzeug mitgebracht, etwa ein Brecheisen oder eine starke Stablampe? Und anschließend wieder mitgenommen, da sie nicht gefunden worden war? Merkwürdig auch, dass absolut keine Finger- oder Fußspuren gefunden worden waren. Auch keine frischen Fahrzeugspuren, die doch hätten festgestellt werden müssen auf der unbefestigten Zuwegung des Nachbargrundstückes. Ein professioneller Dieb würde seine Beute doch wohl nicht zu Fuß wegschaffen wollen und würde deshalb sein Auto möglichst nah an die Einbruchsstelle heranbringen.

In Hannas Kopf überschlugen sich die Gedanken. Von allen Seiten stürmten Argumente, Vermutungen, Überlegungen und Ideen auf sie ein. Wo sollte sie anfangen, wie Ordnung in das Chaos bringen?

Während um sie herum die Natur ihr Bestes gab, dem Frühling gerecht zu werden, besann Hanna sich auf die Grundbausteine jeden Kriminalfalles: Hatte eine verdächtige Person ein Motiv, die Gelegenheit und war sie zur Tatzeit am Tatort?

Angenommen, Mia Schubert wäre die Täterin: Welches Motiv könnte sie gehabt haben, ihren jungen Ehemann umzubringen? Natürlich fiel Hanna als erstes die Homosexualität von Maik Schubert ein. Wie war es überhaupt möglich gewesen, dass diese Heirat zustande gekommen war? Konstantin Ebersfeld hatte angedeutet, dass seiner Meinung nach das konservative Weltbild Maiks einen alternativen Lebensentwurf nicht zugelassen hätte. Gut, das deckte sich mit der nach außen präsentierten Haltung der Familien Schubert und Jörgens, die von ihrem ausgeprägten katholischen Glauben gekennzeichnet war. Hanna musste an ein befreundetes Ehepaar denken, das sie gekannt hatte. Die Ehe war kreuzunglücklich gewesen, obwohl aus ihr zwei Kinder hervorgegangen waren. Erst nach fünfzehn Jahren hatte der Ehemann sich geoutet, die Ehe wurde geschieden, beide Partner gingen nach einiger Zeit neue Beziehungen ein. Es war also durchaus möglich, dass ein homosexueller Mann mit einer Frau Sex haben und Kinder zeugen konnte.

Hatte Maik Schubert gehofft, auf diese Weise ein bürgerliches Familienleben aufbauen zu können? Hanna stellte sich vor, dass er vielleicht in der ersten Zeit tatsächlich den guten Vorsatz dazu gehabt hatte, aber offensichtlich hatte er es nicht geschafft, denn sonst hätte er sein Verhältnis mit Konstantin Ebersfeld nicht weiter fortgeführt. Wie mochte es der jungen Ehefrau dabei ergangen sein? Sicher hatte sie sich Kinder gewünscht, eine richtige Familie. Und der Sex? Konnte eine liebevolle, innige Beziehung zwischen den Eheleuten bestanden haben, wenn der eine gegen seine eigentliche sexuelle Orientierung leben musste? Und über Wochen, Monate, ja sogar fast Jahre hinweg eine Doppelleben führte? Wohl kaum.

Hanna führte sich das Bild Mias vor Augen. Sie sah eine nicht gerade hübsche, aber durchaus attraktive junge Frau vor sich, die bestimmt entsprechende sexuelle Bedürfnisse hatte. Auf Dauer musste sie sehr frustriert gewesen sein. Konnte es möglich sein, dass sie von dem Verhältnis ihres Mannes zu seinem Studienfreund gewusst hatte und es toleriert hatte? Womöglich um das streng konservative Familienumfeld, in das sie genauso eingebunden war wie ihr Ehemann, nicht zu enttäuschen? Dass sie bereit gewesen war, mit einer solch gravierenden Lebenslüge zu leben? Wie dem auch gewesen sein mochte, auf jeden Fall musste sie zutiefst unglücklich gewesen sein.

Hanna war am Ende ihres kleinen Walkwäldchens angelangt. Sie blieb stehen und blickte über die frisch eingesäten Felder hinweg. In einiger Entfernung bildete ein gerade erblühendes Rapsfeld einen leuchtend gelben Streifen und am Horizont drehten sich vier Windräder. Sie atmete ein paar Mal tief ein und aus und hielt ihr Gesicht in die Sonne. Dann drehte sie sich um und machte sich auf den Heimweg.

Hatte Mia also ein Motiv, ihren Mann umzubringen? Was, wenn sie von der Affäre ihres Mannes erfahren hatte? Oder, noch einen Schritt weiter gedacht, wenn sie von dem Erpressungsversuch durch Ole Jansen und vielleicht sogar von dem Mord erfahren hatte?

Von ihrem Sohn wusste Hanna, das Maik Schubert sich mindestens einmal mit Ole Jansen getroffen hatte, nämlich an dem Abend in der Diskothek, wo die Zeugin die beiden zusammen gesehen hatte. Worüber hatten sie miteinander geredet? Hatte Ole Geld für sein Schweigen gefordert? Oder hatte er angekündigt, das Verbrechen damals im Zeltlager öffentlich zu machen? Hatte Maik ihn hingehalten, ihm vielleicht Geld versprochen und ihn zwecks Übergabe auf den Friedhof gelockt? Jedenfalls: War es nicht unwahrscheinlich, dass Mia nichts von der Vorbereitung und Durchführung des Mordes an Ole bemerkt hatte? Das Verhalten ihres Mannes musste ihr doch verändert vorgekommen sein. Am Tattag war er erst spät in der Nacht nach Hause zurückgekommen. In welcher Verfassung war er gewesen nach der schrecklichen Tat? Unwahrscheinlich, dass er sich ganz ruhig neben seine Frau schlafen gelegt hatte. Wo hatte er die Sachen, die er seinem Opfer abgenommen hatte, Portemonnaie und Mobiltelefon, versteckt? Und die Tatwaffe? Und am nächsten Tag: Voller Sorge, ob die Leiche, die er in dem Grab versteckt hatte, nicht etwa durch den Regen bloßgelegt worden war, wie tatsächlich geschehen, hatte er sich unter Frau Maschewskis Trauergäste gemischt, wo Hanna ihn gesehen hatte. Seiner Frau musste dieses Verhalten doch merkwürdig vorgekommen sein. Hatte sie vielleicht irgendeinen Verdacht geschöpft, vielleicht, dass er sie betrog?

Hanna rekonstruierte in Gedanken den zeitlichen Ablauf des Geschehens. In der Nacht vom Montag auf Dienstag geschah der Mord, am Dienstagnachmittag fand man die Leiche, am Mittwoch standen die wichtigsten Tatsachen in der Zeitung, am Donnerstag weitere Details. In der Nacht vom Donnerstag auf Freitag geschah der angebliche Einbruch und Maik Schubert wurde erschlagen. Konnte es sein, dass Mia misstrauisch geworden war und in den Sachen ihres Mannes nach Hinweisen gesucht hatte, die sein auffälliges Verhalten erklärten? Hatte sie vielleicht Hinweise auf die Affäre mit Konstantin Ebersfeld gefunden? Oder auf eine Erpressung, vielleicht hatte sie sogar die versteckten Sachen von Ole entdeckt? War es am Donnerstagabend deshalb zu einem Streit gekommen, in dessen Verlauf Mia ihren Mann erschlagen hatte? Wenn Mia hatte erkennen müssen, dass ihr Mann nicht nur eine Liebesbeziehung zu einem Mann hatte, sondern dass er wegen des Missbrauchs an einem Kind von dem Opfer erpresst und deshalb zum Mörder geworden war: In was für einen emotionalen Abgrund musste sie gestürzt sein! War es nicht denkbar, dass sie zugeschlagen hatte, weil sie das alles nicht ertragen konnte?

Der Besuch bei Mia Schubert fiel Hanna ein. Die äußerlich so beherrschte junge Frau, das große Kruzifix an der Wand, das schöne, elegante Ambiente, der moderne Kamin. Der Kamin! Plötzlich erkannte Hanna, was die ganze Zeit in ihrem Unterbewusstsein geschlummert hatte: ein Umstand, der ihrer detektivischen Beobachtung nicht entgangen war. In dem dreiteiligen Kaminbesteckhalter fehlte ein Teil! Neben der kleinen Schaufel und dem Kehrbesen hing dort normalerweise ein eiserner Schürhaken. Der Schürhaken fehlte!

Auf einmal stand die Szenerie Hanna plastisch vor Augen: Maik und Mia streiten sich. Mia stellt ihren Mann zur Rede, konfrontiert ihn mit ihren Beobachtungen und den Hinweisen, die sie gefunden hat. Maik, ohnehin mit seinen Nerven am Ende, streitet zunächst alles ab, bricht dann aber zusammen und gesteht. Für Mia bricht eine Welt zusammen, sie greift zu dem Schürhaken und schlägt mit aller Kraft zu. Der Schlag trifft Maik so unglücklich an der Schläfe, dass er tot zusammenbricht. In heller Panik, aber dennoch rational überlegend, schlägt Mia die Fensterscheibe in der Garage ein und öffnet das Fenster. Danach ruft sie die Polizei.

Ja, so musste es gewesen sein! Motiv und Gelegenheit stimmten. Und Mia war die Einzige, die zur Tatzeit am Tatort zugegen war.

Hanna war zu Hause angekommen.

43. Kapitel

In der Polizeiinspektion herrschte miese Stimmung. Den ganzen Tag über mussten sich die Kommissare mit Bagatellstraftaten herumärgern. Eine Frau hatte ihren SUV gekonnt durch den Gartenzaun ihres Nachbarn gefahren und dabei eine Spur der Zerstörung hinterlassen. Der Nachbar behauptete, sie habe das mit Absicht getan, weil er sie zum wiederholten Male darauf aufmerksam gemacht hatte, dass sie ihren Müll ordnungsgemäß zu trennen habe. Beide Parteien waren nicht bereit, sich gütlich zu einigen, und so hatte Oberkommissar Jan Hendrik Klüver sich nun mit der Strafanzeige, die der Nachbar gestellt hatte, zu befassen.

Seine Frau, Kommissarin Susanne Holtmann, inzwischen wieder im Dienst, war mit dem Bericht über eine tätliche Auseinandersetzung zwischen zwei Gruppen von Jugendlichen beschäftigt, die sich um drei Uhr nachts vor einer Kneipe geprügelt hatten. Die vom Wirt herbeigerufenen Streifenpolizisten waren dabei in Mitleidenschaft gezogen worden, also ging es unter anderem auch um Widerstand gegen die Staatsgewalt. Das würde einen Rattenschwanz an bürokratischen Schreibkram nach sich ziehen.

Jens Hartmann bearbeitete einen Fahrraddiebstahl: Ein teures E-Bike, nagelneu, war, obwohl abgeschlossen und zusätzlich durch eine Kette gesichert, zwischen 22:00 und 23:00 Uhr von dem Fahrradständer am Bahnhof gestohlen worden. Der Besitzer hatte es noch nicht registrieren lassen, also waren die Aussichten, das wertvolle Stück wiederzufinden, sehr gering.

Der Hauptkommissar selbst brütete über den Akten des Einbruchs im Hause Schubert. Er konnte sich nicht damit abfinden, dass dieses Verbrechen nicht aufzuklären sein sollte. Aber alle einschlägigen Nachforschungen in dieser Richtung hatten kein Ergebnis erbracht. Gerade las er zum wiederholten Male den Bericht des gerichtsmedizinischen Instituts. Dr. Kretschmer hatte wie immer gründliche Arbeit geleistet. Maik Schubert war mit einem harten, länglichen Gegenstand von hinten seitlich am Kopf getroffen worden. Der Täter musste etwas kleiner als Schubert gewesen sein, denn die Wunde verlief schräg über dem rechten Ohr nach vorne zu Stirn. Der Knochen war durch die Heftigkeit des Schlages zersplittert, Blut, Gewebe und Knochensplitter waren ins Gehirn eingedrungen und hatten innerhalb von ein paar Minuten zum Tode geführt. Der Mann war nach vorne gefallen, ohne sich noch abstützen zu können, und war mit dem Gesicht nach unten liegengeblieben. Es war eine nicht geringe Menge Blut ausgetreten. In der Wunde hatte das Labor kleinste Partikel von Rost und verschiedenen anderen Stoffen gefunden, unter anderem Rückstände aus organischen Substanzen wie Kohlenstoff, was darauf schließen ließ, dass es sich bei der Tatwaffe um ein schon älteres Stück Eisen handelte, das vielfach benutzt worden war. Wahrscheinlich hatte der Einbrecher ein Brecheisen mitgebracht, um Schränke oder Schubladen aufhebeln zu können. Es waren keine Abwehrspuren an der Leiche festgestellt worden. Der Körper war ansonsten gut genährt und gesund gewesen; Maik Schubert hatte sich offensichtlich durch regelmäßige sportliche Aktivitäten fit gehalten. Ein Kampf hatte also nicht stattgefunden. Eigentlich erstaunlich, dachte der Kommissar, dass der kräftige, groß gewachsene Schubert sich so hatte übertölpeln lassen von dem Einbrecher, den er gestellt hatte. Laut Mia Schuberts Aussage hatte sie ihn das Wort Polizei rufen hören. Wieso eigentlich? Etwa in dem Sinn „Bleiben Sie stehen, ich rufe jetzt die Polizei"? Womit hatte er den Einbrecher in Schach gehalten? Eine Waffe war bei ihm nicht gefunden worden.

Thomas runzelte die Stirn. Irgendetwas stimmte an diesem Szenario nicht. In Schuberts Hand hatte man sein Mobiltelefon gefunden. Allerdings war er wohl nicht mehr dazu gekommen, die Nummer 110 einzutippen. Wahrscheinlich hatte er im Begriff gestanden, das zu tun, hatte dabei dem Einbrecher den Rücken zugedreht und dem Moment hatte dieser ihn niedergeschlagen. Warum war der Einbrecher nicht einfach geflohen? Wie hätte Schubert ihn aufhalten wollen?

Die Überlegungen des Kommissars wurden durch ein Klopfen an der Tür unterbrochen. Unwillig rief er: „Herein". Als seine Mutter eintrat, stieß er unwillkürlich einen Seufzer aus.

„Mutter, was willst du denn schon wieder hier?", fragte er unfreundlicher, als er eigentlich beabsichtigte. „Du störst mich bei der Arbeit."

Oha, dachte Hanna, dicke Luft. Immer wenn Thomas sie Mutter und nicht Mama nannte, war Vorsicht geboten. Anscheinend hatte er sich geärgert und sie war in einem ungünstigen Augenblick gekommen.

„Moin Thomas!", begrüßte sie ihren Sohn, unberührt von seiner schlechten Laune. „Ich weiß, dass ich dich störe, aber ich muss unbedingt etwas mit dir besprechen. Es ist wichtig!" Sie setzte sich auf den Besucherstuhl und wartete auf die Reaktion ihres Sohnes.

Der Hauptkommissar versuchte mühsam, seinen Unmut zu

unterdrücken. Immer wieder pfuschte seine Mutter ihm ins Handwerk. Das war an sich schon ärgerlich genug, aber die Tatsache, dass sie mit ihren Überlegungen und Vermutungen meistens recht hatte, machte das Ganze noch frustrierender.

„Was gibt es denn so Wichtiges, Mutter? Du hast doch hoffentlich nicht wieder irgendeine riskante Recherche vorgenommen? Irgendwann wirst du noch furchtbar auf die Nase fallen mit deiner Detektivspielerei."

„Es tut mir leid, Thomas, wenn ich dich gestört habe. Ich werde dich auch nicht lange aufhalten."

Sie lächelte ihn versöhnlich an. „Hast du trotzdem vielleicht zehn Minuten Zeit, um dir anzuhören, was ich mir überlegt habe? Es geht natürlich um den angeblichen Einbruch im Hause Schubert."

Der Kommissar horchte auf. „Angeblich? Wieso angeblich?"

Hanna setzte sich zurecht für eine längere Erklärung. „Weißt du, diese ganze Einbruchsache kommt mir merkwürdig vor. Da gibt es so viele Ungereimtheiten."

Sie zählte auf, welche Aspekte sie sich dazu überlegt hatte. Thomas hörte aufmerksam zu, besonders weil er selbst ähnliche Überlegungen angestellt hatte.

„Gut, was du da sagst, ist nicht ganz von der Hand zu weisen. Und welche Schlüsse hast du daraus gezogen, Mama?"

„Es gibt doch eigentlich nur eine Schlussfolgerung, Thomas. Überleg doch mal selbst. Es gab gar keinen Einbruch. Das Ganze war fingiert!"

Eigentlich war Thomas gar nicht überrascht, denn mit seinem kriminalistischen Instinkt hatte er natürlich diese Möglichkeit auch schon in Erwägung gezogen, aber nicht gewagt, sie wirklich ins Auge zu fassen.

„Und wer soll ihn fingiert haben deiner Meinung nach?"

„Natürlich Mia Schubert, das ist doch klar."

Den Kommissar hielt es nicht auf seinen Stuhl. Er stand auf und ging in dem Büro auf und ab.

„Du denkst wirklich, diese nette junge Frau hat ihren Mann erschlagen und dann das Ganze als Einbruch dargestellt? Warum sollte sie das getan haben?"

„Thomas, versetz dich doch mal in ihre Lage." Hanna legte ihrem Sohn in aller Ausführlichkeit dar, was sie zu der Überzeugung gebracht hatte, das Mia Schubert die Täterin sein musste.

„Das klingt alles ganz plausibel, Mama. Aber wie sollen wir das beweisen?"

„Das ist jetzt wirklich eure Aufgabe, mein Sohn. Jedenfalls solltet ihr der Sache nachgehen, finde ich." Sie stand auf, um zu gehen. „Ach, da fällt mir noch etwas ein. Ist dir aufgefallen, dass in dem Kaminbesteckständer der Schürhaken fehlt? Das könnte doch die Tatwaffe sein, was meinst du?"

Plötzlich war der Kommissar wie elektrisiert. Hektisch suchte er auf seinem Schreibtisch in der Akte nach dem Bericht der Gerichtsmediziners. Was stand da, war in der Kopfwunde gefunden worden? Winzige Partikel von Rost und verschiedener organischer Substanzen wie Kohlenstoff. Kohlenstoff! Bestanden nicht Ruß und Asche unter anderem aus Kohlenstoff! Warum war ihm das nicht vorher aufgefallen? Er griff zum Telefon und rief die Gerichtsmedizin an.

„Dr. Kretschmer, nur eine kurze Frage: Kann es sein, dass die Partikel, die Sie in der Kopfwunde von Maik Schubert gefunden haben, ich meine die Kohlestoffteilchen, könnten die von Ruß stammen? Oder von Asche, wie man sie in einem Kamin findet?" Er horchte eine Weile in den Hörer, dann sagte er „Danke" und legte mit einem triumphierenden Lächeln auf. Er nahm seine verblüffte Mutter in die Arme und drückte ihr einen Kuss auf die Wange. „Mama, das ist es! Das ist der entscheidende Hinweis! In der Wunde wurde Ruß gefunden. Der Schürhaken ist die Tatwaffe! Du hast wieder einmal recht mit allem, was du gesagt hast, du Superdetektivin!"

Hanna lächelte. „Was werdet ihr jetzt tun?"

„Wir werden nach der Tatwaffe suchen. Und alles noch einmal überprüfen unter der Prämisse, dass der Einbruch nur vorgetäuscht war."

Aufgeregt nahm er das Telefon zur Hand. „Mama, du musst jetzt gehen. Ich muss mit meinem Team sprechen."

Zufrieden verließ Hanna das Kommissariat. Was jetzt kam, war professionelle Polizeiarbeit.

44. Kapitel

„Hm", machte Jan Hendrik Klüver. „Ob das für einen Durchsuchungsbeschluss ausreicht?"

Die drei Mitarbeiter des Hauptkommissars saßen in seinem Büro beisammen und machten nachdenkliche Gesichter. Zwar leuchteten ihnen die Argumente durchaus ein, die ihr Chef ihnen vorgetragen hatte, und die These, dass Mia Schubert den Einbruch vorgetäuscht hatte, klang plausibel.

„Aber auch der Einbrecher, wenn es ihn denn gegeben hat, hätte den Schürhaken als Tatwaffe benutzen können", hatte Susanne Holthaus eingewandt und damit alles wieder in Frage gestellt.

„Haben wir denn außer dem Ruß in der Wunde nichts, was unsere Theorie stützen könnte?", fragte Thomas mit einem Anflug von Verzweiflung.

„Nur das, was gegen einen Einbruch spricht: die fehlenden

Kampfspuren, absolut keine Finger- oder Fußspuren eines etwaigen Eindringlings oder Reifenabdrücke seines Fahrzeugs, das dilettantische Vorgehen, die Tatsache, dass niemand etwas gesehen oder gehört hat. Aber sonst? Nichts, absolut nichts", stellte Jan Hendrik nüchtern fest.

„Wartet mal, da fällt mir etwas ein." Jens Hartmann ließ mit flinken Fingern ein bestimmtes Protokoll auf den Bildschirm seines Laptops erscheinen. „Hat nicht einer der Nachbarn ausgesagt, er habe einen Streit gehört? Hier hab ich es: Helmut Heukamp, 76, Rentner, wohnhaft in der Brechtstraße Nr. 27, hat gesagt, er sei um 23:00 Uhr noch mal mit seinem Hund Gassi gegangen. Er habe laute Stimmen im Hause Schubert gehört. Es habe sich wohl um einen Streit gehandelt. Er habe zwar nicht verstehen können, was gesagt wurde, aber es sei die Stimme einer Frau und eines Mannes gewesen. Auf die Frage, ob es vielleicht auch der Fernseher hätte sein können, sagte er, er sei sich nicht sicher, aber ja, das könne auch sein", zitierte Jens, und ergänzte: „Deshalb haben wir diese Aussage wohl nicht näher beachtet." Der junge Kommissar blickte seine Kollegen triumphierend an. „Was, wenn er wirklich einen Streit zwischen Mia und Maik Schubert gehört hat? Die Uhrzeit stimmt, es waren die Stimmen einer Frau und eines Mannes, das passt auch."

„Gut, Jens! Hol den Mann her. Ich will seine Aussage noch einmal überprüfen. Wenn er dabei bleibt, kann ich das Ganze Frau Dr. Engelbrecht vorstellen. Ich denke, damit haben wir genug, um einen richterlichen Durchsuchungsbeschluss zu beantragen", entschied Thomas.

Helmut Heukamp sah sich neugierig im Büro des Kommissars um. „Ich war noch nie bei der Polizei, Herr Kommissar. Interessant hier", meinte er. Die Vernehmung in der Polizeiinspektion stellte anscheinend eine willkommene Abwechslung in Heukamps an spannenden Ereignissen wohl eher armen Alltag dar. Der Rentner ging leicht gebückt, hatte schütteres graues Haar und wache Augen. Zögernd nahm er auf dem Besucherstuhl Platz. Mit der knochigen Hand streichelte er den wuscheligen Kopf seines Hundes, einer struppigen graubraunen Promenadenmischung mit treuherzigen Augen, der sich brav neben seinem Stuhl niedergelassen hatte.

Der Hauptkommissar schaltete nach ein paar einleitenden Worten und den üblichen Belehrungen das Mikrofon ein, um die Befragung aufzuzeichnen. Er kam gleich zur Sache.

„Herr Heukamp, Sie sind hier, weil Sie ein wichtiger Zeuge sind in der Einbruchsache Schubert. Sie haben der Polizei etwas von einem Streit erzählt?"

„Ja. Das war an dem Tag nach dem Einbruch. Der nette Polizist – seinen Namen weiß ich nicht mehr – kam an meine Haustür und fragte, ob ich in der Nacht vorher etwas gesehen oder gehört hätte. Da habe ich ihm das erzählt."

„Würden Sie mir bitte noch einmal ganz genau erzählen, was Sie gehört haben? Es kann sehr wichtig sein. Versuchen Sie sich bitte genau zu erinnern."

Der alte Mann setzte sich zurecht und konzentrierte sich. „Also. Ich bin mit Bruno Gassi gegangen. Das tue ich immer ziemlich spät, weil er mich sonst morgens so früh weckt, wenn er raus muss. Es war so gegen elf Uhr, ich glaube sogar, ziemlich genau elf Uhr, also 23:00 Uhr. Es war dunkel, aber die Straßenlaternen brannten, sodass wir genug sehen konnten. Als ich bei dem Haus vorbei kam, also, dem Haus, in dem eingebrochen worden ist, sah ich, dass dort Licht brannte. Und ich hörte laute Stimmen, die stritten."

„Konnten Sie durch das Fenster ins Haus sehen?"

„Nein, dazu ist man auf der Straße zu weit weg wegen des

Gartens, außerdem, glaube ich, waren die Vorhänge zugezogen. Ich habe nicht so genau darauf geachtet. Aber ein Fenster muss geöffnet gewesen sein, denn man hörte die Stimmen ganz deutlich. Ich bin stehengeblieben, weil Bruno an einem Baum herumschnüffelte und sein Geschäft machen wollte."

„Sind Sie sicher, dass es nicht ein Radio oder der Fernseher war, vielleicht eine aufregende Szene in einem Spielfilm?"

Der Senior zog die Augenbrauen zusammen, während er überlegte. Dann schüttelte er langsam den Kopf. „Nee. Fernsehen klingt irgendwie anders. Da sind dann Hintergrundgeräusche, Musik oder so etwas. Ich denke, das waren echte Stimmen."

„Sie haben ausgesagt, es waren eine Frauen- und eine Männerstimme. Wie klangen diese Stimmen? Waren sie ärgerlich oder wütend?"

Heukamp überlegte wieder. „Also, die Stimme der Frau klang ziemlich wütend oder aufgeregt. So schrill und hoch, wenn Sie wissen, was ich meine. Die von dem Mann war leiser, irgendwie zurückhaltender. Es klang, als machte sie ihm irgendwelche Vorwürfe und er müsste sich verteidigen. Jedenfalls schien es mir so."

„Wie lange hat der Streit gedauert?"

„Weiß nicht. Ich bin dann ja weitergegangen. Es war mir irgendwie peinlich, das mit anzuhören, wissen Sie."

„Das verstehe ich. Einzelne Worte oder Sätze konnten Sie nicht verstehen?"

„Nee, das war unmöglich. Nur dass geschrien wurde, wie ich gesagt habe."

„Ist Ihnen sonst noch etwas aufgefallen? Etwa ein Auto, das normalerweise nicht dort steht? Oder Personen?"

Der Rentner schüttelte entschieden den Kopf. „Nee, da war nichts. Die Straße war menschenleer. Kein Auto. Alles war ganz ruhig. Deshalb ist mir der Streit ja auch aufgefallen."

„Gut. Das wäre dann alles, Herr Heukamp. Ich danke Ihnen für Ihre Hilfe."

Thomas schaltete das Mikrofon aus und erhob sich. „Mein Kollege wird Sie wieder nach Haus bringen."

„Komm, Bruno", sagte Heukamp zu seinem Hund, während er aufstand. „Tschüss, Herr Kommissar! Hoffentlich finden Sie den Täter bald."

Der Kommissar griff zum Telefon. Nach dieser Aussage würde Frau Dr. Engelbrecht sicher einer Durchsuchung des Schubert-Hauses zustimmen.

45. Kapitel

„Guten Tag, Frau Schubert!" Der Gruß des Hauptkommissars fiel förmlicher aus als üblich, als Mia Schubert die Tür ihres Hauses öffnete. Er zog den Durchsuchungsbeschluss aus der Tasche seines Jacketts und reichte der Frau das gefaltete Papier. „Es tut mir leid, Sie nochmal stören zu müssen, aber es haben sich in Bezug auf den Einbruch in Ihrem Haus einige neue Gesichtspunkte ergeben, die es notwendig machen, weiter zu ermitteln."

Mia Schubert, in schwarzem Pulli und schwarzer Hose, betrachtete überrascht die drei uniformierten Polizisten, die hinter dem Kommissar standen und mit Plastikkisten in der Hand darauf warteten, eintreten zu dürfen. Sie nahm das Blatt Papier aus der Hand des Kommissars, ohne seinen Gruß zu erwidern, faltete es auseinander und las den Text. Ihr ohnehin blasses Gesicht, dem man den Stress der vergangenen Tage ansah, schien um eine Nuance blasser zu werden. Ungläubig schaute sie Thomas an. „Sie wollen mein Haus durchsuchen? Warum denn das, um Himmels willen?"

Sie machte keine Anstalten, die Tür freizugeben.

Der Kommissar trat näher an sie heran. „Wie gesagt, es haben sich neue Ermittlungsansätze ergeben, Frau Schubert. Würden Sie uns bitte hereinlassen?"

Zögernd trat die Frau beiseite. Die Uniformierten gingen an ihr vorbei ins Haus und verteilten sich in den Räumen. Mia Schubert sah ihnen mit unwillig zusammengezogenen Augenbrauen hinterher. „Dürfen Sie das überhaupt?", fragte sie mit vor der Brust verschränkten Armen.

Thomas schloss die Haustür und folgte seinen Leuten. „Ja, das dürfen wir. Sie haben den richterlichen Beschluss ja gelesen."

„Ich werde sofort meinen Vater anrufen. Er ist Anwalt, wie Sie ja wissen."

„Das können Sie gerne tun. Wir haben die Berechtigung, Ihr Haus nach relevanten Beweisstücken zu durchsuchen."

„Was suchen Sie denn?" Mia Schubert hatte ihr Mobiltelefon zur Hand genommen, die entsprechende Nummer eingetippt und wartete auf die Verbindung, während sie nervös beobachtete, wie die Polizisten die Schränke öffneten, Schubladen herauszogen und hinter die Bücher im Regal schauten.

Thomas, der seine Leute beaufsichtigte, hörte, wie sie mit ihrem Vater telefonierte. „Papa? Die Polizei ist hier. Sie durchsuchen das Haus …. Ja, den hat er mir gezeigt … Ja, ich habe ihn gelesen … Ja … Ist gut … Bis gleich."

Sie wandte sich wieder dem Geschehen zu. „Ist das denn wirklich nötig, Herr Kommissar? Was hoffen Sie denn, hier bei mir im Haus zu finden?" Unruhig die Hände ringend folgte sie den Beamten, die inzwischen im Arbeitszimmer ihres Mannes den Computer und den Laptop einpackten und den Inhalt seines Schreibtisches inspizierten.

„Wo ist denn das Handy Ihres Mannes!", fragte Thomas.

„Wieso? Was soll das?" Mias Stimme klang ungehalten.

„Haben Sie es? Geben Sie es mir bitte!", drängte der Kommissar.

Mia Schubert ging mit raschen Schritten in ihr eigenes Arbeitszimmer, das neben dem ihres Mannes lag, öffnete eine Schublade ihres Schreibtisches und holte ein modernes Smartphone hervor.

„Kennen Sie das Passwort?"

„Natürlich nicht!" Mias Wangen hatten sich gerötet. Thomas registrierte, dass sie immer nervöser wurde.

Einer der Polizisten hatte im Schlafzimmer sämtliche Schuhe Maik Schuberts eingepackt und schleppte sie nach draußen.

„Was um Himmels willen wollen Sie denn mit Maiks Schuhen?", rief Mia empört.

Die Türklingel ertönte und sie eilte zur Haustür. Rupert Jörgens trat ein, umarmte flüchtig seine Tochter und kam dann direkt auf Thomas Morgenroth zu. „Was ist hier los? Herr Morgenroth, sind Sie wohl so nett, mir zu erklären, was hier vor sich geht?" Sein unhöflicher Ton passte dem Kommissar zwar gar nicht, aber er hielt ihn der verständlichen Aufgebrachtheit des Rechtsanwalts zugute.

„Guten Tag, Herr Jörgens", antwortete er betont ruhig. „Wie ich Ihrer Tochter schon sagte, haben sich neue Ermittlungsansätze ergeben, die eine Hausdurchsuchung notwendig machen. Hier ist der Beschluss von Richter Hüning, sehen Sie selbst!"

Er reichte dem erbosten Mann das Papier. Jörgens warf einen kurzen Blick darauf und schüttelte missbilligend den Kopf. „Das wird ein Nachspiel haben, Herr Kommissar. Als ob meine Tochter nicht schon genug zu ertragen hatte."

Bevor Thomas etwas erwidern konnte, war die Stimme eines der Polizisten aus dem an den Küchentrakt angrenzenden Hauswirtschaftsraum zu hören: „Herr Hauptkommissar, ich habe hier etwas. Kommen Sie mal?"

Thomas eilte durch die Küche in den Nebenraum. Sein Mitarbeiter wies auf einen in Zeitungspapier eingewickelten länglichen Gegenstand, der in dem schmalen Spalt hinter der Waschmaschinen-Trockner-Kombination lag. Mia Schubert und Rupert Jörgens waren dem Kommissar gefolgt und beobachteten zusammen mit ihm, wie der Polizist den Gegenstand aus dem Papier wickelte. Zum Vorschein kam der kunstvoll geformte schmiedeeiserne Schürhaken, der offensichtlich zu dem Kaminbesteck aus dem Wohnzimmer gehörte. An dem gebogenen Ende des etwa 70 Zentimeter langen massiven Eisenstabes war deutlich eine dunkle Anhaftung zu erkennen; Thomas ging davon aus, dass es Blut war.

Der Kommissar nahm das Werkzeug in seine behandschuhten Hände. „Ist das Ihr Kaminschürhaken, Frau Schubert?", fragte er. Das Gesicht der jungen Frau war kreidebleich geworden, das ihres Vaters zeigte fassungsloses Entsetzen. „Was? Wieso …? Was hat das zu bedeuten, Mia?", stammelte er.

Ein weiterer Polizist trat an Thomas heran. In den Händen trug er eine Kiste, in der das übrige Kaminbesteck, Ständer, Schaufel und Besen, lag. Der Kommissar legte den Schürhaken dazu.

„Ich muss Sie bitten, mit aufs Kommissariat zu kommen, Frau Schubert", sagte er. „Das hier ist aller Wahrscheinlichkeit nach das Werkzeug, mit dem Ihr Mann erschlagen worden ist. Wir werden es auf Fingerabdrücke untersuchen und mit Ihren vergleichen."

Rupert Jörgens hatte sich inzwischen wieder etwas gefasst.

„Du sagst nichts, hörst du, Mia, du sagst kein Wort! Ich werde sofort Dr. Möller Bescheid sagen. Er wird mit mir die Verteidigung übernehmen. Bleib ganz ruhig. Wir werden das regeln."

Thomas nahm die junge Frau, die steif dastand und kein Wort sagte, am Ellenbogen und führte sie hinaus. Die Uniformierten folgten ihm mit den Gegenständen, die sie konfisziert hatten. Die Durchsuchung war beendet.

46. Kapitel

Mia Schubert saß aufrecht mit durchgedrücktem Rücken und im Schoß gefalteten Händen auf dem Stuhl im Verhörraum in der Polizeiinspektion. Das Glas Wasser, das man vor sie hingestellt hatte, ignorierte sie. Den Belehrungen, die besagten, dass man sie nun als Beschuldigte im Todesfall Maik Schubert befragen und die Befragung tontechnisch aufzeichnen werde, hatte sie ohne Kommentar angehört. Überhaupt hatte sie noch kein Wort gesagt; ihren Namen, das Geburtsdatum und die Wohnadresse hatte sie lediglich durch ein Nicken und erst nach Aufforderung mit einem kaum hörbaren „Ja" bestätigt.

Neben ihr saßen ihr Vater und dessen Sozius in der Kanzlei, Dr. Wolfgang Möller, die offiziell als Rechtsbeistand fungierten. Rupert Jörgens machte einen besorgten Eindruck, sein Kollege schien dagegen die Ruhe selbst zu sein. Möller war ein untersetzter Mann von mittlerer Größe, er trug einen maßgeschneiderten dreiteiligen Anzug mit tadellosem Hemd und dezenter Krawatte, eine randlose Brille und einen großen Siegelring an der linken Hand. Seit der Hausdurchsuchung waren einige Stunden vergangen, die Mia Schubert im Gewahrsam der Polizei verbracht hatte.

Hauptkommissar Thomas Morgenroth und Oberkommissar Jan Hendrik Klüver saßen am Tisch Mia gegenüber. Vor sich hatten sie die Akten liegen, in die sie hin und wieder hineinschauten, wenn sie sich über ein Detail vergewissern wollten.

„Frau Schubert", eröffnete der Hauptkommissar nun die Befragung. „Wir haben inzwischen die Beweisstücke, die wir in Ihrem Haus gefunden haben, kriminaltechnisch untersucht. An dem Schürhaken sind Blutspuren und Haare sichergestellt worden, die eindeutig Ihrem Mann zuzuordnen sind. Außerdem sind Ihre Fingerabdrücke auf dem Griff gefunden worden. Was sagen Sie dazu?"

Noch bevor Mia den Mund aufmachen konnte, ergriff Dr. Möller das Wort. „Unsere Mandantin wird keine Aussage machen, mit der sie sich selbst belasten könnte", schnarrte er.

„Aha", kommentierte Thomas die Aussage des Anwalts knapp. „Vielleicht möchten dann Sie uns erklären, wieso Ihre Mandantin die blutbefleckte Tatwaffe, mit der ihr Mann erschlagen wurde, im Hauswirtschaftsraum versteckt hat? Und warum wir außer den Fingerabdrücken des Opfers nur die Ihrer Mandantin gefunden haben, die zudem die von Maik Schubert überdeckten, was bedeutet, dass sie den Schürhaken als Letzte in der Hand gehabt hat?"

„Nun, vielleicht hat der Einbrecher den Schürhaken nach der Tat fallen lassen, meine Mandantin hat ihn aufgehoben und beiseitegelegt."

„Beiseitegelegt? Eingewickelt und sorgfältig versteckt trifft es wohl besser", erwiderte der Kommissar. „Und warum sollte sie das getan haben?"

Ehe Dr. Möller sich weiter in einen für ihn und seine Mandantin unvorteilhaften Disput verwickeln lassen konnte, unterbrach Rupert Jörgens den Dialog. „Meine Tochter wird dazu keine Aussage machen. Sie können sich also jegliche Spekulation dazu sparen. Sie verweigert die Aussage, das ist ihr gutes Recht. Also was soll die Fragerei, Herr Hauptkommissar?"

Sieh an, da spricht der erfahrene Strafverteidiger, dachte Thomas.

„Hm", machte er, „das sollte Ihre Tochter sich aber besser noch einmal überlegen. Ein Geständnis zu diesem Zeitpunkt würde sich eventuell noch strafmildernd auswirken. Es könnte sich ja durchaus um eine Affekttat gehandelt haben. Ein Zeuge hat nämlich einen lauten Streit in ihrem Haus wahrgenommen zu einem Zeitpunkt, der der Tatzeit sehr nahe kommt. Möchte Ihre Mandantin sich vielleicht dazu äußern?"

Er blickte Mia Schubert auffordernd an. Sie verzog immer noch keine Miene, ihr Gesicht wirkte auf befremdliche Art ausdruckslos.

„Was für ein Streit soll denn das gewesen sein?", fragte Möller, nachdem er einen schnellen Blick mit Jörgens gewechselt hatte.

„Ein heftiger Streit zwischen einem Mann und einer Frau im Haus Ihrer Mandantin gegen 23.00 Uhr am fraglichen Tag."

„Auch dazu wird meine Tochter nichts sagen", wiederholte Jörgens.

Thomas ließ eine Pause eintreten, während der er einige Blätter aus der vor ihm liegenden Akte heraussuchte.

„Aber vielleicht möchte sie Stellung nehmen zu den Drohbriefen, die wir im PC Ihres Mannes gefunden haben. Wir haben sie ausdrucken lassen. Wollen Sie sie bitte einmal in Augenschein nehmen?" Der Kommissar breitete vier Din A4-große Papiere auf dem Tisch aus. Auf jedem Blatt waren in großen Buchstaben, teilweise kursiv oder fett gedruckt, folgende Sätze zu lesen:

Du Schwein! Du wirst büßen für das, was du mir angetan hast!

Was sagst du zu 100 000.- Euro? Ist das genug als Buße für dein Verbrechen an mir?

Jetzt sind es 200 000.- Euro. Oder willst du, dass ich zur Polizei gehe und alles erzähle?

Willst du wissen, wer ich bin? Dann komm morgen Abend, 23.00 Uhr ins Blue Moon.

Endlich wachte Mia Schubert aus ihrer Erstarrung auf. Sie beugte sich vor, warf einen Blick auf die Blätter und wandte sich ab. Thomas hatte den deutlichen Eindruck, dass sie die Texte kannte.

„Diese Texte sind am 21. , 22. , 23. und 24. März per E-Mail auf dem PC Ihres Mannes eingegangen. Kennen Sie den Inhalt, Frau Schubert?"

„Nicht antworten, Mia!", kam Jörgens einer Aussage seiner Tochter, die schon den Mund geöffnet hatte, zuvor. Er wandte sich an den Hauptkommissar.

„Was haben diese dreckigen Drohbriefe denn mit dem Einbruch zu tun, Herr Morgenroth?" fragte Jörgens. „Offensichtlich sind das doch die Rachefantasien eines Verrückten. Mein Schwiegersohn hat sich niemals etwas zuschulden kommen lassen. Das ist ganz ausgeschlossen." Er schüttelte erbost den Kopf.

„Sie wollen dazu also nichts sagen, Frau Schubert?", vergewisserte Thomas sich. Mia presste die Lippen zusammen und schüttelte den Kopf. Ihr Vater tätschelte lobend ihren Arm.

„Ist Ihnen bekannt, dass Ihr Mann am 25.03. im Blue Moon das spätere Mordopfer Ole Jansen getroffen und mit ihm geredet hat? Wir haben eine Zeugin dafür."

Wieder keine sichtbare Reaktion. Nur Jörgens und Möller

wechselten einen Blick.

„Also gut. Dann zu etwas anderem: Wussten Sie, dass Ihr Mann am Montag, dem 27. 03., also dem Tag, an dem der Mord an Ole Jansen begangen wurde, 20 000.- Euro von seinem Geschäftskonto abgehoben hat?"

Beide Kommissare beobachteten die Mimik der jungen Frau genau. Das immer noch blasse Gesicht der Beschuldigten blieb ungerührt. Nur ein schnelles Blinzeln der Augen zeigte, dass die Nachricht sie überraschte. Sie hat es nicht gewusst, dachte Thomas, und ein Seitenblick zu Jan Hendrik zeigte ihm, dass er richtig lag mit seiner Einschätzung.

Die beiden Anwälte dagegen zeigten deutlich, jeder auf seine individuelle Art, dass sie von alldem nichts geahnt hatten. Rupert Jörgens hatte offensichtlich Mühe, die unerhörten Neuigkeiten zu verkraften. Die zur Schau getragene Ruhe seines Kollegen machte einer zunehmenden Nervosität Platz.

„Sie wollen also immer noch keine Aussage machen, Frau Schubert, sehe ich das richtig?", bemerkte der Kommissar. Mia Schubert reagierte mit einem Kopfschütteln.

„Dann nur noch eine Frage: Wissen Sie, wer Conni ist? Mit dieser Person hat ihr Mann in den letzten zwei Wochen vor seinem Tod jeden Tag mehrmals telefoniert."

Jetzt endlich zeigte Mia Schubert eine deutliche Reaktion. Sie schlug die Hände vors Gesicht und brach in Tränen aus. Erschrocken legte ihr Vater seinen Arm um ihre Schulter und drückte sie an sich.

„Bitte, Papa, ich kann nicht mehr! Bring mich hier weg! Bitte!", jammerte die junge Frau schluchzend.

Die Kommissare standen auf. „Die Befragung ist hiermit vorläufig beendet. Die Beschuldigte bleibt in Gewahrsam."

Der uniformierte Polizist, der die ganze Zeit vor der Tür gewartet hatte, führte Mia Schubert hinaus. Ihr Vater und Dr.

Möller folgten ihnen.

„Was denkst du, Jan Hendrik?", fragte Thomas, nachdem er das Aufnahmegerät ausgeschaltet und die Blätter wieder in den Aktendeckel geschoben hatte. „Hat sie alles gewusst?"

„Ja, ich glaube, sie hat zumindest von der Erpressung gewusst und von dem Verhältnis. Aber auch von dem Mord? Ich weiß nicht."

Die Tür ging auf und Wilhelm Stör, der Spurenspezialist trat ein.

„Schlechte Nachrichten, meine Herren", verkündete er. „Die Fußspur am Grab, ihr erinnert euch? Wir haben alle Schuhe von Maik Schubert mit der Spur verglichen: Keiner passt!"

47. Kapitel

" Das darf doch nicht wahr sein!" , schimpfte Thomas Morgenroth. „Da haben wir alles hübsch beieinander, um zu beweisen, was passiert ist, und dann das! Wieso finden wir den passenden Schuh zu dem Schuhabdruck nicht?"

Der Hauptkommissar saß mit seinen Mitarbeitern in seinem Büro. Eigentlich war schon längst Dienstschluss, aber es herrschte Redebedarf.

„Kann es nicht sein, dass Schubert die Schuhe, die er in der Mordnacht getragen hat, entsorgt hat?", fragte Jan Hendrik. „Wahrscheinlich waren sie schmutzig von der Friedhofserde."

„Außerdem: Wir haben die Brieftasche von Ole Jansen und sein Mobiltelefon nicht gefunden in dem Haus. Auch die Tatwaffe nicht. Schubert hat die Sachen bestimmt irgendwo außerhalb des Hauses verschwinden lassen", mutmaßte Jens.

„Was nur logisch gewesen wäre. Er brauchte die Sachen ja nur am nächsten Tag in die Soeste zu werfen. Wie sollten wir sie dort jemals finden?", ergänzte Jan Hendrik. Er fuhr sich mit beiden Händen durch seine kurzen blonden Haare, als könnte er dadurch sein Gehirn zum Denken anregen. „Ich frage mich sowieso, warum er Brieftasche und Handy überhaupt mitgenommen hat, wo er doch davon ausging, dass die Leiche in dem Grab niemals gefunden werden würde."

„Also, wo stehen wir jetzt?", versuchte Thomas den Stand der Ermittlungen zusammenzufassen. „Wir gehen davon aus, dass Mia Schubert den Einbruch fingiert hat, weil sie ihren Mann nach einem heftigen Streit im Affekt erschlagen hat. Sie hatte vermutlich von der Affäre ihres Mannes mit Konstantin Ebersfeld erfahren. Wir denken außerdem, dass sie von der Erpressung wusste. Aber was den Ablauf der Geschehnisse in der Mordnacht angeht, ist noch vieles im Unklaren. Hat Mia Schubert davon gewusst, womöglich bei der Planung geholfen? Oder hat sie vielleicht erst später von ihrem Mann im Laufe des Streits davon erfahren?"

Susanne, die bisher nur still zugehört hatte, meldete sich zu Wort. „Mir geht der Schuhabdruck nicht aus dem Kopf. Warum sollte Schubert seine Schuhe entsorgt haben? Er ging doch davon aus, dass die Leiche unentdeckt bleiben würde. Und in der Nacht war es ganz trocken, der Regen setzte erst am Morgen ein. Also war bestimmt nur wenig Sand an den Sohlen." Sie schüttelte den Kopf. „Nein, ich glaube nicht, dass er seine Schuhe entsorgt hat. Ich habe da eine andere Idee", erklärte sie. „Wisst ihr noch, wie wir darüber nachgedacht haben, dass es gar nicht leicht gewesen sein muss für einen einzelnen Menschen, den toten Körper zum Grab zu transportieren, auch wenn er sportlich und kräftig war wie Schubert? Und dass der Transport des Fahrrades zum Bahnhof umständlich gewesen sein muss; der Täter hätte ja quer durch die Stadt zurück zu Fuß laufen müssen zu seinem Auto und konnte dann erst nach Hause fahren." Sie hielt inne und sah in die gespannten Gesichter ihrer drei Kollegen. „Was wäre, wenn Schubert nicht alleine war?", fuhr sie fort. „Wenn er einen Mittäter oder Helfer hatte?"

Die Ermittler sahen sich gegenseitig an, während diese Möglichkeit in ihren Köpfen langsam Gestalt annahm.

„Und an wen denkst du da?", fragte Jan Hendrik schließlich.

„Na, an Konstantin Ebersfeld natürlich." Susanne kostete den Effekt ihrer Überlegung voll aus. Sie konnte regelrecht sehen, wie es in den Gehirnen ihrer Kollegen arbeitete.

„Denkt doch einmal nach. Maik Schubert hat jeden Tag, manchmal sogar mehrmals, mit seinem ‚Conni' telefoniert, wie uns sein Handy verraten hat. Worüber wird er wohl mit ihm gesprochen haben? Über die Erpresserbriefe natürlich und das Dilemma, in dem er steckte. Wahrscheinlich haben die beiden zusammen nach einer Lösung gesucht. Vielleicht haben sie sogar gemeinsam geplant, wie sie Ole Jansen mundtot machen konnten. Ist das so unwahrscheinlich?"

Ihr Chef fuhr sich nachdenklich über sein Kinn, auf dem sich die ersten Bartstoppeln zeigten. „Nein, durchaus nicht. Mir fallen da die Geldforderungen von Ole Jansen ein. 100 000 oder sogar 200 000 Euro. Wo sollte Schubert, der ja erst am Beginn seiner beruflichen Laufbahn stand, so viel Geld herbekommen? Vielleicht hat er seinen Geliebten gebeten, ihm mit Geld zu unterstützen. Die Zwanzigtausend von seinem Konto hätten ja kaum ausgereicht."

„Aber Ebersfeld war zur Tatzeit in Göttingen. Das ist mindestens 250 Kilometer weit weg", wandte Jens ein. „Er hat ein Alibi."

Thomas richtete sich auf.

„Woher wissen wir das? Kann es nicht sein, dass er hier war in der Mordnacht? Dass Maik ihn gebeten hat herzukommen, um ihm zu helfen?"

Er nahm das Telefon zur Hand. „Ich finde, es wird höchste Zeit, dass wir mit Herrn Ebersfeld mal ausführlich reden. Ich werde die Polizei in Göttingen bitten, dem Herrn eine Vorladung zu einer Befragung zu überbringen."

Er nickte seinen Mitarbeitern zu. „Schönen Feierabend, Kollegen!"

Alle standen auf. Die Aussicht auf neue Erkenntnisse beflügelte sie. Ihre Arbeit machte Fortschritte.

48. Kapitel

Kommissar Jens Hartmann konnte nicht abschalten. Er saß in seiner Wohnung vor seinem Computer und dachte über den Fall Schubert nach. Die Idee, dass Konstantin Ebersfeld seinen Freund und Geliebten bei dieser Erpressung durch Ole Jansen, die für Schubert existenzbedrohlich war, unterstützt hatte, war mehr als wahrscheinlich. Wer wenn nicht er hätte Verständnis für die verzweifelte Lage Schuberts haben sollen?

Aber um Schubert bei dem Vorhaben, Ole Jansen auszuschalten, helfen zu können, musste er vor Ort gewesen sein. Bisher wies jedoch nichts darauf hin, dass er am Tattag, genauer, in der Nacht vom Montag auf Dienstag, hier in der Stadt gewesen war. Niemand hatte ihn gesehen, niemandem war ein Auto mit Göttinger Kennzeichen aufgefallen. Allerdings hatte auch niemand bisher danach gefragt.

Wenn sein Chef Ebersfeld morgen ins Verhör nehmen würde: Was hinderte den Mann daran, einfach alles zu leugnen? Gut, Frau Morgenroth hatte ihn auf der Beerdigung getroffen und er hatte mit ihr sogar ganz offen über seine Beziehung mit Maik Schubert gesprochen. Auch die vielen Telefonate würde er nicht leugnen können, aber die bewiesen nicht, dass er über die Erpressung Bescheid gewusst hatte. Die beiden Männer konnten sich ja über alles Mögliche unterhalten haben. Für eine Hausdurchsuchung in der Göttinger Wohnung würde der nicht zuzuordnende Schuhabdruck nicht ausreichen, da war Jens sich sicher. Schließlich hätte der Abdruck theoretisch auch von Gott weiß wem stammen können. Wenn Ebersfeld strikt leugnete, hier in Cloppenburg gewesen zu sein, war nichts zu machen. Die Polizei hatte weder das Tatwerkzeug, auf dem eventuell Fingerabdrücke zu finden wären, noch sonst ein Indiz für eine Mittäterschaft des Göttingers.

Jens Hartmann stützte sein Kinn auf seine Hand und betrachtete müßig eine Stadtkarte Göttingens auf seinem PC. Wie weit war es eigentlich genau von Göttingen nach Cloppenburg? Wie lange dauerte die Fahrt? Er rief einen Routenplaner auf seinen Bildschirm. Über die A33 über Hannover und Bremen dauerte die Fahrt 3:30 Stunden und war 310,2 Kilometer lang, erfuhr er, über die A7 und die B6 brauchte man etwas länger, aber die Strecke war nur 272,1 Kilometer lang.

Für einen Aufenthalt von einem Tag oder besser, von einer Nacht, war das hin und zurück eine ganz schöne Tour. Ebersfeld musste sich doch inzwischen irgendwo ausgeruht und verköstigt haben. *Und getankt!* Er musste hier in der Stadt oder der näheren Umgebung sein Auto aufgetankt haben für die Rückfahrt, wenn er nicht den teuren Sprit an einer Autobahnraststätte in Kauf nehmen wollte!

Wo konnte man tanken mitten in der Nacht?

Im Nu hatte Jens sämtliche Tankstellen in Cloppenburg und Umgebung aufgerufen und sortierte diejenigen heraus, die durchgehend geöffnet waren. Es waren sechs. Drei davon lagen außerhalb Cloppenburg in Molbergen und Emstek, die anderen drei befanden sich in der Osterstraße, der Emsteker Straße und am Neuendamm. Die am Neuendamm war eine Automatiktankstelle, also nur mit Kreditkarte zu bedienen, die anderen beiden waren die ganze Nacht hindurch besetzt. Dort konnte man auch um zwei Uhr in der Nacht noch Getränke und Snacks kaufen.

Jens überlegte, welche Tankstelle auf dem Weg zur Autobahn am günstigsten lag. Das war die Osterstraße. Wenn Ebersfeld dort mit Kreditkarte bezahlt hatte, musste noch ein Beleg im Computer vorhanden sein. Oder vielleicht erinnerte sich sogar der Angestellte an den Verdächtigen. Gab es ein Foto von Konstantin Ebersfeld im Netz? Vielleicht bei facebook, instagram oder tiktok?

Es dauerte nicht lange, bis Jens fündig wurde. Konstantin Ebersfeld hatte einen Account bei instagram, wo er ständig Fotos und Bilder zu allen möglichen Themen veröffentlichte. Sein Profilbild zeigte ihn in einem zwar künstlerisch etwas veränderten, aber gut erkennbaren Porträt. Jens ließ das Bild auf Papier drucken, damit er es in Postkartengröße vorzeigen konnte. Mit dem Bild in der Hand sprang er auf, griff nach seiner Jacke und verließ seine Wohnung.

49. Kapitel

Ein attraktiver Mann, dachte Thomas, als er Konstantin Ebersfeld begrüßte. Der junge Mann - Ebersfeld war 28 Jahre alt - der an dem Tisch im Vernehmungszimmer der Polizeiinspektion saß, war schlank und groß, hatte regelmäßige, gut geschnittene Gesichtszüge und volles dunkelblondes leicht gewelltes Haar, das er nach der aktuellen Mode an den Seiten kurz, oben etwas länger und sauber gescheitelt trug. Seine Kleidung bestand aus einer schwarzen Jeans, einem dunkelgrünem Hoodie und Sneakers. In beiden Ohrläppchen trug er einen kleinen goldenen Ohrstecker.

Nach der üblichen Einleitung und Belehrung schlug der Kriminalhauptkommissar die vor ihm liegende Ermittlungsakte auf. Oberkommissar Jan Hendrik Klüver, der neben ihm saß, klappte seinen Laptop auf.

„Danke, dass Sie den weiten Weg von Göttingen hierhergekommen sind, Herr Ebersfeld."

Ebersfeld lächelte, was sein hübsches Gesicht noch anziehender machte. „Nun ja, es blieb mir ja wohl nichts anderes übrig, nachdem Ihre netten Kollegen in Göttingen mich so freundlich zu diesem Besuch hier eingeladen haben", meinte er ironisch. „Übrigens: Was haben meine Schuhe denn mit diesem Fall zu tun? Ich hoffe, ich bekomme sie irgendwann zurück?"

Thomas erwiderte das Lächeln nicht. „Darauf kommen wir noch zu sprechen, Herr Ebersfeld. Wir werden Sie jetzt als Zeugen befragen im Mordfall Ole Jansen."

„Aha?" Ebersfeld zog erstaunt die Augenbrauen hoch. „Ich wüsste nicht, was ich mit diesem Mordfall zu tun haben sollte."

Thomas stieß einen verhaltenen Seufzer aus. Also war striktes Leugnen die Strategie des Göttingers. Er zwang sich zur Geduld.

„Also gut. Fangen wir ganz von vorne an. Wie war Ihr Verhältnis zu Maik Schubert?"

Konstantin Ebersfeld richtete sich auf und schaute dem Kommissar direkt in die Augen, als wollte er dessen Reaktion auf seine nun folgende Antwort testen. „Wir waren ein Paar", sagte er herausfordernd.

„Wie lange kannten Sie sich schon?", fragte Thomas ganz ruhig weiter.

Angesichts der gelassenen Reaktion des Kommissars entspannte der junge Mann sich. „Wir haben uns während des Studiums kennengelernt. Wir hatten gemeinsame Philosophie- und Theologieseminare und stellten fest, dass wir oft einer Meinung waren. Allerdings teilte ich Maiks unbedingte Gläubigkeit nicht. Er war zu sehr gefangen im Katholizismus."

„Sie waren also seit Jahren ein Paar. Haben Sie sich geoutet in Ihrem Freundes- und Bekanntenkreis?"

„Nein. Maik traute sich nicht. Wie gesagt, er war Katholik und von Haus aus erzkonservativ. Sein heimatliches soziales Umfeld war ihm unheimlich wichtig. Er hatte große Angst vor dem Coming-out."

„Maik Schubert hat vor anderthalb Jahren geheiratet. Wie war das für sie, Herr Ebersfeld?"

Konstantin Ebersfelds zur Schau geladene Gelassenheit fing an zu bröckeln. Er wechselte seine Sitzhaltung und verschränkte seine Arme vor dem Oberkörper.

„Ehrlich gesagt, es war furchtbar für mich. Ich dachte, ich hätte ihn verloren. Dass er sich endgültig für ein konservatives, bürgerliches Leben entschieden hätte. Aber nach ein paar Wochen kam er zu mir zurück."

Thomas nahm ein Blatt aus der Akte und schob es über den Tisch, sodass Ebersfeld es lesen konnte.

„Kommen wir jetzt zu den Ereignissen der letzten Wochen und Tage. Wussten Sie von dem Erpressungsversuch Ole Jansens?"

Der Befragte nahm das Blatt und las die darauf ausgedruckten Drohungen, mit denen Ole Jansen Schubert unter Druck gesetzt hatte. „Ja", antwortete er. „Maik hat mir am Telefon davon erzählt. Er war verzweifelt."

„Hat er Ihnen auch den Grund für die Erpressung verraten?"

„Ja. Ich war erschüttert. Er erzählte mir, wie es damals zu dem Missbrauch gekommen ist. Wie unreif und unkontrolliert er gewesen sei. Er beteuerte, dass er niemals Gewalt angewendet habe, immerhin."

„Haben Sie etwa Verständnis für das Verbrechen an dem Elfjährigen von damals?" Der scharfen Stimme des Kommissars war seine Empörung anzuhören. Jan Hendrik legte beruhigend seine Hand auf den Arm seines Chefs und wechselte einen Blick mit ihm, der besagte: Nur die Ruhe!

„Nein, ganz und gar nicht, verstehen Sie mich nicht falsch. Ich verurteile sexuelle Gewalt gegen Kinder aufs Schärfste. Aber bitte, Sie müssen auch mich verstehen. Ich habe Maik über alles geliebt. Er war die Liebe meines Lebens."

Thomas konzentrierte sich. „Hat Maik Schubert Sie um Hilfe gebeten in der Erpressungssache?"

„Ja. Er bat mich um Geld. Er sollte 100 000,- Euro bezahlen, die er natürlich nicht hatte. Sein Plan war, dem Erpresser eine kleinere Summe anzubieten. Er hatte 20 000,- Euro zusammengebracht, ich sollte ihm 10 000,- dazugeben. Er hoffte, dass sich der junge Mann damit zufriedengeben würde."

„Wie haben Sie ihm das Geld denn zukommen lassen?"

„Ich wollte es ihm überweisen. Aber dann ist ja dieser Mord

passiert und die Sache hatte sich erübrigt."

„Wie haben Sie davon erfahren?"

„Maik rief mich an. Er sagte, damit hätte sich das Problem erledigt. Der Erpresser sei auf spektakuläre Art und Weise ums Leben gekommen. Es hieß, dass Drogenhandel im Spiel sei. Und dass der Junge medikamentensüchtig gewesen sei."

„Sie haben also mit dem Mord an Ole Jansen nichts zu tun?"

„Nein, natürlich nicht! Maik auch nicht, falls Sie das annehmen sollten. Weiß der Himmel, wie und warum der junge Mann zu Tode gekommen ist. Und durch wen. Wir waren es jedenfalls nicht."

Der Hauptkommissar sah seinen Kollegen auffordernd an. Jan Hendrik sollte den nächsten Teil der Befragung übernehmen, hatten sie verabredet.

Der Oberkommissar räusperte sich und rückte seinen Laptop zurecht. „Herr Ebersfeld, wo waren Sie am 27. und 28. März dieses Jahres? Genauer: in der Nacht von Montag auf Dienstag, zwei Wochen vor Ostern. Also, wo waren Sie da?"

Wieder wechselte der Befragte seine Sitzhaltung. „Wo ich war an den Tagen? Da muss ich kurz überlegen. Ach ja, jetzt weiß ich es wieder. Ich war das ganze Wochenende und danach bei mir in der Wohnung. Ich hatte eine Semesterarbeit fertigzustellen. Das Sommersemester jetzt ist mein Prüfungssemester, wissen Sie."

„Sie waren also nicht in der Nacht von Montag auf Dienstag hier in Cloppenburg?"

„Nein, natürlich nicht. Was hätte ich denn hier tun sollen?"

„Sie lügen, Herr Ebersfeld. Sie waren hier. Um 1:25 Uhr haben Sie Ihren blauen Audi A3 an der Freien Tankstelle in der Osterstraße aufgetankt für, warten Sie, ich sage es Ihnen genau", er warf einen Blick auf den Computerbildschirm, „47,95 Euro. Sie haben mit Ihrer Kreditkarte bezahlt. Die Kasse in der

Tankstelle hat Ihre Kreditnummer registriert, über die wir Sie identifizieren konnten. Außerdem hat der Angestellte Sie auf einem Foto erkannt. Er konnte sich sogar an Ihr Auto erinnern."

Jens Hartmann hatte tatsächlich, nachdem er alle anderen in Frage kommenden Tankstellen abgeklappert hatte, in der Osterstraße Glück gehabt. Der Angestellte, der in der Montagnacht Dienst gehabt hatte, war ein Student, der sich sporadisch etwas Geld durch den Nachtdienst in der Tankstelle verdiente. Er erinnerte sich quasi an jeden, der in der entsprechenden Nacht getankt und damit eine willkommene Unterbrechung seines langweiligen Jobs dargestellt hatte. Das Göttinger Kennzeichen des Audis war ihm aufgefallen, als er automatisch durch die große Schaufensterscheibe den Wagen betrachtet hatte. Und er erinnerte sich sogar, dass der Fahrer ein Paket Kekse, eine Packung Kaugummi und eine Literflasche Mineralwasser gekauft hatte. Als der junge Kommissar ihm das Foto Ebersfelds zeigte, erkannte er ihn sofort wieder. Ein Zeuge, wie er im Buche steht, hatte Thomas gesagt und seinen jungen Mitarbeiter wegen seiner erfolgreichen Eigeninitiative gelobt. Vor Freude über das Lob waren die Ohren des Computerfachmanns rot angelaufen, wie immer, wenn er in Verlegenheit geriet.

Das attraktive Gesicht des Göttingers war blass geworden. Er brauchte ein paar Sekunden, um sich auf die neue Situation einzustellen.

„Also gut, dann war ich also hier. Maik hat mich gebeten zu kommen. Er hatte Angst vor dem Treffen mit dem Erpresser und brauchte mich als Beistand, wenn Sie so wollen." Trotzig lehnte er sich zurück und verschränkte wieder die Arme vor der Brust.

„Kurz bevor Sie Ihren Wagen aufgetankt haben und nach

Göttingen zurückgefahren sind, ist Ole Jansen ermordet worden." Der Kommissar machte eine kleine Pause, tippte ein paar Worte in seinen Laptop und richtete den Blick dann wieder auf sein Gegenüber. „Ich belehre Sie hiermit, dass Sie ab jetzt als Beschuldigter in der Mordsache Ole Jansen vernommen werden. Sie können jederzeit einen Anwalt hinzuziehen, wenn Sie das wünschen."

Konstantin Ebersfeld hatte jede Selbstsicherheit verloren. Er rutschte unruhig auf seinem Stuhl hin und her und rang die Hände.

Jan Hendrik fuhr ungerührt fort: „Der Mann, der Ihren Geliebten bedrohte und erpresste und den dieser mit Geld ruhigstellen wollte, wurde also genau zu dem Zeitpunkt, als Sie hier waren, ermordet. Sie sind auf Bitten Ihres Freundes hierhergefahren, um ihm beizustehen, wie Sie sagen, wenn er das Geld übergibt. Nun erzählen Sie schon: Was ist bei diesem Treffen passiert?"

„Das weiß ich nicht. Ich war ja nicht dabei."

„Herr Ebersfeld, es hat doch keinen Sinn mehr zu leugnen. Wir haben einen Schuhabdruck direkt am Fundort der Leiche gefunden. In diesem Moment ist die Kriminaltechnik dabei, ihn mit Ihren Schuhen zu vergleichen. Deshalb haben die Kollegen von der Streife Ihre Schuhe mitgenommen. Sollte sich herausstellen, dass der Schuhabdruck zu einem Ihrer Schuhe passt, haben wir den Beweis, dass Sie dort waren, und zwar genau zu dem Zeitpunkt, an dem die Leiche dort abgelegt wurde."

Ebersfelds Atmung hatte sich merklich beschleunigt. Er wagte nicht mehr, den Kriminalbeamten ins Gesicht zu sehen, sein Blick ging unruhig durch den Raum. Mit Nachdruck erklärte er: „Ich sage jetzt gar nichts mehr. Ich will einen Anwalt. Ich habe nichts getan!"

„Also gut", sagte Thomas. „Damit ist die Befragung vorerst beendet. Wir behalten Sie hier, bis das Ergebnis der KTU bezüglich des Schuhabdrucks vorliegt. Selbstverständlich können Sie einen Anwalt anrufen. Wenn Sie keinen kennen, stellen wir Ihnen einen Pflichtverteidiger."

Ebersfeld sprang auf. „Das ist unerhört! Sie können mich doch nicht einfach so festhalten!"

„Doch, das können wir. Wenn begründeter Tatverdacht besteht, und das ist so, und noch weitere Beweise beigebracht werden können, auch das ist so, können wir Sie 24 Stunden hierbehalten", informierte Thomas den Verdächtigen. Er wandte sich an den Polizisten, den er hereingerufen hatte. „Bitte bringen Sie Herrn Ebersfeld in eine Zelle. Er bleibt vorerst in unserem Gewahrsam."

Als die Kommissare allein waren, wandte sich Thomas an Jan Hendrik. „Es steht und fällt alles mit dem Schuhabdruck. Was, wenn er nicht passt?"

„Hm." Der Oberkommissar zog die Stirn kraus. „Dann stehen wir mit lauter Indizien, aber ohne handfeste Beweise da."

50. Kapitel

Das kleine Frühstücksgespräch zwischen Hanna und ihrem Sohn fiel diesmal ziemlich mühsam aus. Der Kommissar war nicht dazu aufgelegt, seine Mutter über den Stand der Ermittlungen zu informieren, obwohl oder gerade weil sie wesentlich zum deren Fortschritt beigetragen hatte. Er ärgerte ihn, dass Hanna recht gehabt hatte mit ihrer Einschätzung, was die Täterschaft Mia Schuberts betraf. Und die Bedeutung der Rolle, die Konstantin Ebersfeld in dem Zusammenhang spielte, hatte sie auch erkannt. Allerdings, und das gab ihm ein gewisses Gefühl von Genugtuung: Sie hatte den Mann aus Göttingen sympathisch gefunden und nicht in Erwägung gezogen, er könnte Maiks Helfershelfer gewesen sein.

„Nun erzähl schon, Thomas", drängte Hanna. „War Mia es?"

„Nach allem, was wir bisher wissen, ja. Wir haben die Tatwaffe gefunden mit dem Blut des Opfers und ihren Fingerabdrücken darauf. Die Tatsache, dass sie den Schürhaken im Haus versteckt hat, verweist eindeutig darauf, dass sie und nicht etwa ein Einbrecher ihn benutzt hat. Aus dieser Lage kommt sie nicht mehr heraus."

„Also hatte ich recht!" Hanna konnte ein zufriedenes Lächeln nicht zurückhalten.

„Aber sie leugnet alles und sagt kein Wort", versuchte Thomas ihre Genugtuung ein wenig zu dämpfen. „Und übrigens, dieser Konstantin Ebersfeld, den du so nett findest, steckt offensichtlich in der Sache mit Ole Jansen mit drin."

„Ach ja? Inwiefern denn?"

„Er war am Tattag hier in Cloppenburg, nachweislich. Und der Schuhabdruck, den wir am Fundort der Leiche gefunden haben, könnte ihm gehören. Die KTU läuft noch."

„Hm", machte Hanna. „Ihr meint also, er könnte Maik bei dem Mord geholfen haben?"

„Ja. Zumindest indirekt. Heute werden wir hoffentlich mehr erfahren, wenn die Kriminaltechnik ein Ergebnis hat." Thomas verschwieg, dass seine Ermittlungen auf den Schubabdruck-Nachweis angewiesen waren. Sollte sich herausstellen, dass er doch von irgendjemand anderen stammte, hätte er kaum etwas gegen Konstantin Ebersfeld in der Hand.

Er trank seinen Kaffee aus und machte sich auf den Weg zur Polizeiinspektion. Hanna blieb nachdenklich zurück.

Sollte sie sich in den sympathischen Göttinger getäuscht haben? Vielleicht hatte sie durch sein Engelsgesicht und sein freundliches, offenes Verhalten einen falschen Eindruck von ihm gewonnen? Außerdem: Er hatte Maik Schubert geliebt, das hatte er gewiss nicht vorgetäuscht. Und für die Liebe ist schon mancher zum Verbrecher geworden, dachte Hanna. Erst recht, wenn sie unter so schwierigen Bedingungen gelebt werden musste wie bei diesem homosexuellen Paar.

Nun, sie konnte nichts mehr tun, die Aufklärung lag jetzt allein bei der Polizei.

51. Kapitel

Der Polizeiapparat lief auf Hochtouren. Die Kriminaltechnik stellte fest, dass der am Leichenfundort gesicherte Schuhabdruck einem Sportschuh zugeordnet werden konnte, der Konstantin Ebersfeld gehörte. Außerdem hatte man Spuren des Erdreiches im Sohlenprofil festgestellt, das von der Grabstelle der verstorbenen Frau Maschewski stammte. Daraufhin beantragte Frau Dr. Engelbrecht beim Richter eine Durchsuchung der Wohnung und des Kraftfahrzeugs des Verdächtigen. Man hoffte, die Tatwaffe zu finden sowie die Gegenstände, die dem Mordopfer gehört hatten, etwa das Mobiltelefon, das Portemonnaie oder die Brieftasche. Die Kriminalbeamten in Göttingen leisteten ganze Arbeit, ebenso Wilhelm Stör, der sich mit seinen Leuten das vor der Polizeiinspektion geparkte Auto des Beschuldigten vornahm.

Als sich am Morgen des nächsten Tages – Konstantin Ebersfeld hatte unter Protest die Nacht in Polizeigewahrsam verbracht – die Kommissare wieder im Vernehmungsraum einfanden, wartete der Verdächtige schon auf sie. Neben ihm saß seine Anwältin, eine korpulente Frau um die vierzig in einem schlecht sitzenden dunklen Kostüm mit kurzgeschnittenen schwarzen Haaren und starkem Make-up, die sich als Dr. Ines Sawatzki vorstellte. Konstantin Ebersfeld machte einen gestressten, nervösen Eindruck.

„Mein Mandant legt offiziellen Protest ein gegen die seiner Meinung nach völlig unbegründete Inhaftierung, meine Herren", eröffnete die Anwältin das Gespräch. „Ich beantrage seine unverzügliche Freilassung, es sei denn, Sie legen stichhaltige Beweise für die Schuld meines Mandanten vor."

Hauptkommissar Morgenroth ließ sich durch diese selbstbewusste Äußerung nicht aus der Ruhe bringen.

„Das werden wir noch sehen, Frau Rechtsanwältin", sagte er, während er die Ermittlungsakten vor sich zurechtlegte. Er richtete sich direkt an den Verdächtigen.

„Herr Ebersfeld, bleiben Sie bei Ihrer Aussage von gestern, Sie hätten mit dem Mord an Ole Jansen nicht zu tun?"

Der Befragte nickte. „Natürlich."

„Wir haben inzwischen Ihre Wohnung in Göttingen sowie Ihr Auto durchsuchen lassen. Was denken Sie, haben wir gefunden?"

Die Rechtanwältin fuhr auf. „Was? Ich hoffe für Sie, Sie hatten dafür einen gut begründeten richterlichen Beschluss?"

„Selbstverständlich, Frau Anwältin! Die Tatsache, dass direkt am Fundort der Leiche ein Schuhabdruck Ihres Mandanten gefunden wurde, war für den Richter Grund genug, Wohnung und Fahrzeug durchsuchen zu lassen."

Konstantin Ebersfeld gab einen Laut von sich, der einem Schluchzen ähnelte. Seine Anwältin sah ihn fragend an. Er presste die Lippen zusammen und wandte den Blick ab.

„Ich will es kurz machen. Wir haben die Tatwaffe gefunden.

Sie befand sich im Handschuhfach Ihres Autos, Herr Ebersfeld. Man hat Blutspuren an der Klinge gefunden, obwohl Sie sie natürlich gründlich gereinigt hatten. Das Blut gehörte Ole Jansen, dem Mordopfer."

Er machte eine Pause, um die Botschaft wirken zu lassen.

Der junge Mann atmete schwer. Seine Gesichtszüge spiegelten den inneren Kampf wider, den er gerade ausfocht.

„Sie brauchen keine Aussage zu machen, Herr Ebersfeld", beeilte sich Dr. Sawatzki ihren Mandanten zu belehren. „Am besten sagen Sie gar nichts mehr."

Unbeeindruckt von der Einlassung der Anwältin fuhr Thomas fort: „Außerdem haben wir in Ihrer Wohnung einen Briefumschlag mit 30 000,- € gefunden. Was sagen Sie dazu?"

Ebersfeld ließ die Schultern nach vorne fallen und senkte den Kopf. Er starrte auf seine im Schoß verschränkten Hände. Dann stieß er einen tiefen Seufzer aus, blickte auf und sah die Kommissare offen an.

„Also gut. Es hat ja keinen Sinn mehr. Ich werde Ihnen alles erzählen."

Seine Anwältin ergriff seinen Arm. „Ist Ihnen bewusst, was Sie tun, Herr Ebersfeld? Sie müssen nichts sagen, das ist Ihnen doch klar?"

Ebersfeld warf ihr einen kurzen Blick zu. „Ja, danke, Frau Sawatzki. Ich weiß, was ich tue."

Thomas und Jan Hendrik sahen sich an. Das war leichter gewesen, als sie gedacht hatten.

„Gut", sagte der Hauptkommissar. „Was haben Sie uns zu sagen, Herr Ebersfeld?"

Der Göttinger fing an zu erzählen.

Als sie sich trafen – an der üblichen Stelle in einem Waldstück an der nahe gelegenen Talsperre - hatte Maik schon mehr als eine Stunde gewartet. Er war völig aufgelöst, als Konstantin zu ihm ins Auto stieg.

„Ich bin so froh, dass du gekommen bist, Conni, ich schaffe es einfach nicht allein", klagte er, während er seinen Freund immer wieder küsste und umarmte.

Konstantin war hungrig, müde und genervt von der langen Fahrt. Der Stau durch die Baustelle auf der A7 hatte kein Ende nehmen wollen, nur im Schritttempo war die Autokolonne vorangekommen.

„Es wird alles gut gehen, vertrau mir", versuchte er seinen Geliebten zu beruhigen. „Der kleine Wichser wird froh sein, überhaupt etwas Geld in die Hände zu bekommen." Er streichelte Maik zärtlich das Gesicht. „Mach dir keine Sorgen, alles wird gut."

„Hast du das Geld mitgebracht?", fragte Maik ängstlich.

„Natürlich." Konstantin griff in seine kleine Reisetasche. „Hier, zehntausend Euro in 50-Euro-Scheinen."

„Hier sind meine 20 000,- Euro", sagte Maik. „Mehr konnte ich wirklich nicht flüssig machen." Er zog einen braunen Umschlag mit einem ansehnlichen Bündel Geldscheine aus seiner Jackentasche.

„Gut. Dann lass uns losfahren. Wann genau will der Typ da sein?"

„Wir haben 11 Uhr vereinbart, also 23:00 Uhr. Er hat auf dem Parkplatz beim Friedhof bestanden. Er sagte, da ist um die Zeit kein Mensch. Und es ist nicht weit für ihn. Er hat ja kein Auto."

Sie fuhren los. Konstantins Auto ließen sie am Waldrand stehen. Als sie am angegebenen Ort ankamen, war von Ole Jansen noch nichts zu sehen. Maik stellte den Motor aus und sie warteten. Die Minuten vergingen. Konstantin versuchte beruhigend auf seinen Freund einzuwirken, der zunehmend nervöser wurde. Dann endlich sahen sie das Licht eines Fahrrades näher kommen. Ole Jansen stellte sein E-Bike ab und kam an den VW heran. Maik fuhr das Fenster herunter.

„Hallo Maik!", sagte Ole Jansen. Er warf einen Blick auf den Beifahrersitz. „Sieh an, du hast dir Verstärkung mitgebracht. Allein hast du dich wohl nicht hergetraut, was?" Er grinste verächtlich. Seine Augen musterten Konstantin misstrauisch. „Wer ist der Typ?", wollte er wissen.

„Er ist mein Freund", antwortete Maik.

„Ach so", höhnte Jansen. „Einmal Schwuchtel, immer Schwuchtel, was? Immerhin, jetzt ist es ein Erwachsener."

Konstantin fühlte, wie die heiße Wut in ihm hochstieg, die er so gut kannte. Die er so mühsam gelernt hatte zu unterdrücken. Wie er diese gehässige Verachtung hasste, mit der er immer wieder konfrontiert wurde! Angestrengt versuchte er, sich zu beherrschen.

„Was ist, hast du das Geld?", fragte Jansen. „Und steig endlich aus, du verdammte Schwuchtel!"

Maik nahm das Geldpaket und stieg aus. Konstantin zögerte einen Moment, dann verließ auch er das Auto. Er sah sich um. Auf dem Parkplatz und der Straße war kein Mensch zu sehen. Alles war ruhig. Der Mond erhellte die Szenerie auf gespenstische Art und Weise. Eine Straßenlaterne warf ihr spärliches Licht auf die Fahrbahn. Die meisten Fenster der Wohnhäuser, die in einiger Entfernung standen, waren schon dunkel. Hinter dem Eisenzaun, der den Friedhof vom Parkplatz trennte, waren vereinzelt große Grabmäler auszumachen.

„Mach mal das Standlicht an, damit ich sehen kann, was du mir mitgebracht hast", befahl Jansen. Gehorsam setzte sich Maik wieder ins Auto und stellte die Scheinwerfer an. Dann trat er wieder an Jansen heran und überreicht ihm das Geldbündel.

„Was, das ist alles? Das ist doch wohl nicht dein Ernst, oder?" Jansen stellte sich vor die Autoscheinwerfer und schüttelte die Geldscheine aus dem großen Umschlag. „Das sind doch höchstens 20 oder 30 Tausend! Willst du mich verarschen, du Schwanzlutscher?"

Konstantin hatte sich neben Maik gestellt und beobachtete Jansen, der mit den Geldscheinen herumwedelte. Er bemerkte, dass Jansens Augen unnatürlich dunkel waren, mit deutlich geweiteten Pupillen. Der Mann steht unter Drogen, dachte er.

„Mehr kann ich nicht aufbringen, Ole", sagte Maik. „Das sind dreißigtausend Euro. Das ist doch eine ganz schöne Stange Geld, oder nicht?"

„Was? Dafür, dass du mein Leben kaputt gemacht hast?" Er lachte laut auf. „Nein, das kostet mehr. Betrachte das als die erste Rate, der noch viele, viele folgen werden, glaub' mir!" Wieder lachte er das höhnische Lachen, das Konstantin durch Mark und Bein ging. „Oder vielleicht gehe ich doch noch zur Polizei und zeige dich an, was meinst du? Das von damals ist noch längst nicht verjährt. Dafür gehst du in den Knast, du Schwein! Was meinst du, was deine feinen Schwiegereltern dazu sagen würden, hä? Und deine heiligen Kirchenleute erst? Ein Kinderschänder hier in ihren eigenen Reihen! Gar nicht auszudenken, was?"

Jansen grinste und wedelte mit den Geldscheinen vor den Augen Maiks herum. Maik stand mit gesenktem Kopf und hängenden Armen da. „Das darfst du nicht tun, Ole, hörst du?", bettelte er. „Du ruinierst mein ganzes Leben!"

„Ich ruiniere dein Leben?" Jansen hatte seine Stimme gesenkt. Er näherte sein Gesicht dem Maiks und zischte zwischen den Zähnen hindurch: „DU hast MEINS ruiniert, das ist dir wohl immer noch nicht klar, Mann! Ich kann nicht mehr schlafen, ich kann nicht mehr denken. Meine Freundin lacht mich aus, weil ich sie nicht bumsen kann, ich brauch' jeden Tag die verdammten Pillen, um überhaupt aus dem Bett zu kommen. Und du jammerst herum, dass ich dein Leben ruiniere!" Wieder stieß er das verächtliche Lachen aus. „Was sagt eigentlich deine Frau dazu, dass du schwul bist, Maik? Vielleicht sollte ich sie mal besuchen und ihr von deinem hübschen Lover hier erzählen. Wie wär das?" Er hielt inne und fasste Konstantin ins Auge. Ein geradezu hysterisches Gelächter brach aus ihm heraus, er krümmte sich regelrecht vor Lachen.

Konstantin konnte es plötzlich nicht mehr ertragen. Es war, als sei in seinem Gehirn eine Sicherung durchgebrannt. Heißer, unbändiger Zorn stieg in ihm auf. Er zog sein Springmesser aus der Hosentasche, ließ es aufschnappen, trat mit zwei großen Schritten auf Jansen zu, stieß ihm die Klinge bis zum Heft in die Brust und zog es ruckartig wieder heraus. Auf dem Gesicht des Jungen zeigte sich ein Ausdruck ungläubigen Erstaunens, er fasste sich mit einer hilflosen Gebärde an die Brust, dann sank er, ohne einen Laut von sich zu geben, in sich zusammen.

Konstantin klappte mechanisch das Messer wieder ein und steckte es zurück in seine Hosentasche. „Du wirst nie wieder jemanden etwas verraten, du Schwein", zischte er durch die Zähne. Maik stand da und starrte entsetzt auf den leblosen Körper, der vor seinen Füßen lag. Dann blickte er Konstantin an. „Was hast du getan, Conni?", fragte er fassungslos.

Konstantin sah seinen Geliebten an. Seine Wut war plötzlich verraucht. Jetzt hieß es pragmatisch handeln.

„Ich habe ein Problem für dich gelöst, ein für alle Mal", antwortete er. Er sah sich um. „Wir müssen ihn von hier wegschaffen, hier findet man ihn sofort. Ich schau mal, was er bei sich hat." Schnell durchsuchte er die Jacken- und Hosenta-schen des Toten. „Handy und Brieftasche, sonst nichts. Die nehmen wir mit, vorsichtshalber." Er steckte beides ein.

Maik stand immer noch wie versteinert da.

„Mach schon, Maik", drängte Konstantin, „wir müssen ihn hier wegschaffen. Hast du eine Idee, wo wir ihn hinbringen können?"

Endlich regte Maik sich. Er schlug die Hände über dem Kopf zusammen. „Was hast du getan, Conni!", stammelte er. „Du hast ihn umgebracht!"

Konstantin trat auf ihn zu, fasste ihn an den Schultern und schüttelte ihn. „Wir müssen jetzt praktisch denken, Maik! Du kennst dich hier aus. Wo können wir den Typ verstecken, so-dass man ihn nicht sofort findet? Denk nach!"

Maik sah sich um. „Da fällt mir was ein. Hier auf dem Fried-hof gibt es eine offene Grabstelle. Die habe ich gestern gese-hen, als ich das Grab meiner Großeltern besuchte. Dort könn-ten wir ihn hineinlegen. Wenn wir ihn mit Erde bedecken, wird ihn nie jemand finden."

Konstantin sah ihn anerkennend an. „Das ist genial, Schatz! Komm, pack mit an." Gemeinsam trugen sie den Körper durch die unverschlossene Friedhofstür zu dem offenen Grab und legten ihn vorsichtig hinein. Anschließend nahmen sie die Plane von dem Erdaushub und schaufelten mit den Händen Erde über den Leichnam, bis er vollständig bedeckt war. Zum Schluss leuchtete Konstantin mit seinem Handy in die Erdhöh-lung, um sich zu vergewissern, dass von dem Körper nichts mehr zu sehen war. Sorgfältig verwischten sie die Spuren ih-rer Arbeit und legten die Folie wieder über den kleinen Erd-hügel. „Was machen wir mit dem Fahrrad?", fragte Konstan-tin, als sie wieder zum Parkplatz zurückkehrten.

„Ich hätte da eine Idee", meinte Maik. „Ich fahre es zum

Bahnhof und stelle es dort ab. Dann wird man annehmen, dass Ole mit dem Zug abgereist ist und man wird gar nicht großartig nach ihm suchen."

Konstantin nahm Maiks Gesicht in seine Hände und küsste ihn. „Das ist mein superkluger Maik, so wie ich ihn kenne."

Er setzte sich ans Steuer des VW. „Ich fahre langsam hinter dir her und lasse dich am Bahnhof wieder einsteigen."

Maik fuhr los. Konstantin sah sich um. Die Straße lag noch genauso menschenleer und ruhig da wie vorher. In den Häusern sah man nur noch vereinzelt ein erleuchtetes Fenster. Es war, als wäre nichts geschehen. Konstantin wurde erst jetzt bewusst, dass er am ganzen Körper zitterte. Er hatte einen Menschen umgebracht, wurde ihm plötzlich klar! Merkwürdig: Da war gar kein Gefühl in ihm! Er hatte es getan, um Maik zu schützen. Seinen geliebten Maik! Er wendete das Auto und fuhr hinter Maik her, der schon ein Stück entfernt auf der Straße radelte.

„Ich bin danach wieder zurück nach Göttingen gefahren. Dass die Leiche dann doch gefunden wurde, war wirklich Pech." Ebersfeld hatte sein Geständnis beendet. Er lehnte sich zurück, atmete tief durch und sah die Ermittler abwartend an.

Thomas Morgenroth und Jan Hendrik Klüver hatten der Aussage des Mannes ruhig zugehört, ohne ihn zu unterbrechen. Ebenso die Rechtsanwältin.

„Hatten Sie von Anfang an geplant, Jansen umzubringen? Oder wozu hatten Sie das Messer bei sich?", fragte der Hauptkommissar.

„Nein, nein, das war nicht geplant. Das Messer trage ich immer bei mir, seit ich vor ein paar Jahren von ein paar Homophobikern auf der Straße angegriffen und krankenhausreif geprügelt worden bin. Ich muss mich ja verteidigen können. Als Jansen uns immer wieder beschimpfte und beleidigte, bin ich ausgerastet. Ich wollte ihn nur zum Schweigen bringen. Sein verächtliches Gelächter konnte ich einfach nicht mehr ertragen."

„Warum haben Sie die Sachen von Ole Jansen mitgenommen, wo Sie doch davon ausgegangen waren, dass die Leiche niemals gefunden werden würde? Und wo sind die Sachen jetzt?"

„Das war wohl ein Reflex. Irgendwie hatte ich das Gefühl, dass es besser sei, die Sachen mitzunehmen."

Plötzlich brach ein hysterisches Gelächter aus ihm heraus. „Stellen Sie sich einmal vor, das Handy hätte plötzlich aus dem Grab heraus geklingelt. Horror!"

Die Ermittler sahen sich bestürzt an.

Konstantin Ebersfeld beruhigte sich sofort wieder. „Entschuldigen Sie bitte! Es war nur so …" Er brach ab.

Thomas nahm den Faden der Vernehmung wieder auf.

„Und wo ist es jetzt?"

„Ich habe es zerstört und in die nächstbeste Mülltonne in Göttingen geworfen. Genauso wie die Brieftasche mit den Papieren. Die Mülltonnen sind inzwischen geleert worden."

„Warum haben Sie das Geld mitgenommen?"

„Maik wollte es nicht bei sich zu Hause aufbewahren. Er hatte Angst, es könnte seiner Frau in die Hände fallen. Ich sollte ihm die 20 000 später auf sein Konto zurücküberweisen."

Die Kommissare wechselten einen Blick miteinander, um festzustellen, ob es noch weitere Fragen gab. Da das nicht der Fall war, beendete Thomas die Vernehmung und schaltete das Aufnahmegerät aus.

52. Kapitel

Kommissarin Susanne Holtmann hatte den Auftrag erhalten, Mia Schubert noch einmal zu verhören. Vielleicht könne sie, sozusagen in einem Frau-zu-Frau-Gespräch, die junge Frau zu einem Geständnis veranlassen, hatte ihr Chef gemeint. Jens Hartmann sollte als Kollege dabei sein, ohne jedoch in das Verhör einzugreifen. Susanne, nach ihrem Krankenhausaufenthalt längst wieder gesund und voll einsatzfähig, hatte sich gut vorbereitet und sah der Vernehmung gelassen, aber auch ein wenig aufgeregt entgegen.

Mia Schubert wurde von einer Polizistin in Uniform in den Vernehmungsraum geführt, begleitet von ihrem Rechtsanwalt Dr. Möller, der kaum, dass sie die Plätze eingenommen hatten, protestierte. „Meine Mandantin verweigert nach wie vor jegliche Aussage. Was soll also dieses neuerliche Verhör, Frau Kommissarin?"

Susanne ließ sich von dem autoritären Auftreten des Anwalts nicht beeindrucken. Sie begrüßte ihn und Mia Schubert höflich, stellte sich und ihren Kollegen vor und schaltete das Aufnahmegerät ein. Nachdem sie Datum und Uhrzeit und die Namen der Anwesenden in das Gerät diktiert hatte, wandte sie sich an den Rechtsanwalt.

„Es haben sich einige neue Gesichtspunkte ergeben, Dr. Möller, die ich Ihrer Mandantin und Ihnen bekanntgeben möchte."

„Aha. Da bin ich aber mal gespannt", äußerte Möller.

Mia Schubert blieb stumm. Sie saß mit niedergeschlagenen Augen stocksteif auf ihrem Stuhl und verschränkte die Hände in ihrem Schoß. Susanne fand, dass sie mitgenommen und erschöpft aussah. Die Kommissarin wehrte sich gegen das Mitleid, das sie für die Frau empfand. Als Ermittlerin musste sie neutral bleiben.

„Frau Schubert, ich werde Ihnen Ihre jetzige Situation noch einmal darlegen. Sie werden beschuldigt, in der Nacht vom 30. auf den 31. März diesen Jahres Ihren Mann mit dem Schürhaken, der zu dem Kaminbesteck in Ihrem Wohnzimmer gehört, erschlagen zu haben. Anschließend haben Sie die Tatwaffe in ihrem Hauswirtschaftsraum versteckt, wo die Spurensicherung sie sichergestellt hat. Auf dem Griff des Schürhakens fanden wir Ihre Fingerabdrücke. Was sagen Sie dazu?"

Mia Schubert schwieg. Sie starrte auf ihre im Schoß verschränkten Hände und rührte sich nicht.

„Meine Mandantin verweigert die Aussage, wie gesagt", wiederholte der Rechtsanwalt betont gelangweilt.

„Wir gehen davon aus, Frau Schubert, dass Sie anschließend einen Einbruch fingierten, indem Sie die Fensterscheibe in der Garage Ihres Hauses einschlugen und den Beamten erzählten, ein Einbrecher sei in Ihr Haus eingedrungen. Ihr Mann habe ihn gestellt und sei von ihm erschlagen worden. Möchten Sie dazu Stellung nehmen?"

Mia Schubert hob den Kopf. Zum ersten Mal sah sie die Kommissarin direkt an. Susanne erschrak vor dem Ausdruck tiefer Verzweiflung in den Augen der jungen Frau. Langsam schüttelte Mia den Kopf.

Susanne gab ihrer Stimme einen weichen, aber eindringlichen Ton. „Frau Schubert, zum Zeitpunkt des Geschehens hat ein Zeuge einen lauten Streit in Ihrem Haus gehört. Haben Sie sich mit Ihrem Mann gestritten und ihn im Laufe dieses Streites erschlagen? Das könnte im Affekt geschehen sein. War es so?"

Die Kommissarin sah, wie Mia den Mund öffnete, um etwas zu sagen, aber Dr. Möller legte seine Hand auf den Arm seiner

Mandantin und veranlasste sie so, ihn anzusehen. Er schüttelte energisch den Kopf und wiederholte: „Nichts sagen, Frau Schubert!"

„Dieser Streit, Frau Schubert", fuhr Susanne fort, „hatte der mit dem Verhältnis Ihres Mannes mit Konstantin Ebersfeld zu tun? Und mit der Erpressung durch Ole Jansen?"

Mia Schubert presste die Lippen zusammen. Sie sah aus, als ob sie jeden Augenblick in Tränen ausbrechen würde. Verzweifelt rang sie die Hände.

„Konstantin Ebersfeld hat inzwischen den Mord an Ole Jansen gestanden. Ihr Mann, Frau Schubert, hatte nicht vor, Jansen zu töten. Er wollte die erpresste Summe bezahlen. Ebersfeld hat Ole Jansen erstochen."

„Was?", rief Mia Schubert. Er klang fast wie ein Schrei. „Ich dachte ... Ich glaubte die ganze Zeit, Maik ... Und dabei war er gar nicht der Mörder?"

„Nein, Ihr Mann hat den Mord nicht begangen."

Jetzt war es mit der Fassung der jungen Frau vorbei. Die Tränen stürzten aus ihren Augen, sie verbarg das Gesicht in ihren Händen und brach in lautes Schluchzen aus.

„Frau Schubert, es muss schwer für Sie gewesen sein, zu erfahren, dass Ihr Mann ein Verhältnis mit einem anderen Mann hatte, und das seit Jahren. Ich verstehe Sie gut. Wollen Sie nicht endlich reinen Tisch machen?" Die sanfte Stimme der Kommissarin führte dazu, dass Mias Schluchzen sich noch verstärkte. Sie schüttelte die Hand des Rechtsanwaltes, der ihr beruhigend über den Arm streichen wollte, unwillig ab.

Susanne wartete ruhig ab, bis das Schluchzen nachließ und die junge Frau sich ein wenig beruhigt hatte. Sie schob eine Packung mit Papiertaschentüchern über den Tisch, von denen Mia Schubert sich mit zitternden Fingern eines nahm. Nach einer Weile hob sie den Kopf, blickte die Beamten mit noch tränenfeuchten Augen an und sagte entschlossen: „Also gut. Ich werde Ihnen alles erzählen. Es begann schon vor langer Zeit ..."

Mia Schubert war unglücklich. Schon seit langem. Zuerst, kurz nach ihrer Hochzeit, hatte sie gedacht, dass es normal sei, wenn nicht alle ihre Erwartungen erfüllt würden, dass man sich natürlich erst aneinander gewöhnen müsse, der Alltag und der berufliche Stress forderten eben ihren Tribut. Aber nach ein paar Monaten, als Maik und sie immer seltener miteinander schliefen und sich zwischen ihnen eine Kluft aufbaute, die mit der Zeit fast unüberbrückbar wurde, machte sie sich ernsthaft Sorgen um ihre Ehe. Sie konnte sich Maiks Desinteresse an jeglicher Art von Intimität nicht erklären, litt unter seiner Zurückweisung und Kälte, für die sie keine Erklärung fand. Natürlich suchte sie die Schuld bei sich selbst. War sie nicht hübsch genug, nicht sexy genug, begehrte er sie deshalb nicht mehr? Oder hatte er sie gar von Anfang an nicht geliebt? Warum hatte er sie dann geheiratet?

Sie gab sich alle erdenkliche Mühe, für ihren Mann attraktiv zu sein. Sie belegte einen Fitnesskurs, probierte neue Frisuren aus, lernte sich perfekt zu schminken. Sie bereitete ihrem Mann jeden Tag die Speisen zu, die er besonders mochte, richtete die Wohnung gemütlich her und verhielt sich rücksichtsvoll und zuvorkommend ihm gegenüber. Sein Verhalten änderte sich jedoch nicht.

Als sie den Bau eines eigenen Hauses ins Auge fassten, schöpfte sie neue Hoffnung. Sie stürzte sich voller Elan in die Gestaltung von Haus und Garten, kümmerte sich mit Hilfe ihres Vaters um die Finanzierung, verhandelte mit dem Architekten und der Baufirma. Wenn sie voller Begeisterung ihrem Mann ihre Pläne darlegte, gab er zu allem seine Zustimmung, ohne sich für Details zu interessieren. Schließlich versuchte Mia sich mit seiner Gleichgültigkeit ihr gegenüber zu arrangieren und tröstete sich mit dem Gedanken, dass, wenn erst einmal ein, zwei Kinder das Haus mit Leben erfüllen würden, alles besser werden würde. Sie versuchte deshalb immer wieder, ihren Mann zu verführen, aber seine Zurückweisungen häuften sich.

Eines Tages kam ihr der furchtbare Verdacht, Maik könnte ein Geliebte haben. Natürlich, das musste es sein! Sie fing an, ihren Mann zu beobachten, stellte fest, dass er häufig telefonierte und schnell auflegte, wenn sie dazukam. Oder dass er alle zwei oder drei Wochen weite Reisen unternahm, wie sie am Kilometerstand des Autos sehen konnte, die in keinem Zusammenhang mit seinen beruflichen Aktivitäten standen. Bald war sie überzeugt, dass er ein Verhältnis mit einer anderen Frau hatte.

Ihr Verdacht erhärtete sich in den letzten zwei, drei Wochen. Ständig sah oder hörte sie ihren Mann telefonieren, häufig ging er aus, ohne ihr zu sagen wohin. Er wirkte unruhig und nervös, wurde ungehalten, wenn sie fragte, was ihn bedrückte. In einem unbewachten Augenblick kontrollierte sie seinen Computer und entdeckte einen Chat mit einer gewissen Conni. Der Chat-Dialog ließ nur einen Schluss zu: Die beiden waren ein Liebespaar. Unfähig, sich dieser Tatsache zu stellen, behielt sie ihr Wissen für sich. Dann, an dem Donnerstagabend, an dem sie eigentlich zusammen ins Kino hatten gegen wollen, erwischte sie Maik wieder am Telefon, wie er mit dieser Conni sprach. Wie sehr er sie brauche, gerade jetzt, wie schrecklich die Situation nach dem Fund der Leiche für ihn sei, was für eine Angst er habe, dass man irgendwelche Spuren finden könnte.

„Was redest du denn da?", hatte sie gefragt. „Wer ist diese

Conni und von was für einer Leiche redet ihr?"

Er hatte sich erschrocken zu ihr umgedreht, sie entsetzt angestarrt und gestammelt: „Nein, auch das noch!"

„Wer ist Conni?", hatte sie geschrien. „Seit wann hast du ein Verhältnis mit ihr?"

„Nein, nein das verstehst du ganz falsch, Mia", stammelte er. „Es ist alles ganz anders als du denkst."

Sie spürte, wie die Wut in ihr hochkochte. Ihr wurde ganz heiß. „Was gibt es da falsch zu verstehen? Ich habe den Chat gelesen in deinem PC. Er lässt nichts an Deutlichkeit zu wünschen übrig."

„Du hast in meinem Computer herumgeschnüffelt? Wie kommst du dazu?"

„Wie ich dazu komme? Ich wollte wissen, warum du seit Monaten nicht mehr mit mir schläfst. Und siehe da! Du betrügst mich! Wie lange geht das jetzt schon?" Mia spürte, dass ihr die Tränen kommen wollten, aber sie wollte jetzt nicht weinen. Wie konnte er nur so dastehen, mit dem Telefon in der Hand, und ihr vorwerfen, dass sie ihm nachschnüffelte! Als ob das jetzt noch eine Rolle spielte!

Er hob hilflos die Schultern. „Mia, es ist alles ganz anders, als du denkst. Hör mir doch bitte zu. Ich wurde erpresst. Es geht um meine, um unsere Existenz!"

„Du wurdest erpresst? Wieso wurdest du erpresst? Von wem?"

Für einen Moment ließ Mias Wut nach. Dieser neue Aspekt rückte Maiks Betrug erst einmal in den Hintergrund.

„Es ist eine lange, schreckliche Geschichte, Mia. Ich bin absolut verzweifelt. Bitte hilf mir, Mia! Du bist doch meine Frau!"

Mia fühlte wieder den Schmerz, den seine Untreue ihr verursachte. „Ja, ich bin deine Frau!", schrie sie. „Und du behandelst mich wie ein Stück Dreck! Siehst mich nicht an, beachtest mich nicht, interessierst dich nicht für mich. Und da bittest du mich jetzt um Hilfe?!"

„Ja, ich weiß, ich habe dir Unrecht getan. Ich hätte dich gar nicht erst heiraten dürfen, das war ein Fehler."

„Ach? Unsere Heirat war ein Fehler? Weil du jetzt eine Schönere, Jüngere gefunden hast?" Ihre Stimme war schrill geworden. Sie lief vom Wohnzimmer in den Küchentrakt und wieder zurück. „Ich fasse es nicht! Weißt du eigentlich, was du mir antust?"

Maik ging ein paar Schritte auf sie zu und hob die Hände, um sie zu umarmen. „Fass mich nicht an!", schrie sie. „Fass mich bloß nicht an."

„Lass mich doch bitte erklären, in welcher Situation ich mich befinde", bat er.

Mia blieb mitten im Raum stehe und verschränkte die Arme vor der Brust. „Also gut. Erkläre! Ich höre zu."

„Also, da war dieser Junge, Ole Jansen. Ich habe ihm vor zehn Jahren im Zeltlager etwas Schlimmes angetan und damit hat er mich erpresst. Er wollte Geld, viel Geld. Und er hätte sich nie zufrieden gegeben mit dem, was ich ihm geben kann. Und deshalb haben wir ihn, ich kann es selbst kaum glauben, wir haben ihn umgebracht!" Er ließ sich schwer auf die Couch fallen, schlug die Hände vors Gesicht und fing an laut zu schluchzen.

Fassungslos starrte Mia ihn an. „Umgebracht? Redest du von dem jungen Mann, den man in dem offenen Grab gefunden hat?"

„Ja." Maik wischte sich ungeschickt die Tränen ab und sah zu Mia auf.

Sie konnte nicht glauben, was sie da hörte. „Das heißt, du und diese Conni, ihr habt den Mann umgebracht?"

„Ach Mia, versteh doch! Conni heißt Konstantin und ist ein Mann. Ich bin schwul und ich liebe einen Mann. Deshalb hat das mit unserer Heirat auch nicht geklappt."

Mia hatte das Gefühl, dass in ihrem Kopf etwas explodierte. Ihr Mann, der Mann, den sie über alles liebte, mit dem sie Kinder haben wollte, stand vor ihr und sagte, er sei schwul! Ihre ganze Ehe war also eine einzige Lüge! Maik hatte sie nur als bürgerliches Feigenblatt benutzt, sie selbst war ihm völlig egal. Sie fühlte, wie in ihr ein grenzenloser Zorn aufstieg, noch nie hatte sie etwa derartiges empfunden. Sie fürchtete plötzlich, dass sie innerlich explodieren würde, wenn nicht augenblicklich etwas geschähe. Sie wollte etwa zerstören, vernichten, kaputt machen, so wie sie zerstört und vernichtet worden war. Sie ergriff den schweren Schürhaken, der an dem Besteckhalter vor dem Kamin hing, trat mit ein, zwei Schritten hinter ihren Mann und schlug mit aller Kraft zu. Ohne einen Laut von sich zu geben, sank Maik zu Boden. Unter seinem Kopf breitete sich langsam eine Blutlache aus. Seine Augen standen offen und blickten ins Leere. Er rührte sich nicht mehr. Maik war tot.

„Ich habe gedacht, Maik hätte den Erpresser, diesen Jansen, umgebracht. Ich habe gedacht, nach allem, was er mir mit seinen jahrelangen Lügen und seinem Betrug, noch dazu mit einem Mann, angetan hatte, sei er auch noch zu einem skrupelloser Mörder geworden. Ich war vollkommen außer mir, glauben Sie mir bitte! Ich wusste überhaupt nicht mehr, was ich tat." Mia Schubert schien regelrecht erleichtert zu sein, nachdem sie sich alles von der Seele geredet hatte. Sie seufzte einmal tief auf und blickte die Beamten offen an.

Die Kommissarin wechselte einen Blick mit ihrem Kollegen. Jens Hartmann nickte ihr anerkennend zu.

Susanne nahm das Verhör wieder auf. „Was haben Sie dann gemacht, Frau Schubert?"

Die Beschuldigte hob die Schultern. „Zuerst habe ich nur dagesessen und gar nichts gemacht. Dann ging mir durch den Kopf, was das alles für meine Eltern bedeuten würde. Und für Maiks Eltern. Dieser furchtbare Skandal! Und da kam mir die Idee, das Ganze wie einen Einbruch aussehen zu lassen. Ich ging in die Garage und schlug mit einem Hammer das Fenster ein, von außen natürlich. Ich hatte in einem Krimi gesehen, dass man an der Lage der Scherben erkennen kann, von wo aus eine Glasscheibe eingeschlagen worden ist. Dann habe ich das Fenster geöffnet, sodass man denken sollte, ein Einbrecher sei hier eingestiegen. Ich wollte der Polizei sagen, dass Maik die Polizei rufen wollte und der Einbrecher ihn erschlagen hatte, um ihn daran zu hindern. Deshalb gab ich Maik das Telefon in die Hand."

„Und die Tatwaffe?"

„Ja. Der Schürhaken lag immer noch da, wo ich ihn hatte fallen lassen. Ich habe ihn aufgehoben, in Zeitungspapier eingewickelt und im Hauswirtschaftsraum versteckt. Ich konnte ja nicht riskieren, dass er von der Polizei, die sicher überall in der Gegend danach suchen würde, gefunden würde."

„Sie sind, wie es scheint, ganz schön überlegt vorgegangen, finden Sie nicht?" Die Stimme der Kommissarin hatte jede Sanftheit verloren bei diesen Worten.

„Ja. Seltsam, nicht?" Mia Schubert blickte ihr Gegenüber mit einem Ausdruck echter Verwunderung über ihr eigenes Verhalten an. „Es war, als ob in mir eine ganz andere Person handelte, völlig cool und rational. Ich habe erst später begriffen, was ich getan hatte."

Die Kommissarin schloss die Akte und stand auf.

„Was geschieht jetzt?", fragte Mia Schubert.

„Sie bleiben natürlich in polizeilichem Gewahrsam. Ihr Anwalt wird Sie über alle Einzelheiten des weiteren Vorgehens aufklären", informierte Susanne sie. Sie beendete die Vernehmung, indem sie eine entsprechende Erklärung in das Aufnahmegerät sprach, und schaltete es aus.

Nachdem Mia Schubert und Dr. Möller den Raum verlassen hatten, wandte sich Jens Hartmann der Kommissarin zu und sah sie bewundernd an. „Gut gemacht, Kollegin!" sagte er.

53. Kapitel

Die gesamte Familie Morgenroth stand um den funkelnagelneuen orangeroten Opel Corsa herum, der in der Einfahrt des Hauses stand. Hanna hatte lange gezögert, ihren geliebten Aygo abzugeben, aber als die letzte TÜV-Prüfung ergeben hatte, dass diverse von Rost zerfressene Teile erneuert oder zumindest neu verschweißt und die Scheinwerferkappen ersetzt werden mussten, hatte der Automechaniker ihres Vertrauens – immerhin betreute er ihr kleines Auto schon seit sechzehn Jahren – ihr von einer Instandsetzung des Fahrzeugs abgeraten. Also hatte sie sich entschlossen, ein neues Auto zu erwerben. Nach langer Suche war ihre Wahl auf den Corsa gefallen, ein Elektroauto mit über 350 Kilometer Reichweite, was für Hannas Bedürfnisse vollkommen ausreichte.

„Was für ein tolles Auto, Oma", lobte Isabell die Neuerwerbung ihrer Großmutter. Sie hüpfte um das Fahrzeug herum, strich mit den Fingern über den glänzenden Lack und probierte aus, wie sich die Türen öffnen ließen. Jannik, ihr Bruder, setzte sich auf den Fahrersitz und drehte das Steuerrad hin und her. „Cool", war sein fundiertes Urteil. Inga, den kleinen Nico auf dem Arm, ging langsam um das kleine Fahrzeug herum. „Eine wunderbare Farbe, Hanna", lobte sie. „Wirklich ein schönes Auto."

Thomas stand neben seiner Mutter und legte den Arm um ihre Schulter. „Gratulation zu diesem tollen Auto, Mama. Bestimmt wirst du viel Freude daran haben. Hoffentlich kannst du es genauso lange fahren wie den Aygo."

„Ja, das hoffe ich auch", antwortete Hanna. „Und es ist umweltfreundlich. Und ganz leise. Man hört den Motor kaum. Willst du ihn mal fahren?"

„Ja, gerne. Bin gespannt, was für ein Fahrgefühl solch ein E-Auto einem gibt." Schon hatte Thomas seinen widerstrebenden Filius vom Fahrersitz gescheucht und zwängte seinen 1,83 cm langen Körper hinter das Steuer. „Na, sehr groß ist es ja nicht, dieses Gefährt", kommentierte er trocken, während er den Sitz auf seine Körpergröße einstellte. Hanna nahm auf dem Beifahrersitz Platz. Inga brachte die übrigen Familienmitglieder in Sicherheit und der kleine Opel rollte nahezu lautlos die Einfahrt hinunter.

Thomas steuerte den Kleinwagen aus der Stadt auf die Landstraße, die durch die frühlingshafte Landschaft führte. Junge Gerste- und Roggenfelder wechselten ab mit gerade aufgegangenem Mais, üppigen Rhabarberpflanzen und grünen Wiesen.

„Und? Wie findest du ihn?" fragte Hanna.

„Nicht schlecht. Für lange Fahrten problematisch wegen der immer noch zu wenigen Ladestationen, aber sonst? Ein feines Auto", urteilte der Kommissar.

Hanna freute sich. Ein Weile saßen Mutter und Sohn friedlich nebeneinander in dem kleinen PKW und genossen die Fahrt.

„Sag mal, Thomas", unterbracht Hanna das Schweigen. „Was hat Mia Schubert eigentlich zu erwarten vor Gericht?"

„Nun", antwortete Thomas, „das hängt natürlich vom Richter ab. Und davon, wie gut ihr Vater und sein Kollege sie verteidigen werden. Aber ich glaube, man wird ihr zubilligen, im Affekt gehandelt zu haben."

„Das ist ja wohl anzunehmen. Jeder wird verstehen, dass sie außer sich war, als sie die Wahrheit über ihren Mann erfuhr. Da ist ja eine grandioses Lügengebäude zusammengebrochen."

„Für die Familie Schubert wird es schrecklich sein. Die Sache mit dem Missbrauch von damals wird natürlich auch zur Sprache kommen. Neben der Homosexualität und der ehelichen Untreue noch etwas Schlimmes, was das ideale Bild, das sie bisher von ihrem Sohn hatten, verändern wird. Die Eltern tun mir wirklich leid."

Thomas beschleunigte, um die Motorleistung des E-Autos auszuprobieren.

Versonnen blickte Hanna aus dem Autofenster in die vorüberziehende grüne Landschaft. „Tja, mir auch. Es muss schwer sein, damit leben zu müssen."

„Aus diesem Konstantin Ebersfeld werde ich nicht so recht schlau", meinte Thomas. „Einerseits scheint er ein sympathischer Typ zu sein, auf der anderen Seite zeigt sein effektives Vorgehen bei der Tat und der Beseitigung der Leiche eine Kaltblütigkeit und Überlegtheit, die man ihm gar nicht zutrauen würde. Wie es scheint, hat aber auch er im Affekt gehandelt. Der Mord jedenfalls war nicht geplant."

Hanna nickte. „Genau. Ich habe ihn auch sehr sympathisch gefunden, als ich mit ihm Kaffee getrunken habe. Wahrscheinlich spielte sein gutes Aussehen und sein Charme dabei auch eine Rolle", sagte sie nachdenklich. „Ich denke aber, dass es Schwule auch heutzutage noch oft nicht einfach haben. Wer weiß, was für Erfahrungen er gemacht hat, dass er so skrupellos handeln konnte."

Sie waren inzwischen wieder zu Hause angekommen und der Kommissar stellte den Corsa in der Einfahrt ab. Er drehte sich zu seiner Mutter hin.

„Was ich dir übrigens noch sagen wollte, Mama", begann er. „Du hast uns mit deinen Überlegungen und Tipps wieder einmal sehr geholfen. Ohne dich hätten wir die komplizierten Hintergründe nicht so schnell durchschaut. Vielen Dank dafür!" Er gab seiner Mutter einen Kuss auf die Wange.

Hanna lächelte verlegen. „Siehst du, deine Mutter ist eben doch die geborene Detektivin", meinte sie.

„In Ordnung, Mama. Ich gebe es ja zu."

Sie stiegen aus. Thomas umfasste die Schultern seiner Mutter und gemeinsam gingen sie ins Haus.

ENDE

Danksagung

Ich bedanke mich bei meinem Lektor Jan Janssen Bakker für die vielen wertvollen Tipps und Hinweise sowie für die gründliche Korrektur des Textes.

Die bisher erschienenen Hanna Morgenroth-Krimis:

Die Mutter des Kommissars und das französische Mädchen
Kriminalroman, 2016, Isensee Verlag Oldenburg ISBN 9783730813188

In ihrem ersten Fall wird Hanna Morgenroth mit einem Familiengeheimnis um das ermordete französische Au Pair-Mädchen Yvette konfrontiert, dessen Aufklärung sie bis nach Frankreich und die Schweiz führt.

Die Mutter des Kommissars und das schweigende Kind
Kriminalroman, 2017, BoD Norderstedt, ISBN 97837448547664

Hanna Morgenroth findet eines Abends ein kleines Mädchen, das allein seit Stunden an einer Haltestelle sitzt, an der kein Bus mehr hält. Sie nimmt es in ihre Obhut. Währenddessen hat ihr Sohn einen mysteriösen Mordfall aufzuklären, in den das Kind verwickelt zu sein scheint.

Die Mutter des Kommissars und die Händler des Todes
Kriminalroman, 2020, BoD Norderstedt, ISBN 9783751955430

In ihrem dritten Fall bekommt Hanna Morgenroth es mit einer internationalen Verbrecherbande zu tun, deren Machenschaften bis in ihre Verwandtschaft reichen. Bei der Aufklärung dieses Falles gerät sie in ernsthafte Gefahr.

Nähere Informationen bietet die Homepage der Autorin:
https://www.autorin-margarete-bertschik.de

Von der Autorin außerdem erschienen:

Zeit der Kornblumen
Roman, 2015, BoD Norderstedt, ISBN 9783734799556

Der Roman erzählt die Geschichte einer außergewöhnlichen Frau vom Lande, die den Mut hat, noch im fortgeschrittenen Alter ihrem Leben eine radikale Wende zu geben.

Der Tod ist nicht fair – das Leben auch nicht
Kurzkrimis und andere Erzählungen, 2016, BoD Norderstedt, ISBN 978373920480

In achtzehn spannenden, oft dramatischen oder skurrilen Geschichten schildert die Autorin schicksalhafte Ereignisse mitten aus dem Leben der Menschen.

Diese verdammte Sehnsucht
Roman, 2019, BoD Norderstedt, ISBN 9783748190615

Der Roman handelt von der Liebe in den Zeiten des Internets. In einem Genremix aus Krimi und Liebesroman erzählt er eine Geschichte von Vertrauen und Betrug, Leidenschaft und Enttäuschung und von der Möglichkeit, ganz neue Wege zu gehen.

Ich bin nicht Eva
Psychothriller, 2020, Verlag tredition, Hamburg, ISBN 97837497976622

Auf zwei Zeitebenen entwickelt sich die dramatische Lebensgeschichte einer Frau, die durch eine traumatisierende Jugend aus der Bahn geworfen wird.

Fuhlsbütteler Blutjuwelen
Kriminalroman, 2022, Gmeiner Verlag, ISBN 9783839201350

Eine spannende, humorvolle Detektivgeschichte mit einem sympathischen Ermittler, der in Hamburgs Norden auf unorthodoxe Weise seine Fälle löst.